CHARLIE RICHARDS

Die Wölfe von Stone Ridge

Band 11

Chaos auf der Comicon
Die heilende Berührung des Wolfs

Eine Sammlung homoerotischer Liebesromane für Erwachsene

Me and the Muse Publishing

ME AND THE MUSE PUBLISHING
www.meandthemuse.com

ISBN-13: 9781097751556

Me and the Muse Publishing – Sage Marlowe
Hohenstaufenring 62, 50674 Köln, 2019

Übersetzt von: Sage Marlowe

Inhalt

Chaos auf der Comicon

KAPITEL 1

Sebastian Russo, Seb für seine Freunde, schob seine Reisetasche unter den Sitz vor ihm und ließ sich dann auf seinen Platz fallen. Er seufzte und beäugte seinen Reisebegleiter Lex – Lexington Paistro – der ebenfalls ein Vampir war.

Nachdem sich sein Kumpel auf dem Sitz in der Business Class neben ihm entspannt hatte, grummelte Seb: „Ich kann nicht glauben, dass der Rat den Jet Zack statt uns gegeben hat."

„Entspann dich, Seb", mahnte Lex und tätschelte seinen Oberschenkel. „Zumindest zahlen sie für die Business Class und wir mussten das Upgrade nicht aus eigener Tasche bezahlen."

Seb schnaubte und grinste seinen Freund an. „Als ob

einer von uns es sich nicht leisten könnte. Vielleicht sollten wir unsere Gelder zusammenlegen und unseren eigenen verdammten Jet kaufen."

Lex lachte und nickte. „Ja, das würde ihnen eine Lektion erteilen, nicht wahr?"

„Ja, wir werden …" Ein würziger Geruch nach Lebkuchen erregte seine Aufmerksamkeit und es bedurfte Sebs gesamter Selbstbeherrschung, um zu verhindern, dass seine Augen rot wurden und seine Krallen sich verlängerten. Er sog noch etwas Luft ein und wusste nicht, ob er erleichtert oder frustriert war, dass der erregende Geruch nachgelassen hatte.

„Bist du okay, Seb?", fragte Lex.

Seb reckte den Hals und schaute sich in der Business Class-Kabine um. „Ich bin nicht sicher", murmelte er. „Ich dachte, ich …" Er konzentrierte sich auf seinen Freund, als eine Erkenntnis dessen, was seine starke Reaktion auf den schwachen Geruch bedeutete, einsetzte. „Ich glaube, mein Geliebter könnte sich auf diesem Flug befinden", zischte er und hielt seine Stimme gesenkt.

„Was?", murmelte Lex und hielt seinen Ton ebenso ruhig. „Bist du sicher?"

Stirnrunzelnd hielt Seb sich geradeso davon ab, seinem Freund die Zähne zu zeigen. Keine Notwendigkeit, die Menschen auf dem Flug durch blitzende Fangzähne zu verschrecken. „So sehr ich sicher sein *kann*, ohne eine Kostprobe von seinem …" Er machte eine Pause, sah sich um und beugte sich dann vor. „Das weißt du ja."

„Scheiße, richtig", murmelte Lex.

Er sah sich ebenfalls um, obwohl er Seb nicht helfen

konnte herauszufinden, wer sein Geliebter sein könnte, der eine, den das Schicksal als seine andere Hälfte ausgewählt hatte. Nur der Vampir, der mit diesem gewissen Jemand verbunden war, würde ihn riechen können.

„Also, gehst du eine Runde durch das Flugzeug oder so?“

Seb nickte, schaute sich noch einmal in der Kabine um und betrachtete die Leute, die sich durch den Gang schoben und ihre Plätze suchten. „Jep.“

Der Geruch schwebte wieder in seine Nase. Sebs Nasenflügel bebten, und ein Schauer lief über seinen Rücken. *Scheiße!* Wann war das letzte Mal gewesen, dass er sich bemühte, seine niederen Instinkte zu kontrollieren? Er war ein einhundertneunzigjähriger Vampir. Er verlor nicht die Kontrolle.

Mit diesen Gedanken im Hinterkopf riss Seb die Augenlider wieder auf.

Er tippte unruhig auf sein Bein, als sich die übrigen Passagiere auf ihren Sitzen niederließen. Er praktizierte tiefe Atemübungen, als die Flugbegleiter auftauchten und die Sicherheitsgurte erklärten – weil einige dieser Menschen in den letzten vierzig Jahren vielleicht nicht in einem Auto gewesen waren. Als das Flugzeug endlich die Rollbahn hinunterrollte, war Seb bereit, Lex zu erwürgen, dessen Augen fröhlich funkelten, als er hinter seiner Hand kicherte.

„Warte du nur, Arschloch“, knurrte Seb leise, als er das Anschnall-Zeichen anstarrte und ungeduldig darauf wartete, dass es verschwand. „Du wirst deinen auch noch bekommen.“

Lex beugte sich zu ihm, und sein Gesichtsausdruck

wurde plötzlich ernst. „Also, was machst du in Bezug auf Declans Bitte? Du solltest …“ Lex wedelt mit einer Hand, nicht gewillt, den Rest seines Denkens auf einem Flugzeug voller Menschen auszusprechen.

Seb verzog das Gesicht, denn er wusste immer noch genau, was sein Kumpel meinte. „Das hängt alles von meinem Geliebten ab“, murmelte er.

Sein Gefährte nickte. „Was auch immer du brauchst, Mann. Das weißt du“, sagte er und tätschelte sein Knie.

„Danke, Lex.“ Seb schätzte die Bereitschaft seines Freundes, ihn zu unterstützen, auch wenn es bedeutete, die Bitte abzuschlagen, die Declan McIntire – ein Alpha-Wolfswandler – beim Vampirrat eingereicht hatte, um Sebs Hilfe bei Beziehungen zu den Behörden zu erhalten. Er war nicht umsonst dafür bekannt, eine Zunge aus Silber zu haben. Doch so wichtig *das* auch war, Seb wusste, dass *dies* eine einmalige Gelegenheit war. Sein Geliebter war mit ihm im Flugzeug. Er musste herausfinden, wer er war.

Götter oben im Himmel, ich hoffe, es ist ein Er.

Mit Frauen Liebe zu machen war von Zeit zu Zeit in Ordnung, aber tatsächlich bei einer bleiben? *Auf keinen verdammten Fall. Keine Kinder und keine verdammten Babys. Ich will verdammt noch mal nicht Windeln wechseln. Pfui!*

Seb schob seinen Sicherheitsgurt beiseite und stand auf. Zum Glück zog Lex die Knie zur Seite und murmelte *viel Glück*.

Sofort erschien eine blonde Flugbegleiterin im Gang. „Kann ich Ihnen mit etwas helfen?“ Ihr fröhliches Lächeln wurde abschätzend, als sie seinen Armani-Anzug und seinen teuren Haarschnitt bemerkte.

Ja, ich mag schöne Dinge. Verklagen Sie mich.

„Nein, ich bin bestens versorgt", versicherte Seb. „Ich mag es nicht zu fliegen. Ich muss nur meine Beine etwas ausstrecken." Er zwinkerte und lächelte gewinnend.

Die blonde Frau kicherte und lächelte ihn schüchtern an. „Nun, wenn Sie irgendetwas brauchen, lassen Sie es mich wissen."

Seb lächelte wieder. „Natürlich, Schätzchen."

Er wandte sich ab, nicht daran interessiert, was die Flugbegleiterin sonst noch sagen könnte. Stattdessen atmete er tief ein und suchte nach der Ursache dieses Duftes … der moschusartige, sexy … Lebkuchen-Leckerbissen, den er unbedingt lecken, anknabbern und trinken wollte. Seb machte eine Pause und nahm sich einen Moment Zeit, um die Kabine zu durchsuchen.

Seb nahm den Hauch dieses Duftes wahr und blickte über die kleine Fläche. Seine vampirischen Sinne erlaubten es ihm, schnell die Gerüche zu unterscheiden, die die kleine Kabine durchströmten. Die Business-Klasse war nicht groß, sie hatte nur vier Reihen und zwei Sitze auf jeder Seite des Gangs. Er konzentrierte sich schnell auf die letzten beiden Reihen der rechten Seite. Drei der vier Sitze waren besetzt, einer war leer.

Perfekt.

Seb ging langsam an ihnen vorbei. Er sah sie nicht an, sondern atmete tief ein. Ja, sein Geliebter war definitiv ein Mann. Es gab zwei Männer in diesem Bereich und eine Frau. Einer der Männer und die Frau saßen in der ersten Reihe und schienen ein Paar zu sein. Der zweite Mann besetzte die nächste Business-Class-Reihe.

Er hoffte, dass der letzte Kerl – der mit den zerzausten roten Haaren, den weiten Jeans, dem T-Shirt und den abgenutzten Turnschuhen tatsächlich ein bisschen geeky wirkte – seine besondere Person war. Da der Mensch den Kopf weg gedreht hatte und gegen das Fenster lehnte, konnte Seb nicht viel ausmachen, aber er wollte lieber einen Geek nehmen als … na ja, das adrette blonde Arschloch in der nächsten Reihe, das selbst jetzt seine Barbie-ähnliche Freundin anschnauzte. Wen interessierte es, wie heiß der Kerl war. Arschloch! Kein Wunder, dass der Geek vortäuschte zu schlafen.

Seb zermarterte sich das Hirn auf der Suche nach einem Plan und ging zur Toilette. Er atmete ein paar Mal tief durch und brachte seine rasende Lust dazu, etwas abzuebben. Verdammte Paarungsinstinkte – Segen und Fluch zugleich.

Sobald Seb sich fühlte, als hätte er sich unter Kontrolle, ging er zurück zu seinem Platz. Er musterte wieder das Trio und bemerkte, wie der Geek seine Schläfe mit den beiden vorderen Fingern rieb. Er nutzte die Gelegenheit, stoppte eine Flugbegleiterin und bat um Aspirin. Nachdem sie ihm welches gebracht hatte, dankte er ihr und ging auf den Mann zu. Selbst wenn der Geek doch nicht sein Geliebter sein sollte, konnte er dem Kerl trotzdem helfen.

„Abend“, grüßte Seb. Er ließ sich ohne Einladung auf dem Sitz am Gang nieder und lächelte den Menschen an.

Die Augen des Fremden wurden auf fast komische Art rund, als sich sein Mund wie ein Fisch öffnete und schloss, während er Seb von oben bis unten ansah. Sebs Lächeln wurde breiter, obwohl er darauf achtete, die Lippen zusammenzuhalten, um seine Reißzähne zu verbergen.

Seb wartete nicht darauf, dass der Mensch seine Absichten zu erraten versuchte, und lehnte sich zu ihm. Er atmete dabei unwillkürlich den Geruch des Menschen ein, während er die Einzelpackung Aspirin hochhielt. Er hielt seine Stimme gesenkt, beruhigend und fast schnurrend. „Ich habe bemerkt, dass Sie Kopfschmerzen haben könnten. Kann ich Ihnen ein Aspirin anbieten?"

Sebs Herz hämmerte wild in seiner Brust, als der Mann die Hand ausstreckte und das Päckchen nahm. Er wusste nicht, wie der Fremde es nicht hören konnte. Von den drei Menschen war dieser derjenige, dessen Blut ihn lockte. Er wollte, *musste* auf diesem achtzigminütigen Flug zwischen Sacramento und Las Vegas alles über diesen Menschen erfahren.

„Danke", murmelte der Kerl.

Er riss das Päckchen auf, gab die beiden weißen Tabletten auf seine Handfläche und nahm dann einen Plastikbecher mit leicht sprudelnder Flüssigkeit. Nachdem er die Pillen in den Mund genommen hatte, nippte er an seinem Getränk.

Seb beobachtete, wie der Mensch eine Grimasse schnitt, als seine Kehle arbeitete, und sein Adamsapfel hüpfte. Er unterdrückte ein Stöhnen, als die Sehnsucht mit voller Kraft zurückkehrte. Offensichtlich hatte Seb nicht alle seine Gedanken für sich behalten, denn als er sich wieder auf das Gesicht des Menschen konzentrierte, sah der Mann, von dem er überzeugt war, dass es sich bei ihm um seinen Geliebten handelte, ihn mit angezogenen Brauen an.

Seb zog einen Mundwinkel hoch, lehnte sich in seinem konfiszierten Sitz zurück und fragte: „Ist Vegas Ihr endgültiges Ziel? Oder müssen Sie in eine weitere dieser fliegenden Stahlkisten steigen?"

Seb hatte eigentlich nichts dagegen zu fliegen … im Jet des Rates. Er fand Linienflüge jedoch langweilig und nervig. Zum Glück schien es dieses Mal, dass das Schicksal Pläne für ihn hatte.

Zur Hölle, ja!

„Vegas."

„Ja? Ich auch", log Seb. Er streckte die Hand aus: „Sebastian Russo. Meine Freunde nennen mich Seb."

Für mehrere Herzschläge starrte der Mensch Sebs Hand an, als wäre sie eine Schlange. Schließlich streckte er die Hand aus und nahm Sebs, während er „Dirk Lemans" murmelte.

Lächelnd und in dem Wissen, dass er die Situation total ausnutzte, aber nicht imstande, sich davon abzuhalten, hob Seb Dirks schlanke Hand an die Lippen und drückte einen sanften Kuss darauf. „Sehr erfreut, dich kennenzulernen, Dirk", gurrte Seb. „Darf ich dich überzeugen, heute Abend mit mir zu Abend zu essen?"

Dirk starrte ihn einige Sekunden lang wie ein Fisch an. „Ich k-kann nicht", stotterte er schließlich.

Enttäuschung durchfuhr Seb, aber es gelang ihm, sein Lächeln beizubehalten. Er blätterte geistig Optionen durch, um herauszufinden, ob sein Mensch bereits verbunden war oder ob es einen anderen Grund gab, aus dem er ablehnte. Seb konnte keinen Duft einer anderen Person auf der Haut seines

Geliebten erkennen, und er trug auch keinen Ring.

Dann zog Dirk an seiner Hand und Seb löste seinen Griff. Dirk blickte sich nervös um und murmelte: „Warum denkst du überhaupt, dass ich schwul bin?“

Oh, zu süß!

„Weil, Süßer“, sagte Seb und beugte sich zu ihm, „wenn du es nicht wärst, hättest du, egal, wie viel größer ich bin, irgendein Zeichen von Unwillen oder Verwirrung gezeigt. Du zeigst aber nichts davon.“ Er hob eine Hand, aber als er sah, wie Dirk sich anspannte, legte er sie auf sein anderes Handgelenk, das auf der Armlehne ruhte. „Also bitte brich mir nicht mein Herz und leugne meine Intuition“, beendete er und bedachte den Mann mit einem lasziven Blick.

Seb mochte die Röte, die in Dirks Wangen stieg, vor allem, da sie das Blut des Mannes dazu brachte, zu singen, wo es nahe unter der Oberfläche floss.

„Ähm, ich, na ja …“ Er klappte kurz den Mund zu und konzentrierte sich auf seine Hände, die sich in seinem Schoß befanden. „Ich nehme an der Comicon Convention teil und habe keine Zeit zum Abendessen. Es tut mir leid.“

Nun, verdammt, was zum Teufel? Sicherlich würde ein Geliebter die Verbindung zwischen ihnen spüren und Zeit mit ihm verbringen wollen? Langsam einatmend, sammelte Seb seine Gedanken, und Dirks Angst, Verwirrung und, ja, Lust, schlugen ihm hart ins Gesicht.

Verdammt, ich muss dieser Reaktion auf den Grund gehen!

„Eine Comicon“, antwortete Seb leise und richtete sich auf seinem Sitz auf. „Ich habe gehört, dass das eine ganz schön wilde Veranstaltung ist.“

„Ja, ja, das ist es", murmelte Dirk. Er blickte immer wieder zu Sebs Kinn auf, konnte seinen Blick jedoch nicht treffen.

Seb schenkte ihm ein warmes Lächeln. „In diesem Fall hoffe ich, dass du eine tolle Zeit haben wirst", sagte er zu ihm. Dirks Brauen schossen überrascht auf und er sah Seb endlich in die Augen. Der Unglaube, den der Mensch ausströmte, war unverkennbar, also hielt Seb seinen Blick weich und tat sein Bestes, um Aufrichtigkeit auszudrücken. Vor allem, als er sagte: „Und ich hoffe, wir treffen uns wieder, Dirk. Bis demnächst. Ich hoffe, dass deine Kopfschmerzen nachlassen."

Mit diesem Abschied stand Seb auf und – nicht imstande, zu widerstehen – drückte sanft die Schulter des sexy Geeks, bevor er zu seinem eigenen Platz zurückkehrte. Zu diesem Zeitpunkt war Lex auf den Fensterplatz gerutscht und hatte ihm den Sitz am Gang überlassen, sodass er nicht wieder über ihn hinwegsteigen musste.

Seb warf einen Blick auf seine Uhr und stellte fest, dass er noch vierzig Minuten Zeit hatte, um herauszufinden, wie er seinen Gefährten am besten knacken konnte. Nach Dirks Reaktionen auf sein offenkundiges Flirten wurde ihm klar, dass sein Geliebter unerfahren war, vielleicht war er sogar in der Vergangenheit verletzt worden. Die Vorstellung, wie ein anderer Dirk berührte, führte dazu, dass ihn unvernünftige Eifersucht erfüllte.

„Hey, hör auf damit", knurrte Lex leise.

Erst dann bemerkte er, dass seine Augen getrübt waren und seine Nägel danach juckten, sich in seine zentimeterlangen Krallen zu verwandeln. Bei seiner lächerlichen Reaktion schüttelte er den Kopf, schließlich war Seb selbst in keinster Weise jungfräulich. Sobald er die Kontrolle über sich erlangt hatte, sah er Lex an und schnitt eine Grimasse.

Sein Freund grinste zurück und sagte: „Ich schätze, ich muss wohl einen unangenehmen Anruf machen, sobald wir aus dem Flugzeug steigen?"

Seb nickte. „Ja." Er zwinkerte. „Ich bin zu beschäftigt damit, diese Comicon zu finden, von der Dirk gesprochen hat."

„Also, was ist dein Plan, sobald du sie gefunden hast?"

Grinsend lehnte Seb sich an seinen Freund heran, sodass andere ihn nicht sehen konnten, als er zischte: „Ich werde hingehen."

Lex runzelte die Stirn. „Ich weiß nicht, wie einfach das sein wird, Seb", warnte er. „Muss man für diese Veranstaltungen nicht ein Ticket kaufen oder sich Wochen oder Monate im Voraus anmelden?"

„Ich habe keine Ahnung", gab er zu. Dann ließ er seine Augen für eine Sekunde rot werden, bevor er sich beherrschte. „Aber ich bin sicher, ich kann sie davon überzeugen, dass ich ein Ticket habe."

„Sei vorsichtig, dass du dich nicht überanstrengst", warnte Lex leise.

Seb wusste, was seinen Freund beunruhigte. Wenn er zu müde wurde, konnte das Blut seines Geliebten seinen gesunden Menschenverstand überwältigen, und er wollte seinen scheuen Menschen nicht mit aggressiven Handlungen verschrecken.

„Ich brauche nicht viel Zeit." Seb brauchte keine Augen

in seinem Hinterkopf zu haben, um zu wissen, dass Dirk ihn anstarrte … Die Art, wie die Haare in seinem Nacken kribbelten, sagte es ihm schon. Er würde die Zuneigung seines Geliebten gewinnen, dann würde er herausfinden, wie zum Teufel er ihm sagen sollte, dass er ein Vampir war.

KAPITEL 2

Dirk Lemans bemühte sich, seine Atmung gleichmäßig zu halten, und konzentrierte sich darauf, den Anti-Stress-Ball in seiner linken Hand rhythmisch zu drücken. Er hasste das Fliegen, hasste das Reden in der Öffentlichkeit und hasste es, sich überlegen zu müssen, wie er richtig mit anderen interagieren sollte. Diese Woche musste er alle drei Dinge tun.

Verdammte Comicon.

So sehr er die Comic-Branche liebte, die ihm mit seinen Zeichnungen so viel kreative Freiheit erlaubte, hasste Dirk den Marketing- und Werbe-Aspekt des Geschäfts. Sein Chef, Drew Herschal, hatte die Daumenschrauben angezogen und drohte, die Designarbeit für *Adventures of Lady Gilroy* neu zu vergeben.

Dirk liebte es, mit den Autoren dieses Comics zu arbeiten. Sie waren genauso zurückgezogen und exzentrisch wie er, also waren ihre Treffen immer kurz und nett … keine Politik. Die Zusammenarbeit mit ihnen machte den Umgang mit einigen anderen Comic-Teams erträglich. Er wollte das nicht verlieren … also war er jetzt hier.

Schließlich begann sich Dirks Herzschlag zu verlangsamen … gerade noch rechtzeitig, um sich mit den hüpfenden, ruckelnden Aspekten der Landung zu befassen.

Großartig.

Dirk warf einen Blick auf den Mann, Sebastian, der ihm das Aspirin gegeben hatte. Es war eine nette Geste gewesen, aber dann hatte der Kerl angefangen, ihn anzubaggern … offensichtlich machte er sich über ihn lustig. Schade, denn der Fremde hatte ihn richtig eingeschätzt. Dirk war schwul und er fand Sebastian verdammt heiß.

Sebastians Business-Anzug, wahrscheinlich Armani oder ein anderes kostspieliges Äquivalent, schmiegte sich an den Körper des Mannes, zeigte seine schlanke Gestalt. Von der selbstsicheren Art und Weise, wie er sich bewegte und wie sich die Jacke über Brust und Unterleib spannte, als er nach seiner Tasche im Gepäckfach griff, wusste Dirk, dass dort gut definierte Muskeln sein mussten. Kein von Schreibtischarbeit breitgesessener Hintern an diesem sexy Augenschmaus.

Nachdem die meisten Leute die Business-Class verlassen hatten – Gott sei Dank konnten sie zuerst aussteigen –, schnappte sich Dirk seine Laptop-Tasche unter dem Sitz vor seinem und stand dann auf. Er stellte die Tasche auf den äußeren Sitz und öffnete das obere Gepäckfach.

Dirk packte den Schultergurt und zog. Die Tasche glitt auf ihn zu und blieb dann hängen. Er zog erneut daran und sie neigte sich, die linke Seite schwang zu seinem Gesicht, während die rechte Seite gegen den Rand des Fachs stieß.

Dirk quietschte und bemühte sich, das fliegende Objekt zu fangen, gab dann auf und bedeckte seinen Kopf. Der Aufprall kam nicht. Stattdessen füllte Sebastians berauschendes Aftershave seine Lungen. Er konnte nicht anders als tief einzuatmen, obwohl er es schaffte, nicht zu stöhnen. Zu seinem Schock richtete sich sein Schwanz auf und bekundete schneller Interesse, als er es jemals zuvor erlebt hatte.

„Vorsicht, Süßer“, knurrte Sebastian und seine tiefe Stimme ertönte direkt über seiner Schulter. „Lass mich dir dabei helfen.“

Während der Mann weiter sprach, bildete Dirk sich tatsächlich ein, er könnte die Hitze des anderen Mannes in seinem Rücken spüren.

„Bitte schön.“

Die Hand, die an seiner Taille landete, brachte Dirk fast zum Quietschen. Er schaffte es, den Laut zurückzuhalten, konnte aber nicht umhin, weg zu zucken und sich zu demjenigen umzudrehen, der ihn hielt. Dirk stand von Angesicht zu … Kinn mit Sebastian.

„Hey, ruhig, Dirk“, beruhigte Sebastian und hielt beide Hände in der allgemeingültigen *Ich werde dir nicht weh tun*-Geste hoch. An einer Hand baumelte Dirks kleine Tasche, und Sebastian veränderte seinen Griff so, dass er sie Dirk hinhalten konnte. „Ich wollte nicht, dass diese Tasche dein hübsches Gesicht verunstaltet. Ich wollte dich nicht erschrecken.“

Dirk schluckte schwer, und sein Herz raste in seiner Brust – weil er erschrocken war, nicht weil sein Schwanz hart wie Stahl in seinen Boxershorts war und er Sebastian anflehen wollte, ihn über den Sitz hinter ihm zu beugen und zu ficken.

Scheiße, ich muss von diesem Kerl wegkommen.

„Vielen Dank. Ich … hasse Flugreisen. Das macht mich nervös“, gab er zu und griff nach der Tasche.

„Ich mag sie auch nicht besonders gern“, sagte Sebastian und ließ die Tasche in seine wartende Hand fallen.

Hm, er hat nicht einmal meine zitternde Hand angesprochen.

Warum? Ich habe ihn schon abgelehnt. Sicher plant er als nächstes eine Demütigung …

Doch er tat es nicht.

Sebastian schenkte ihm ein weiteres warmes Lächeln und musterte ihn mit sichtlichem Wohlgefallen – was an und für sich seltsam war – dann schlenderte er aus der Kabine. Jenseits seiner Kontrolle senkte sich Dirks Blick auf den Stoff, der sich über den sexy Hintern des Mannes spannte.

Uff! Was ist nur los mit mir?

Dirk schüttelte den Kopf über seine Reaktionen, schnappte sich seinen Laptop vom Sitz und stieg aus dem Flugzeug. Sobald er den Stahlvogel verlassen hatte, zog er den Griff der Reisetasche heraus und zog sie hinter sich her. Seine gedankliche Beschäftigung mit dem Fremden im Flugzeug war die einzige Entschuldigung dafür, dass er in den Blonden hineinrannte, der vor ihm gesessen hatte.

Der Bastard, der seine Freundin beleidigte, wirbelte herum und zog die Lippe hoch. „Pass auf, wohin du gehst, Schwuchtel“, knurrte er.

Dirk wurde blass. Er konnte buchstäblich das Blut aus seinem Gesicht weichen *spüren*. Er trat unwillkürlich einen Schritt zurück und flüsterte: „S-Sorry.“

Zu spät erinnerte sich Dirk an den Ratschlag, nicht vor einem Raubtier davonzulaufen. Der Typ kicherte, aber es klang grausam. „Lass mich dir eine kleine Erinnerung geben, Schwanzlutscher“, zischte er und trat näher.

„Dane, komm schon“, jammerte seine Freundin und packte ihn am Arm. „Lass ihn in Ruhe, ja? Da kommen Leute. Lass uns einfach gehen!“

„Halt die Klappe, Nina. Er hat angefangen!", schnappte der Blonde, die Hand in offensichtlicher Warnung erhoben.

Verdammt. Dirk wusste einfach, dass diese Hand als nächstes auf ihn zukommen würde … wahrscheinlich zu einer Faust geballt.

Das Mädchen, Nina, musste es auch gewusst haben, denn sie wich zurück und warf Dirk einen entschuldigenden Blick zu. Zumindest war sie nicht auch ein schwulenfeindliches Arschloch. Dieser Gedanke kam Dirk etwa zur gleichen Zeit, als Dane leise knurrte und warnte: „Glotz mein Mädchen nicht an, Tunte. Und glotz mich nicht an. Guck auf meine Schuhe, denn in einer Sekunde wirst du sie küssen!"

Dirk würde sich lieber zu einem fötalen Ball zusammenrollen und Prügel einstecken, als die Schuhe dieses Bastards zu lecken. Er würde es auch tun. Er hatte es schon früher gemacht. Dieser Gedanke schickte einen Phantomschmerz durch seine rechte Hüfte, aber er ignorierte ihn, um seinen Kopf wegzudrehen und seine Arme um seinen Oberkörper zu legen.

Fleisch klatschte auf Fleisch, nur dass es nicht sein eigenes war. Er kniff die Augen zusammen und blickte vorsichtig auf. Zu seiner Überraschung fand er niemand anderen als Sebastian an seiner Seite. Sein Arm war nach vorne gerichtet und ein Blick nach unten verriet Dirk, wie die eindrucksvolle Faust des sexy Geschäftsmannes sich um Danes legte.

„Na, na, Dane", sagte Sebastian. Obwohl der Ton des Mannes trügerisch ruhig schien, wusste Dirk, dass er nicht der Einzige war, der den eisigen Unterton seiner Worte hörte. „Du solltest den Rat deiner Freundin wirklich annehmen. Geh jetzt und es wäre besser, wenn ich dich nie wieder erwische, wie du jemanden angreifst."

Sebastian beugte sich vor und zischte: „Weil *ich* nämlich auch eine Schwuchtel bin, und du darfst dir sicher sein, dass ich dir in den Arsch treten kann und *werde,* Dane." Als Sebastian den Mann mit dem Griff, den er um Danes Faust hatte, von sich schob, bemerkte Dirk den Ausdruck von – nun, es schien mehr als nur Angst zu sein, Entsetzen? – der über Danes Gesicht huschte. Der blasse Mann schien gar nicht schnell genug wegkommen zu können. Dirk fragte sich, was für ein Ausdruck in Sebastians Gesicht gewesen war … aber eigentlich, egal … er wollte nicht, dass der sexy Mann jemals wütend auf ihn war.

„Nun, das war subtil."

Dirk drehte sich um und sah einen anderen Mann in einem Geschäftsanzug in der Nähe, mit den Fäusten in den Hüften, so dass seine Anzugjacke gespannt war. Mit einer hochgezogenen Braue sah er mehr amüsiert als aufgebracht aus.

„Solche Leute bekommen keine subtile Behandlung, Lex", kommentierte Sebastian.

Dann überraschte Sebastian Dirk, indem er seinen Kiefer umfasste und seinen Kopf ein wenig nach oben neigte. „Bist du in Ordnung? Hat er dich geschlagen?"

Dirk schüttelte schnell den Kopf. „Nein. Ich lief gegen ihn und stolperte zurück. Er hat mich nicht angerührt."

„Das hätte er aber", knurrte Sebastian und runzelte die Stirn.

Dirk zuckte die Achseln und entfernte sich etwas von dem anderen Mann, da er sich bei dem Kontakt unwohl fühlte, während er gleichzeitig nach mehr verlangte. Es war mehr als verwirrend. „Ich muss wirklich gehen“, flüsterte er.

Sebastian nickte. „Bleib in Sicherheit, Dirk.“

Dirk nickte, da er sowieso immer versucht hatte, in Sicherheit zu sein. Ein Grund, warum er seine einsame Arbeit genoss, war, dass nicht zu viele Leute ihn verletzten konnten, während er mit seinen Zeichnungen und seinem Computer beschäftigt war.

Trotzdem konnte Dirk nicht anders, als immer wieder über die Schulter zu schauen, und jedes Mal entdeckte er Sebastian und seinen Geschäftspartner nicht allzu weit hinter sich. Ein seltsames Gefühl, beschützt zu werden, überkam ihn. Dirk wusste, dass es wahrscheinlich nur seine Einbildung war, aber er lächelte bei dem Gedanken trotzdem.

Dirk seufzte und starrte auf die drei verschiedenen Hemden, die auf dem Bett lagen. Das Willkommensessen am Vorabend war schwierig genug gewesen, auch wenn die Leute, wie er selbst, alle beruflich dort waren. Heute aber … heute würde er sich mit der Öffentlichkeit auseinandersetzen müssen. Hunderte von aufgeregten Lesern, viele davon als ihre Lieblingshelden und -heldinnen verkleidet, die übermütig plapperten und Fragen stellten.

Er hatte keine Ahnung, wie er den Tag überstehen würde. Zumindest endete sein letzter Auftritt – ein Diskussionsforum, in dem er und mehrere andere Designer Fragen zur Übertragung ihrer von den Autoren genehmigten, groben Skizzen in Grafiken auf seinem Computer beantworteten –, um fünf Uhr nachmittags. Dann könnte er sich in seinem Zimmer verstecken. Vielleicht würde er etwas Arbeit an seinem neuesten Projekt erledigen.

Ja, das und eine Flasche Wein werden mir helfen, mich zu entspannen.

Mit diesen Plänen im Hinterkopf wählte Dirk das mittlere Hemd, Button-down und in Rot und Grün. Sein Kumpel Deke hatte darauf bestanden, dass er es mitnahm. Während Dirk der Inbegriff eines Geeks war – na ja, ohne die Brille, weil er ein perfektes Sehvermögen hatte –, war sein bester Freund seit der zweiten Klasse ein 1A-Twink, ein blonder, süßer, lebhafter und bissiger Stylingexperte. Dirk hätte ihn gehasst, wenn er nicht mit ihm aufgewachsen wäre und wüsste, dass der Mann ein Herz aus Gold hatte. Außerdem hatte Deke ihm beim Packen geholfen und ihm für jeden Tag Outfit-Kombinationen mit auf den Weg gegeben.

Dirk zog das Hemd an, steckte seine Brieftasche in die Gesäßtasche und hängte sich sein Namensschild um den Hals. Er stand vor der Tür, atmete langsam ein und ließ die Luft ebenso langsam heraus.

„Okay“, murmelte Dirk, verließ sein Zimmer und ging runter zur Comicon.

Dirk biss die Zähne zusammen und versuchte, die Frage nicht als beleidigend aufzufassen. Wirklich, das tat er. Leider wusste er, dass es nicht zu viele Möglichkeiten gab, wie er eine Frage falsch interpretieren konnte, die lautete: „Sie zeichnen all diese spärlich gekleideten Superheldinnen, weil es total geil ist, was?"

Mein Gott, dachte der sabbernde junge Mann, der als Captain America verkleidet war, dass sie, nun … *das* von seiner … Dirk konnte seine durcheinander geratenen Gedanken kaum in die richtige Richtung bringen. Ihre Arbeit war Kunst, nicht Porno.

Glücklicherweise lachte Ronnie Cullins, ein Designer eines anderen Herausgebers, der mühelos mit den Lesern interagierte, einige Sekunden lang und brachte damit auch ein paar andere zum Kichern. Dann hob Ronnie eine Hand und schüttelte den Kopf. „Entschuldigung, Captain, aber nein. Das versuchen wir hier nicht. Unsere Arbeit ist nur zur Unterhaltung gedacht." Er grinste breit und fügte hinzu, während er albern mit den Augenbrauen wackelte: „Was ihr Leser daraus macht, na ja, das ist zwischen euch und eurem Comic-Heft."

Diese Worte riefen auch eine Menge Lacher hervor.

Danach musste Dirk nur noch eine Frage bewältigen – diese zu seinem Verlag und wie man mit ihnen Kontakt aufnehmen konnte. Er gab dem Mädchen, das ziemlich genau wie Chameleon gekleidet war, den Namen der Kontaktperson für Einsendungen. Er fügte sogar ein paar Ratschläge hinzu, aus der Zeit, als er eingestellt worden war, woraufhin er sich sehr gut fühlte.

Während sich alle hinausbewegten, sammelte Dirk seine Sachen ein – ein paar Notizen, die er für sich und gemacht hatte, und Informationen über seinen Verleger, falls er danach gefragt werden sollte. Dirk steckte die wenigen Papiere in seine Tasche.

„Hey, Dirk“, rief Ronnie. „Einige von uns machen sich vor dem Kostümwettbewerb auf den Weg, um etwas zu essen und zu trinken. Willst du mitkommen?“

„Ähm …“ Dirk suchte nach einem höflichen Weg, um nein zu sagen. Nachdem er einen Tag lang sein Bestes gegeben hatte, um sich nicht inmitten von Menschenmengen zum Narren zu machen, wollte er sich wirklich nur entspannen, und jedes Wort, das aus seinem Mund kam, kontrollieren zu müssen, war nicht der richtige Weg. Er wusste, dass er oft genau das Falsche sagte, was andere dazu brachte, ihn entweder auszulachen oder sich unwohl zu fühlen. „Nun, ich –“

„Ich fürchte, Dirk ist nicht verfügbar“, setzte eine sanfte, tiefe Stimme hinter ihm den Satz fort.

Dirk keuchte und wirbelte herum. Das konnte doch nicht … doch er war es. Der Mann, der seine Träume heimgesucht hatte – auf die erotischste Art und Weise – stand auf der anderen Seite des Tisches. „Sebastian? Was tust du denn hier?“

„Ich dachte, ich würde Zeit sparen und dich hier abholen“, erwiderte Sebastian mit einem offenen Lächeln. Dann wanderte sein Blick über Dirk, und er schnurrte fast: „Du siehst übrigens fantastisch aus. Ich mag die Art, wie das Hemd das Braun deiner Augen vertieft, Süßer.“

„Ähm, danke“, murmelte Dirk mit glühenden Wangen.

Ronnie lachte und schlug Dirk auf den Rücken. „Also gut. Klingt, als würdest du viel mehr Spaß beim Abendessen haben als ich“, neckte er und zwinkerte. „Wenn ich dich heute Abend nicht beim Wettbewerb sehen sollte, werde ich dir keinen Vorwurf machen." Der andere Mann drehte sich um und steckte die Hände in die Tasche, als er aus dem Raum ging.

„Oh, ähm", begann Dirk. „Danke, aber du bist nicht, ähm, was machst du hier?" Er zuckte bei seinem abrupten Themenwechsel zusammen, ganz zu schweigen von seiner scheinbaren Unhöflichkeit.

Seltsamerweise schien Sebastian nicht aufgebracht zu sein. Stattdessen bewegte er sich um den Tisch herum, oder besser, er schritt auf Dirk zu. Eine Emotion, die Dirk nicht benennen konnte, erleuchtete die tiefblauen Augen des Mannes. „Ich habe dir gesagt, ich freue mich darauf, dich wiederzusehen, Dirk", sagte Sebastian leise. „Ich hoffe, du warst schon geoutet", fuhr er fort und blieb vor Dirk stehen. Sein Lächeln wurde breiter und zeigte nur eben so gerade, perlweiße Zähne. „Weil ich nämlich nicht die Absicht habe, zu verbergen, wie sehr ich dich will."

Dieser Mann wollte ihn? „Warum?"

Sebastian legte den Kopf schief und runzelte für eine Sekunde die Stirn. „Warum was?"

Dirk versuchte, seine verwirrten Gedanken zu äußern. „Warum interessierst du dich für mich? Ich meine, du bist offensichtlich jemand Wichtiges. Du hattest diesen teuren Anzug an und trägst jetzt diese schönen Klamotten." Er streckte die Hand nach unten und deutete auf die Designerjeans und das graue Seidenhemd, die mit abriebfreien Dockers kombiniert waren. „Du könntest jeden haben, und ich bin nur ein Geek."

„Du bist nicht einfach jeder, Dirk", erklärte Sebastian,

schalt ihn vielleicht sogar ein wenig. „Hast du noch nie das Sprichwort darüber gehört, wie Gegensätze sich anziehen? Ich finde dich interessanter und niedlicher als du weißt und würde dich gerne kennen lernen."

Dirk hob eine Hand und massierte seinen Nacken. „Ich weiß nicht. Du scheinst ein ernster Mann zu sein, der gerne die Kontrolle hat." Obwohl Dirk nicht wirklich die aufmerksamste Person war, konnte selbst er das erkennen – ihm Aspirin anbieten, mit seinem Gepäck helfen und ihn sogar vor einer Tracht Prügel retten. Es war fast eine Art von Umsorgen zusammen mit der Kontrolle, was Dirk überhaupt nicht verstand. Sebastian kannte ihn nicht. „Wenn du jemanden suchst, um den du dich kümmern kannst, solltest du dir jemand anderen suchen. Ich glaube nicht, dass wir viel gemeinsam haben würden." Er verschränkte die Arme vor der Brust. „Ich meine, ich kann mir nicht vorstellen, dass du Achterbahn fahren oder Flipper oder Videospiele magst."

Sebastian neigte seinen Kopf, und sein Lächeln spielte immer noch um seine Mundwinkel. „Da wir sehr wenig voneinander wissen, gib uns doch eine Chance, das zu ändern", drängte er. „Komm mit mir zum Abendessen, lass uns reden. Du brauchst etwas Zeit, um dich zu entspannen", sagte er. Er berührte Dirks Schulter und rieb mit seinem Daumen über die Sehne. „Du bist angespannt und brauchst eine Auszeit. Lass mich dir damit helfen. Nur wir, keine Erwartungen."

Dirk überlegte, das Angebot abzulehnen, aber warum eigentlich? Der Typ war Sex am Stiel, roch erstaunlich gut und wollte Zeit mit ihm verbringen. Es war nicht so, als würden seine Aufmerksamkeiten von Dauer sein. Ein Mann wie Sebastian würde nicht lange bei jemandem wie Dirk bleiben.

Dirk leckte sich die Lippen und bestätigte: „Keine Erwartungen?"

Sebastians Mundwinkel wanderte etwas weiter nach oben. „Nun, ich könnte dich am Ende zu einem Gutenachtkuss verlocken. Das scheint ziemlich normal für ein Date zu sein, richtig?"

Ein Date? Sebastian betrachtete es als Date? In dem Moment erinnerte Dirk sich an die Abschiedsworte seines besten Freundes: *Und um Gottes Willen, Dirk. Nimm dir etwas Zeit, um ein paar niedliche Comic-Groupies zu finden und dich endlich mal flachlegen zu lassen!*

Sebastian würde nie als Comic-Groupie eingestuft werden, aber er schien interessiert zu sein, obwohl der Himmel allein wusste, warum. Dirk schluckte schwer und nickte. „Okay. Das wäre schön."

KAPITEL 3

Seb stieß in Gedanken jubelnd die Faust in die Luft.

Ja! Ich habe meinen Geliebten überzeugt, Zeit mit mir zu verbringen.

Er mochte die Idee nicht, seine Hände für sich zu behalten, und er würde alles in seinem beträchtlichen Charme-Arsenal einsetzen, um Dirk zu überzeugen, die Idee, die Sache zwischen ihnen platonisch zu halten, aus dem Fenster zu werfen. Man musste jedoch kein Genie sein, um zu merken, wie nervös sein Mensch war, wenn er mit nun, so ziemlich jedem, interagierte.

Sebastian kam zu dem Entschluss, dass seine Ankündigung wahrzumachen der Schlüssel war, um Dirks Vertrauen zu erlangen und die Quelle seines Unbehagens zu entdecken. Er entschied sich für ein ruhiges Abendessen unter vier Augen, bei dem sich sein Mann entspannen und locker werden konnte.

„Komm schon, Dirk", drängte Seb. Er legte eine Hand auf den Rücken seines Menschen und führte ihn zur Tür. Er konnte sein Verlangen nicht zügeln, wenigstens den Versuch zu unternehmen, die Spannung in den Muskeln unter seinen Fingerspitzen zu lindern. Seb rieb leicht über die Stelle, an der er ihn berührte, und fügte hinzu: „Lass uns einen schönen, ruhigen Ort zum Entspannen finden."

Dirk neigte seinen Kopf ein wenig, so dass er unter seinen Wimpern zu ihm hinübersehen konnte. „An wo hast du gedacht?"

„Nun, ich würde mein Zimmer vorschlagen – und Zimmerservice." Sofort spürte er, wie Dirk sich versteifte, und zwinkerte dem anderen Mann zu, um ihn wissen zu lassen, dass er ihn neckte. „Aber ich weiß, dass du dazu nicht bereit bist. Bevorzugst du Bier oder Wein?" Plötzlich hielt er inne und fragte: „Du bist doch über einundzwanzig, nicht wahr?" Man konnte ihn ruhig alt nennen – na ja, er war es, und er war noch nie gut darin gewesen, das Alter eines Menschen einzuschätzen, aber sein Geliebter sah jung aus.

Dirks braune Augen funkelten und er schnaubte, als er Seb anstarrte. „Ja, Sebastian. Ich bin vierundzwanzig. Willst du meinen Führerschein sehen?"

Seb hielt sich gerade so davon ab, zu grinsen – es war nicht nötig, seinen Menschen zu verschrecken, indem er seine Fangzähne zu früh zur Schau stellte. Er wusste, dass seine Belustigung seine Augen erreichte, was für ihn in Ordnung war. „Ah, Süßer, sei nicht sauer. Ich bin schrecklich schlecht darin, das Alter einer Person einzuschätzen. War ich schon immer."

Sebs Eingeständnis seines eigenen Mangels veranlasste Dirk tatsächlich, sich ein wenig zu entspannen, und sein Geliebter schmiegte sich in seine Berührung. *Interessant.* Er konnte dieses Detail definitiv zu seinem Vorteil nutzen.

„Na ja, ich bevorzuge Wein, aber wenn du Bier lieber magst, gibt es davon auch einige Sorten, die ich mag", sagte

Dirk.

„Hmm, ich genieße beides, je nach Laune, und ein oder zwei Gläser Rotwein klingen wie eine großartige Idee“, sagte Seb und dachte über die Restaurantoptionen des Hotels nach. „Bist du gegen irgendwas allergisch?“

„Nein.“ Dirk legte den Kopf schief und sah verwirrt aus. „Warum?“

„Ich will einfach nicht, dass unser Abend von einem Besuch im Krankenhaus unterbrochen wird, Süßer“, antwortete Seb. Bevor sein Mann über den Kosenamen zu viel nachdenken konnte, fuhr er fort: „Wie wäre es, wenn wir das *Emerils* ausprobieren? Dort gibt es eine fantastische Weinauswahl, und wir könnten sie mit fantastischer kreolischer Küche kombinieren.“ Achselzuckend fügte er hinzu: „Und wenn du die nicht magst, kannst du auch ein Steak essen.“

„Ich habe schon immer in Nordkalifornien gelebt“, sagte Dirk. „Ich bin nicht ganz sicher, ob ich kreolisches Essen je gegessen habe.“

Nachdem sie den Tagungsbereich verlassen hatten und Dirk sein Namensschild entfernt hatte, trat Seb ein Stück näher und schlang den Arm locker um den anderen Mann. Dirk blieb einige Schritte steif in seinem Griff, entspannte sich aber schließlich, um sich frei neben ihm zu bewegen.

„Bist du damit einverstanden?“, fragte Seb und überlegte, dass er sich wenigstens vergewissern sollte. Er wollte nicht zu schnell und zu forsch rangehen.

„Ich war noch nie so offen damit, aber das ist, ähm, nett.“

„Gut. Ich mag es auch.“

Sie gingen den Weg durch das Hotel und das Kasino. Jedes Mal, wenn Seb bemerkte, dass jemand die Stirn runzelte, stellte er sicher, dass er seinen Körper zwischen sich und dem Mann, den er hoffentlich an diesem Abend zu seinem Liebhaber machen würde, hielt. Er erwiderte das Lächeln derer, die sie anlächelten, nickten oder sogar zwei Daumen hochstreckten.

Es war lange her, seit er offen in Bezug auf einen Liebhaber gewesen war – egal, welchen Geschlechts –, aber er fühlte sich immer noch selbstgefällig bei den anerkennenden Blicken, die Dirk galten. Was es noch besser machte? Sein Geliebter schien seine eigene Anziehungskraft überhaupt nicht zu kennen.

Seb konnte es kaum erwarten, Dirk zu zeigen, wie gut es zwischen ihnen sein könnte.

Als sie im Restaurant ankamen, sah Seb sich um und debattierte zwischen einem Tisch im Hintergrund, damit sie nicht im Weg waren, und in der Bar, wo wahrscheinlich mehr los war. Dirk zu fragen, wäre wohl der beste Schritt, entschied er – es gab keine Notwendigkeit, die Ansicht des Mannes, er sei ein langweiliger Kontrollfreak, zu bestärken –, also wandte er sich seinem Menschen zu.

Verdammt, was kann ich tun, um ihm zu zeigen, dass ich weiß, wie man Spaß hat? Moment mal, hat er nicht was von Achterbahnen erwähnt? Es war Jahrzehnte her, seit er auf einer davon gewesen war.

Er nahm sich vor, auf die Idee zurückzukommen, konzentrierte sich aber zunächst auf Dirk und lehnte sich ein paar Zentimeter vor, ehe er murmelte: „Was bevorzugst du?

Ich denke, wenn wir an der Bar sitzen, werden wir zusehen können, wie sie die Austern vorbereiten und so, aber wenn wir hinten sitzen, ist es etwas ruhiger, und wir können uns entspannen und reden."

Gerade als Dirk sich umsah, führte der Kellner am Empfang die drei vor ihm sitzenden Menschen – drei kichernde Frauen – zu ihrem Tisch. Eine von ihnen, eine hübsche Rothaarige, sah über ihre Schulter und zwinkerte Seb zu. Er machte sich nicht die Mühe, die Geste zu erwidern und interessierte sich überhaupt nicht für die Enttäuschung in ihren Augen.

„Sie will dich."

Seb hob eine Braue, als er sich Dirk zuwandte. Er ignorierte alle anderen um sie herum und senkte den Kopf ein wenig, den Blick seines Geliebten haltend. „Ich bin mit dir hier. Ich habe keine Lust, mit jemand anderem zusammen zu sein."

Dirk keuchte.

Seb las den Unglauben in den Augen seines Menschen. Er lächelte. „Hör auf, so angestrengt nachzudenken, Süßer", schnurrte er, gab dann den Kampf auf und drückte einen zu kurzen Schmetterlingskuss auf Dirks Mund. Als er hörte, wie der Empfangsmitarbeiter sich näherte, und einer der Leute, die hinter ihm warteten, einen abschreckenden Kommentar machte – *ja, ich werde ihn später aufspüren und seine Eier zerquetschen* – richtete Seb sich auf und wandte sich dem Platzanweiser zu.

Der Mann – Saul, ein großer, fleischiger, Blonder, der eher aussah, als wäre er ein Türsteher vor einem Club und nicht ein Empfangsmitarbeiter in einer Austernbar –, lächelte sie freundlich an und sagte: „Ich habe zwei Plätze an der Bar oder ein paar freie Tische. Was hätten Sie gerne?"

Sebastian drehte sich zu Dirk. „Was möchtest du, Liebster?"

Zum Glück konzentrierte sich Dirk auf die Frage und nicht auf den Kosenamen. „Äh, ich würde wirklich einen Tisch vorziehen, wenn das in Ordnung ist."

Die Brauen des Kellners schossen in die Höhe. Er lehnte sich näher und seine tiefe Stimme dröhnte, als er fragte: „Sind Sie sicher? Die Bar ist wirklich der Ort, wo was los ist."

Dirk schaute in seine Richtung und wirkte unsicher. Seb atmete schnell ein und nahm seinen Duft in sich auf … Unsicherheit, Verwirrung, Besorgnis.

Lächelnd lehnte Sebastian sich zu dem großen Kerl und nickte. „Wir suchen einen ruhigen Ort zum Entspannen. Haben Sie einen Tisch in der Ecke, Saul?"

Sauls breites Gesicht verzog sich zu einem Grinsen. „Natürlich, Sir." Er warf einen Blick zwischen den beiden hin und her, schnappte sich ein paar Speisekarten und bedeutete ihnen, ihm zu folgen, während er sagte: „Hier entlang, bitte."

Sebastian packte schnell Dirks Hand und verschränkte ihre Finger. Er nickte seinem Geliebten aufmunternd zu und begann, Saul zu folgen. Sie schlängelten sich zwischen Tischen hindurch und um die Bar herum und erreichten schließlich die Wand in der einzig möglichen Ecke. Saul legte ihre Speisekarten auf den kleinen Tisch für zwei und sagte zu ihnen: „John wird für den Abend ihr Kellner sein. Er wird in Kürze bei Ihnen sein."

„Danke", sagte Seb, während er einen Stuhl herauszog und Dirk ein Zeichen gab, sich darauf niederzulassen. Dirk tat es und sah angesichts der Geste ein wenig benommen aus. Seb hatte ihn nicht verwirren wollen, aber er wollte seinen Geliebten richtig behandeln.

Nachdem er sich selbst gesetzt hatte, wurde Seb klar, dass sie immer noch Publikum hatten. Er blickte auf und entdeckte Saul, der wie ein Idiot grinste. Als er eine Braue hob, grinste Saul noch mehr. „Sie sind ein wirklich süßes Paar. Wie lange sind Sie schon zusammen?"

Dirk lief dunkelrot an und sein Mund öffnete und schloss sich wie der eines Fisches.

Sebastian streckte die Hand aus, ergriff Dirks und drückte sie. Als er zu Saul aufblickte, lächelte er und sagte: „Nicht lange genug … aber wir freuen uns auf den gemeinsamen Weg."

Saul nickte mit offensichtlicher Freude. „Süß. Ich werde eine solche Verbindung auch eines Tages haben", schwor er. Dann tänzelte er, noch immer irgendwie beschwingt, wieder nach vorne.

„Heiliges Kanonenrohr … dieser riesige Kerl ist schwul?"

Seb konzentrierte sich wieder auf Dirk und tippte mit dem Zeigefinger auf den Handrücken seines Mannes, bevor er neckte: „Na, du steckst doch niemanden in eine Schublade, oder, Süßer? Wie unartig." Seb hob die Hand des anderen Mannes und küsste seine Fingerspitzen. Da er nicht wollte, dass Dirk sich wegen Sebs offener Bekundung von Zuneigung – was, wie er wusste, für den Mann neu war – zu unwohl fühlte, gab er ihm wieder etwas anderes, worauf er sich konzentrieren konnte. „Nun, bevorzugst du Rot- oder Weißwein?“

„Weiß, bitte“, bat Dirk.

„Natürlich“, antwortete Sebastian und drückte die Finger, die er hielt. Er nutzte die Gelegenheit und fragte: „Würdest du es mir überlassen, eine Vorspeise zu bestellen?“

Dirk schaute ihn durch seine Wimpern an, und seine Stimme war weich, aber rau, als er flüsterte: „Du hast dir die Zeit genommen zu fragen, was ich mag, was ich will und ob ich allergisch auf irgendetwas bin. Wenn du dich wie ein Arsch aufführen würdest, wäre es wahrscheinlich jetzt, also mach nur.“ Er zuckte mit den Schultern. „Bestell, was du willst.“

Seb wusste nicht, ob er das als Beleidigung auffassen sollte oder nicht. Stattdessen hielt er es eher für eine Herausforderung. Eine Braue erhoben beugte Seb sich nach vorn und säuselte: „Ich weiß nicht, mit welchen Arschlöchern du schon zusammenwarst, Dirk, aber ich gehöre nicht dazu.“ Er schenkte ihm ein kleines Lächeln und fügte leise hinzu: „Im Laufe der Zeit werde ich dir das beweisen.“

Die Lippen seines Geliebten öffneten sich nur ein wenig, und er zog seine Unterlippe zwischen die Zähne. Sein Blick huschte herum. „Äh …“

Seb drückte leicht Dirks Finger und sagte: „Entspann dich. Entspann dich einfach. Lass uns eine Flasche Wein trinken, und ich denke an Calamari und Austern in der halben Schale. Wenn du beides nicht mögen solltest, können wir immer noch etwas anderes ausprobieren.“

„Ja, in Ordnung. Das klingt gut. Ich weiß nicht, was

diese beiden Dinge sind, aber ich bin für etwas Neues bereit.“

Seb hielt sein Grinsen gerade rechtzeitig zurück und stellte sicher, dass seine Unterlippe den größten Teil seiner Zähne bedeckte und nur die Ansätze seiner oberen Zähne zu sehen waren. „Ausgezeichnet. Ich werde …“ Er machte eine Pause, als er den Kellner näherkommen sah. Nachdem John sich vorgestellt hatte, sagte Seb ihm, was sie wollten.

Der Mann eilte schnell wieder davon.

„Also, du bist in Kalifornien aufgewachsen? Bist du schon mal gereist?“, fragte Seb neugierig.

Zu seiner Überraschung erblasste Dirk. „Ähm …“ Er machte eine Pause und schluckte schwer.

„Hm, ich schätze, ich habe einen Nerv getroffen“, murmelte Seb und drückte die Hand seines Dates. „Ich entschuldige mich.“

Dirk schüttelte den Kopf. Er öffnete den Mund, aber das Wiederauftauchen des Kellners verhinderte seine Antwort. Seb nahm seinen Blick nicht von seinem eindeutig aufgewühlten Menschen und bedankte sich abwesend für den Wein. Normalerweise würde ein Kellner sie auffordern, ihn zu probieren, aber John musste die Anspannung bemerkt haben, denn er sagte, ihre Vorspeisen wären gleich fertig und ging wieder.

Kluger Mensch.

„Du musst mir nichts erzählen, was du nicht willst, Dirk“, versicherte Seb.

Dirk zuckte die Achseln und begegnete Sebs Blick. „Normalerweise würde ich das keinem Fremden erzählen, aber ich möchte später mit dir Sex haben. Ich sollte dir also wohl sagen, dass ich aufgrund einer schlechten Erfahrung ein paar Verklemmungen habe."

Wenn Seb seinen Wein getrunken hätte, hätte er sich daran verschluckt. So schaffte er es kaum, sein Stöhnen zurückzuhalten, als sein Schwanz in seiner Jeans stahlhart wurde, nachdem er die Worte seines Geliebten gehört hatte. Das war das Letzte, was er von Dirk erwartet hatte. Er brauchte eine Sekunde, um eine Antwort zu finden.

Lange genug, damit sich eine Verlegenheitsröte über Dirks Gesicht ausbreiten konnte, bevor er murmelte: „E-es sei denn, du hast deine Meinung geändert. Ich meine … das war irgendwie, wie du zu handeln scheinst. Ich weiß, dass ich beim Lesen von Anspielungen nicht der Beste bin. Vielleicht habe ich es falsch verstanden?"

„Nein", versicherte Seb schnell. „Nein, ich möchte auf jeden Fall Sex mit dir haben." Wenn Dirk direkt sein wollte, dachte er, sollte er es auch sein. „Du schienst im Flugzeug etwas zurückhaltend zu sein, dann auf der Comicon auch. Ich war mir also nicht sicher, ob du das willst", gab er zu. „Kann ich fragen, was sich geändert hat?"

„Die letzten Worte meines Freundes." Dirks Erröten wurde intensiver, und wenn Seb kein Vampir mit gesteigertem Hörvermögen gewesen wäre, hätte er die nächsten Worte des Menschen überhört. „Ersagteichsollmichflachlagenlassen."

Seb schluckte schwer und seine Fangzähne schmerzten vor Verlangen, das Blut unter der Haut des anderen Mannes zu schmecken. Scheiße. Würde er sich an diesem Punkt überhaupt noch beherrschen können?

Seb beugte sich vor und lächelte. „Ich mag den Rat

deines Freundes. Ich hoffe, ich werde ihn eines Tages treffen und ihm dafür danken können, dass er ihn dir gegeben hat."

„Nun, du könntest es dir noch anders überlegen, denn obwohl ich gerne der Bottom bin, muss ich es von Angesicht zu Angesicht machen, ähm und oben."

Ein Räuspern erregte die Aufmerksamkeit beider Männer. Seb sah auf und sah ihren Kellner, der die Vorspeisen hielt. Sein Gesicht war knallrot und zeigte sein Unbehagen, weil er Dirks Worte gehört hatte, aber er versuchte tapfer, keine Miene zu verziehen. Er schaffte sogar einen schnellen Blickkontakt, als er fragte, ob sie den Hauptgang bestellen wollten.

Seb schüttelte den Kopf und sagte John, dass sie zuerst ein wenig warten wollten.

Glücklicherweise erlaubte die kurze Ablenkung Seb, die Kontrolle über sich selbst wiederzuerlangen. Nachdem John gegangen war, füllte Seb Dirks Wein nach und sagte ihm dann leise: „Süßer Mann, im Sinne der vollständigen Offenlegung sollte ich dir sagen, dass ich ein Beißer bin. Nichts würde mich mehr erregen, als zu sehen, wie deine blasse Haut meine Zeichen trägt." Dirk sah bei dieser Offenbarung etwas besorgt aus. Seb fuhr fort: „Keine Sorge. Ich weiß, dass ich es sehr angenehm für dich machen kann." Er zwinkerte. „Also, wenn du nichts gegen meine eigene kleine Eigenart hast, lasse ich dich gerne die ganze Nacht auf meinem Schwanz reiten."

Oh, na, ist das nicht ein schöner Anblick?

Seb beobachtete, wie sich Dirks Mund leicht öffnete und er zu keuchen schien, als sich seine Pupillen weiteten. Die Zunge des Menschen glitt heraus und fuhr über seine

Unterlippe. Der Wunsch, diese feuchten Lippen zu probieren, ließ Sebs Herz schneller schlagen, und Verlangen breitete sich in seinem Bauch aus.

„Nun, da wir herausgefunden haben, wohin wir nach dem Abendessen gehen werden, glaube ich, dass es am besten wäre, das Thema zu ändern, bevor ich dich auf diesen Tisch lege und *dich* stattdessen verschlinge", knurrte Seb.

KAPITEL 4

Dirk konnte nicht glauben, wie hart sein Schwanz war. Er konnte sich nicht erinnern, wann er das letzte Mal einen Mann so sehr gewollt hatte. Und die Tatsache, dass Sebastian ihn wirklich ebenfalls haben wollte … Dirk konnte sein Glück immer noch nicht fassen.

Er wusste, dass es keinen Bestand haben würde. Er war nur vier Nächte in der Stadt, aber wenn er diesen Mann für ein paar dieser Nächte in seinem Bett haben könnte … zur Hölle, ja!

Zu seiner Überraschung stellte Dirk fest, dass er die Austern mochte. Ein bisschen gummiartig, aber der Geschmack … lecker. Sie bestellten tatsächlich eine zweite und dritte Platte davon, während Sebastian den restlichen Calamari wegputzte. Nach einem Glas Wein fiel ihm auch die Unterhaltung leicht. Sein Date – *Scheiße, dieser total heiße Kerl ist tatsächlich mein Date!* – schien an seiner Arbeit interessiert zu sein, und blieb sogar aufmerksam, während Dirk über die Comic-Bücher, an denen er arbeitete, und die Leute, mit denen er arbeitete, schwatzte.

Schließlich erkannte er, dass er das Gespräch vereinnahmte, also legte Dirk den Kopf schief und fragte: „Was ist mit dir? Was machst du in Vegas?“

Sebastian beugte sich vor und zwinkerte, was Dirk als sein patentiertes charmantes Halb-Lächeln betrachtete. „Du meinst, außer dich umwerben?“

Dirk kicherte und hielt sich dann die Hand vor den Mund. Sebastian gluckste und seine blauen Augen funkelten vor Belustigung.

„Ich arbeite als Botschafter einer ausländischen Verwaltung. Das ist so ziemlich alles, was ich dir im Moment erzählen kann.“ Sebastian legte Dirks Finger an seine Lippen und biss leicht hinein. Die Zähne des Mannes fühlten sich viel schärfer an, als sie sich seiner Meinung nach anfühlen sollten, aber dann leckte Sebastian über die Fingerkuppe, bevor er leicht an ihr saugte.

Das sanfte Ziehen schien sich direkt auf seinen Schwanz zu übertragen, sodass er in seiner Jeans pochte und zuckte. Er bewegte sich unruhig auf seinem Sitz und wehrte sich gegen ein Wimmern. Als Sebastian seinen Finger losließ, wusste Dirk nicht, ob er vor Erleichterung seufzen oder frustriert stöhnen sollte.

Offensichtlich wusste Sebastian genau, was er mit ihm machte, denn er warf mehrere Geldscheine auf den Tisch und stand auf. „Zeit, zu gehen“, murmelte er.

Dirk sah sich im Restaurant um, unsicher, ob er die Beule in seinem Schritt zeigen wollte. Sein Begleiter musste sein Problem verstanden haben, denn er beugte sich vor und murmelte: „Dein Hemd ist nicht in die Hose gesteckt, Süßer. Mach dir keine Sorgen. Wir werden nicht allen zeigen, dass ich dich in mein Zimmer bringen und deinen süßen Arsch vögeln will.“

Wimmernd gehorchte Dirk rasch. Sein Schwanz tröpfelte in seiner Unterwäsche und er betete, dass er keinen nassen Fleck verursachte … oder wenn er es tat, der nicht zu sehen sein würde. Als er stand, spürte er, wie Gänsehaut auf seinen Armen aufstieg, als Sebastian eine besitzergreifende Hand auf seinen Rücken legte und ihn durch das Restaurant führte.

Saul grinste sie an, als sie vorbeigingen und rief: „Hat alles geschmeckt, meine Herren?"

„Alles war fantastisch, Saul. Ihre Austern sind so fantastisch wie alle, die ich in New Orleans probiert habe."

„Fantastisch. Freut mich, das zu hören." Sein Grinsen wurde breiter und er zeigte gerade, weiße Zähne. „Gute Nacht!"

„Werden wir haben", schnurrte Sebastian.

Das Geräusch ließ noch mehr von Dirks Blut nach Süden fließen, wodurch das Gehen etwas schwieriger wurde und die Vorfreude dröhnte durch seine Adern. Sebastian beugte sich vor und flüsterte: „Ich liebe es, wie du riechst, Dirk. Ich kann es kaum erwarten, dich zu kosten. Sag mir, dass du mit in meine Suite kommst und mich genau das tun lässt."

„Deine Suite?" Er würde früh aufstehen müssen, um es zu einem Frühstücks-Treffen zu schaffen, für das sein Chef ihn angemeldet hatte, aber er konnte dafür sorgen, dass es funktionierte. Halt, war es zu voreilig, anzunehmen, dass er die ganze Nacht dort verbringen würde?

„Ich habe dort alles, was wir brauchen", fügte Sebastian hinzu. „Wir müssen nichts tun, was du nicht willst."

Dirk hielt inne und begegnete Sebastians Blick. „Ich will

deinen Schwanz reiten, bis ich schreie."

Sebastian stöhnte und für eine Sekunde sahen seine Augen ein bisschen rot aus, als hätte er eine Allergie. Dann war die merkwürdige Färbung verschwunden. „Götter oben im Himmel", zischte er. „Scheiße, ja. Gleich nachdem ich dich mit meiner Zunge gelockert habe, deine Eier geleckt und deinen Schwanz bis zum Höhepunkt gelutscht. Dann kannst du mich besteigen, und ich werde dich ficken, bis du wieder kommst und auf meine Brust abspritzt."

Dirk war unendlich dankbar, dass sie vor den Aufzügen im Flur standen … was ihnen etwas Privatsphäre verlieh. Er konnte nicht anders. Er griff nach unten und drückte den Handballen gegen die Basis seiner Erektion. „Du musst aufhören, solche Sachen zu sagen", jammerte er.

Lachend drückte Sebastian den Aufwärtsknopf und umfasste dann Dirks Schwanz durch seine Jeans. „Mach dir keine Sorgen, Geliebter", krächzte er. „Ich werde mich in Kürze sehr, *sehr* gut darum kümmern."

Dirk zischte durch seine Zähne, seine Hüften zuckten leicht und drückten seinen Ständer fester in Sebastians Griff. „Oh, Gott. Hör auf, oder ich komme in meine Hose."

Sebastian drückte ihn einmal und ließ ihn dann los. „Kann ich nicht zulassen."

Er wusste nicht, ob er wegen dem Verlust weinen, frustriert schreien oder vor Erleichterung seufzen wollte. Er hatte keine Chance, sich zu entscheiden. Die Aufzugstüren öffneten sich und er wurde in das kleine Abteil hineingezogen. Mit dem Rücken an die Wand gepresst, grub sich der Handlauf in seinen unteren Rücken, aber das Gefühl, als ein harter männlicher Körper gegen seine Vorderseite drückte, vertrieb jedes Unbehagen.

Dirk schaute auf und sah in tiefblaue, lustvolle Augen. „Das wird meiner Erektion nicht helfen."

Sebastian ließ ein Lächeln aufblitzen, und Dirk konnte nicht umhin zu denken, dass diese Eckzähne weit schärfer aussahen als normal.

„Mach dir keine Sorgen. Das wird helfen."

Sein Begleiter senkte den Kopf und legte seinen Mund auf Dirks. Er schob seine Zunge tief hinein, eroberte, besiegte, neckte und schmeckte. Dirk stöhnte, sein Körper brannte und sang vor Lust. Er versank in der Umarmung des anderen Mannes und klammerte sich an ihm fest. Sein Ständer drückte gegen Sebastians Oberschenkel, und er stöhnte erneut, schaukelte seine Hüften und suchte verzweifelt nach Reibung.

Der Geschmack seines zukünftigen Geliebten – seltsam, irgendwie sogar unter den Aromen von Austern, Calamari und Wein erkennbar – explodierte über Dirks Zunge … berauschend und ach so maskulin.

Als Sebastian anfing zu knabbern und an seinem Kiefer zu lecken, schob er seine Hand in Dirks Hose. *Scheiße, wann hat er meine Hose geöffnet?* Dieser Gedanke verpuffte unter dem geschickten Mund des Mannes und den warmen Fingern, die sich um seine Erektion wickelten und ihn langsam wichsten.

„Komm für mich, mein Geliebter", knurrte Sebastian an Dirks Hals.

Sein warmer Atem strich über Dirks Haut und ließ sein Haar aufrechtstehen. Ein Prickeln überkam ihn und ließ köstliche Empfindungen direkt in seinen Schwanz schießen.

„S-Seb, bitte“, keuchte Dirk. „B-brauch es.“

„Ich weiß, was du brauchst, Dirk“, knurrte Sebastian. Er hob seinen Kopf, verstärkte seinen Griff ein wenig und befahl grob: „Komm“.

Aufheulend bockte Dirks Körper. Seine Eier zogen sich noch ein bisschen mehr zusammen und schickten Sperma in Salven von atemberaubendem Vergnügen seinen Schwanz hinauf. Sein Körper zitterte, als ihn die Glückseligkeit überflutete. „Seb“, seufzte er.

„Ich hab dich, Dirk“, knurrte Sebastian, als er seinen Schwanz vorsichtig zurück in seine Jeans steckte.

Sebastian spürte, wie er aus dem Fahrstuhl und den Flur entlang manövriert wurde. Er blinzelte schnell und versuchte sich zu konzentrieren. „Wow, bin noch nie so hart von einem Handjob gekommen“, murmelte er.

Sein Geliebter kicherte leise. „Ich bin froh, das zu hören. Es gibt noch mehr da, wo das herkam, Süßer.“

Schließlich begann Dirks Verstand wieder zu arbeiten und er war schockiert über sein lüsternes Verhalten. *Scheiße! Ich ließ mir gerade von Sebastian in einem öffentlichen Aufzug einen runterholen! Was, wenn jemand davon erfährt? Was, wenn jemand Fotos gemacht hat?* Wenn dies jemals zu seinen Chefs durchdrang, würde er seinen Job verlieren!

„Ruhig, Dirk“, beruhigte Sebastian und öffnete die Tür zu seiner Suite. Als sich die Tür schloss, fand Dirk sich dagegen gedrückt wieder und Sebastian starrte ihn an. „Ich würde niemals zulassen, dass ein anderer sieht, wie sexy du so voller Leidenschaft aussiehst. Diese Blicke, diese Schreie, sie gehören nur mir, nur ich darf sie sehen und darin schwelgen.“

Der raue Ton in Sebastians Stimme verursachte ein Kribbeln in seinem Rücken. Dirk konnte sich nicht erinnern, wann er das letzte Mal geglaubt hatte, er könne jemandem vertrauen … Nun, außer Deke und seinen Eltern, besonders nach – nein, darüber würde er nicht nachdenken. Aber dieser Kerl, dieser sexy Mann, bei ihm hatte er tatsächlich das Gefühl, er könnte ihm trauen.

Dirk lächelte. „Wow, wie kommt es … wie kommt es, dass ich das Gefühl habe, dass du es aufrichtig meinst? Du kennst mich kaum. Wir werden hier nur ein paar Tage miteinander haben."

Sebastian zog Dirk an sich und schlang seine Arme um ihn. Er schmiegte sein Gesicht für ein paar Sekunden an Dirks Schläfe. Dirk konnte nicht anders. Er verschmolz mit der Umarmung des Mannes und akzeptierte, genoss sogar, die Zärtlichkeiten, die sein Liebhaber ihm zuteilwerden ließ.

„Ich kann noch nicht erklären, warum ich dich so mag", gab Sebastian gegen sein Ohr zu. „Schon im Flugzeug fühlte ich mich zu dir hingezogen. Ich hoffe, dass …" Sein Liebhaber hielt inne und drückte einen sanften Kuss auf Dirks Schläfe. „Ich hoffe, dass du mir die Chance geben wirst, das Warum zu erklären."

In Dirk erstarrte etwas. Sebastians Worte lösten Erinnerungen aus, Erinnerungen, von denen er geglaubt hatte, er hätte sie begraben und hinter sich gelassen … Die Worte waren nicht die gleichen, aber sie waren verdammt ähnlich. Panik schoss durch seine Adern.

„D-Du fühlst dich zu mir hingezogen?"

Sebastian hob langsam den Kopf. Er warf Dirk einen

Blick zu, Überraschung glitt über seine Gesichtszüge. „Das tue ich."

„Wie ein Gefährte?" Dirk drückte die Worte durch eine zugeschnürte Kehle. *Sicher würde mir das nicht zweimal passieren, oder?*

Zu seiner äußersten Enttäuschung öffneten sich Sebastians Lippen nur einen Spalt weit und sein Ausdruck gab seine Überraschung preis. „Du weißt von der paranormalen Welt?" Er legte den Kopf schief, und Dirk wurde plötzlich klar, dass ein richtiges Lächeln auf Sebastians Gesicht erschienen war, das zu scharfe und spitze Eckzähne zeigte.

Heilige Scheiße!

„Wie? Du bist ein Mensch." Sebastian wirkte völlig verwirrt. Seine Augenbrauen zogen sich zusammen, und er fuhr mit der Zunge über seine … Reißzähne. „Mit wem bist du verwandt? Woher weißt du von uns?"

Dirk versuchte, seine Reaktion unter Kontrolle zu halten … er tat es wirklich, aber er konnte nur an Seile und Zähne und … Schmerz denken.

Er floh.

Er wusste nicht, ob Sebastian ihm folgte oder nicht. Alles, woran er dachte, war, von dem Mann, der Kreatur, wegzukommen, aus seinem Zimmer zu fliehen, aus diesem Stockwerk … und in sein eigenes Zimmer zurückzukehren. Nach einer gefühlt verdammt langen Zeit stieß Dirk die Tür auf und knallte sie dann hinter sich zu. Sein Rücken ruhte dagegen, als er ein gebrochenes Schluchzen unterdrückte.

Sebastian war einer von *ihnen.* Ein gefährliches Tier, ein Mann, der ihn kontrollieren wollte …, der ihm Schmerzen zufügen wollte, der ihn gefesselt halten wollte, ihn nur zu seinem Vergnügen freilassen würde. Dirk hatte gedacht, dass er das alles hinter sich gelassen hätte. Immerhin waren es nur ein paar Tage gewesen, bis er es geschafft hatte zu fliehen. Jetzt jedoch … er wusste, dass es nicht wahr war. Es war egal, wie weit er rannte, in der Nacht würde es immer *diese Kreaturen* geben, die dort draußen darauf warteten, dass er seine Wachsamkeit sinken ließ.

Was ist los mit mir? Warum fühlen die sich von mir angezogen?

Dirk wusste es nicht, es war ihm egal. Als er bemerkte, dass die Kreatur, mit der er an diesem Abend ausgegangen war, nicht versuchen wollte, die Tür aufzubrechen, setzte Dirk sich auf die Couch, griff nach seinem Handy und wählte eine Nummer. Und warum folgte Sebastian ihm nicht? Phil hatte es getan und beinahe die Tür von Dirks Hotelzimmer eingeschlagen, bis der Klang von Sirenen ihn verjagt hatte.

Erst, als Dirk mit einem verschlafenen „Was zum Teufel?“, begrüßt wurde, erkannte er, dass es fast elf Uhr abends war. Hatten sie wirklich fast fünf Stunden in der Bar geplaudert?

„Er ist einer von ihnen!“, platzte Dirk heraus.

Dreißig Sekunden lang blieb es still, bevor Deke schnappte: „Was zum Teufel redest du da? Wer? Was?“ Mehrfaches Poltern drang durch die Leitung … dann ein erschöpftes „Was?“, gefolgt von weiterem Rumpeln. Dirk wurde klar, dass Deke wohl den armen Teufel, der in seinem Bett gelegen hatte, zur Tür hinausbefördert hatte.

„Scheiße, ich wollte deine Party nicht beenden!“ murmelte Dirk

„Scheiß drauf. Warum zum Teufel rufst du mich so spät an? Du hast was von einem Date oder so geschrieben …"

Dirk verzog das Gesicht. „Scheiße, ja, das habe ich getan."

„Du hättest wirklich meinen Rat annehmen und dich flachlegen lassen sollen. Hat er kein Ficken von Angesicht zu Angesicht erlaubt? Ich habe das von einigen Leuten gehört. Oder –"

„Verdammt! Halt die Klappe!", brüllte Dirk. Er war gleichzeitig wütend und frustriert und geil … selbst nachdem er herausgefunden hatte, dass Sebastian eine gruselige Kreatur war. Wie konnte das sein?

„Whoa, entspann dich", murmelte Deke. „Sprich mit mir, Dirk. Was hat dich so durcheinander gebracht?"

„Es lief alles so gut. Wir hatten darüber gesprochen, und wir waren uns beide einig, dass wir nach dem Abendessen Sex haben wollten. Ich kann mich nicht erinnern, jemals so geil gewesen zu sein", gab Dirk zu. Selbst jetzt, als er darüber nachdachte, pochte sein Schwanz in seiner Jeans … dummer Schwanz.

„Na und? War er am Ende doch ein Idiot oder so?"

Dirk wurde klar, dass er sich in seinen Gedanken verloren hatte. „Nein, er war wirklich nett, aber … Deke." Er senkte die Stimme, als würde er befürchten, jemand könnte ihn belauschen, obwohl er allein in seinem Zimmer war. „Er ist einer von *ihnen*! Weißt du, wie Phil."

„Heilige Scheiße!", kreischte Deke. „Bist du sicher? Du hast gesehen, wie er sich in einen Dingo verwandelt hat?"

„Nein, nein", gab Dirk zu. „Aber er fing an davon zu

reden, wie sehr er sich zu mir hingezogen fühlte und dass er mich kennen lernen wollte, und dann fiel mir ein, dass er gesagt hatte, er würde gerne beißen. Es war so ähnlich wie einige der Dinge, die Phil gesagt hatte. Ich fragte ihn, ob er mich zu mir wie zu einem Gefährten hingezogen fühlen würde. So hatte Phil mich genannt. Seinen Gefährten. Sebastian schien wirklich überrascht zu sein und fragte, woher ich Kenntnis von der paranormalen Welt habe."

„Verdammt."

„Überrascht ist eigentlich ein mildes Wort für Sebastians Reaktion", gab Dirk zu. „Er war wirklich eher, nun, erfreut. Er hat richtig breit gegrinst, und ich sah seine Fangzähne." Sich zur Seite drehend, stöhnte Dirk. „Wie kommt es, dass alle guten Liebhaber verrückte Kreaturen sind?"

Dirk hatte es als eine rhetorische Frage gemeint, aber Deke knüpfte daran an. „Warte mal. Du hast schon mit ihm geschlafen?"

„Nein. Wir machten im Aufzug rum und er …" Dirks Gesicht wurde heiß; es fiel ihm immer noch schwer, sein völlig untypisches Verhalten zu glauben.

Deke heulte vor Lachen. „Du hast es mit ihm in einem Aufzug getrieben? Verdammt, er muss wirklich gut gewesen sein."

„Halt die Klappe", grummelte Dirk. „Jedenfalls komme ich gleich morgen nach Hause."

„Nein", antwortete Deke. „Du kannst jetzt nicht heimfliegen oder du wirst wahrscheinlich gefeuert. Wenn du denkst, dass er ein verrückter Wandler ist, der dich entführen und zu seinem Stamm bringen möchte, um dich als Sexsklaven zu benutzen, glaube ich dir, aber du kannst deinem Chef schlecht sagen, weshalb du abreisen musstest, oder?"

Dirk stöhnte, hob den Kopf vom Kissen und ließ ihn wieder fallen. Er tat das zweimal, bevor er heulte: „Was soll ich tun? Er ist heute zur Comicon gekommen."

„Du bleibst bei anderen Leuten. Lass dich nicht allein von ihm erwischen", befahl Deke. Dann fügte er überraschend hinzu: „Ich bin schon online und buche ein Flugticket. Ich bin um zehn Uhr in Vegas. Du musst nur bis dahin durchhalten, okay?"

„Ja, ja, okay." Dirk lächelte. „Danke, Deke."

„Na sicher. Das ist es, was Brüder von einer anderen Mutter füreinander tun", witzelte er. „Nun, ich muss eine Tasche packen. Versuch, dich etwas auszuruhen und wir sehen uns bald."

Nachdem er aufgelegt hatte, schleppte sich Dirk von der Couch und in sein Schlafzimmer. Die Dusche ließ er ausfallen – und das nicht, weil er Sebastians Duft so lange wie möglich auf seiner Haut behalten wollte –, putzte seine Zähne, zog sich aus und stieg ins Bett.

Erst als sein Verstand schon fast eingeschlafen war, kamen Dekes Worte über eine Entführung und Verwendung als Sexsklave wieder hoch. Dirk wusste, dass er nicht der Beste war, wenn es darum ging, Leute zu lesen – in der Tat war er eine ziemliche Niete darin –, aber er hatte überhaupt nicht diesen Eindruck von Sebastian gehabt. In der Tat konnte er sich nicht an eine Zeit erinnern, in der er sich mehr … geschätzt gefühlt hätte.

KAPITEL 5

Seb starrte fünf Minuten lang auf die geschlossene Tür des Hotelzimmers und versuchte zu verstehen, was zur Hölle gerade passiert war. Sie waren ganz auf eine Nacht mit heißem, verschwitztem Sex eingestellt gewesen und dann … war Dirk entsetzt aus seinem Zimmer geflohen.

Mit gerunzelter Stirn versuchte er, sein Gehirn von seinem pochenden Schwanz abzulenken, und konzentrierte sich auf die letzten paar Worte, die er und Dirk ausgetauscht hatten. Als sein Geliebter gefragt hatte, ob er sich zu ihm wie zu einem Gefährten hingezogen fühlen würde, war er verblüfft gewesen. Es gab nur einen Grund, warum ein Mensch eine solche Frage stellen würde … er wusste über Wandler und Gefährtenbindungen Bescheid.

Warum also sollte er weglaufen?

Seb lehnte den Kopf gegen die Wand und atmete den anhaltenden Geruch von Dirk ein, wobei er den niedlichen, geekigen Menschen bereits vermisste. Da roch er ihn … den scharfen Geruch von Panik und Angst. Sein Geliebter hatte ihn gefürchtet … sobald er erfahren hatte, dass er kein Mensch war.

Scheiße! Warum ist mir das vorher nicht eingefallen?

Nur weil ein Mensch von Paranormalen wusste,

bedeutete dies nicht, dass seine Erfahrungen gut waren. Seb würde darauf wetten, dass das, was Dirk passiert war, nicht angenehm gewesen war.

Da er wusste, dass er die Dinge für die Nacht nicht so lassen konnte, wie sie waren, riss Seb die Tür auf und stapfte wieder aus seinem Zimmer. Verdammt, wenn Dirk genug Angst hatte, konnte er wegrennen, und obwohl Seb seinen Geliebten quer durch das Land jagen würde, würde er es lieber nicht tun müssen.

Seb folgte Dirks Geruch ins Treppenhaus und drei Stockwerke hinunter. Nachdem er herausgefunden hatte, in welchem Raum sich sein Mensch befand, ging er zur Lobby hinunter. So spät in der Nacht gab es keine Warteschlange zum Einchecken, und er ging direkt hin und lächelte die Frau am Schalter an.

„Guten Abend, Sir. Womit kann ich Ihnen behilflich sein?"

„Hallo, Susan", antwortete Seb nach einem Blick auf ihr Namensschild. „Ich bin in Zimmer zwölf-siebzehn", behauptete er und nannte ihr damit Dirks Zimmernummer. „Und es ist mir peinlich, zuzugeben, dass ich meinen Türschlüssel in meinem Zimmer liegengelassen habe. Können Sie mir bitte noch einen machen?"

„Sicher, Sir. Ich muss nur Ihren Ausweis sehen."

Seb hielt den Blick der Frau ließ seine Augen die Nachricht überbringen. „Ich habe dir schon meinen Ausweis gezeigt."

Susans braune Augen trübten sich, als sie unter seinem vampirischen Einfluss ein wenig wegdriftete. „Danke, dass Sie mir Ihren Ausweis gezeigt haben."

„Jetzt machst du mir die Türkarte", befahl er leise.

„Ich werde Ihnen jetzt eine neue Türkarte machen", sagte Susan.

Seb zog seine Macht zurück und beobachtete, wie Susan, die immer noch ein wenig benommen war, einige Tasten am Computer tippte, bevor sie eine Karte durch einen Leser zog und diese programmierte. Mit einem Lächeln überreichte sie ihm die Karte. „Hier ist Ihre neue Karte, Sir."

„Danke." Seb nahm die Karte und drehte sich zu den Aufzügen.

Er entdeckte Lex, der sich an die Wand lehnte, wahrscheinlich angezogen von Sebs Manipulation bei Susan. Vampire hatten einst den Trick genutzt, um sich von Menschen ernähren zu können, ohne dass diese sich an die Begegnung erinnern konnten. Wenn ein anderer Vampir ein paar Meilen entfernt war, würde er es fühlen, wie eine Welle, die an seinen Zehen leckte.

Lex fiel in seine Schritte ein. „Was zur Hölle machst du? Was ist mit deinem Date mit Dirk passiert?"

„Wir hatten es", knurrte er. „Und es lief großartig, bis wir in mein Zimmer kamen und ich ihm sagte, dass ich mich zu ihm hingezogen fühlte. Er fragte, ob ich mich wie ein Gefährte zu ihm hingezogen fühlte", sagte er zu seinem Freund und sah ihn bedeutungsvoll an.

Lex zog die Brauen hoch. „Er weiß von Wandlern?"

„Offensichtlich, weil er danach wie vom Teufel gejagt rausgeschossen ist", gab er zu.

„Verdammt, wirklich?" Lex drückte den Knopf für den

Aufzug. „Was wirst du machen?"

Seb hielt die Schlüsselkarte hoch. „In sein Zimmer gehen und mit ihm sprechen."

„Bist du sicher, dass das klug ist?"

Der Aufzug kam, und nachdem sie in die Kabine getreten waren, drückte Seb den Knopf für Dirks Etage. „Klug oder nicht, es ist besser als am Morgen herauszufinden, dass er abgehauen ist und ihn quer durch das Land verfolgen zu müssen."

Lex grunzte und nickte leicht.

„Was hat Declan darüber gesagt, dass ich den Handel mit der CIA verzögert habe?"

„Er ist nicht glücklich darüber, aber er versteht es. Er wird wahrscheinlich den Rat um einen Ersatz bitten", warnte Lex.

„Verdammt. Ich hasse es, Leute im Stich zu lassen", murmelte Seb und fuhr sich mit einer Hand durch sein dunkles Haar.

Lex tätschelte ihn an der Schulter. „Sie alle verstehen, warum du es tust. Keine Sorge."

Der Aufzug hielt an und Seb stieg aus.

„Viel Glück, Seb. Ruf, wenn du Verstärkung brauchst."

Seb winkte zur Bestätigung und ging in die Richtung von Dirks Zimmer. Seb atmete tief ein und betete um Geduld und die richtigen Worte, um zu seinem Geliebten durchzudringen.

Er nahm die Karte, die Tür klickte und er schlüpfte hinein. Er fand es beunruhigend – auch wenn es ihm half –, dass Dirk den Sicherheitsriegel nicht vorgeschoben hatte, was das Ausmaß der Panik seines Menschen verriet.

Mit seiner verbesserten Sicht gelangte Seb tiefer in den Raum. Der Geruch von Dirk hing schwer um das Sofa herum, und Sebs Schwanz verdickte sich bei dem himmlischen Aroma seines Menschen. Er ignorierte sein Unbehagen, ging an der Sitzecke vorbei, am Bad vorbei und blieb an der Schwelle zum Schlafzimmers stehen.

Seb musterte Dirks schlafende Gestalt. Er sehnte sich danach, sich auszuziehen, unter die Bettdecke zu schlüpfen und sich an seinen Geliebten zu kuscheln. Zu wissen, dass er nicht willkommen war, verursachte Schmerzen in seiner Brust.

Bald, versprach er sich.

Plötzlich wimmerte Dirk im Schlaf, sein Körper zuckte und zappelte.

Seb durchquerte den Raum mit drei langen Schritten, erreichte das Bett und setzte sich an die Seite. Das Neigen der Matratze war nicht genug, um Dirk aus seinem Traum zu reißen, also beugte Seb sich vor, packte Dirk an der Schulter und schüttelte ihn leicht.

Dirk schrie auf und zuckte zurück. Seinen Rücken gegen das Kopfende gedrückt, weiteten sich seine Augen vor Schreck, und sein Mund stand auf.

Seb hob die Hände und streckte die Handflächen aus. „Ruhig, Dirk. Ich werde dir nichts tun."

„W-wie …" Dirks Blick huschte durch den Raum. Sein Körper spannte sich an. Dass er nach einem Fluchtweg suchte, war schmerzlich offensichtlich.

„Dirk, wir hatten vorhin ein Missverständnis. Du denkst, ich bin ein Wandler, oder? Hattest du schlechte

Erfahrungen mit einem?“

„W –Wandler? Du bist keiner?“ Dirk schien sich daran festzuhalten.

Seb konnte die Hoffnung in den Augen des Mannes sehen, selbst im schwachen Mondlicht. Während er den Kopf schüttelte, senkte er langsam die Hände und legte sie auf seine Oberschenkel. Er ballte sie zu Fäusten, um nicht nach Dirk zu greifen und ihn zu umarmen. „Ich bin kein Wandler“, bestätigte er leise.

Dirk leckte sich über die Lippen und saugte ein paar Sekunden an der unteren. Schließlich platzte er heraus: „Aber ich habe deine Zähne gesehen!“

Seb nickte, versuchte es nicht zu leugnen. „Du hast recht. Aber das sind Fänge, keine Reißzähne“, erklärte er. „Ich bin ein Vampir.“

„V-Vampir?“, quietschte Dirk. In seinen Augenwinkeln bildeten sich Tränen, und er schlug mit einem Arm um sich. „Geh weg!“

Seb verzog das Gesicht. „Bitte, Dirk. Bitte, lass mich dir helfen. Ich will dir keinen Schaden zufügen.“

Dirk schüttelte den Kopf.

„Dirk, erinnerst du dich, wie es sich anfühlte, als ich dich hielt? Wie ich dich berührte? Dich geküsst habe?“, fragte Seb leise. „Du hast meine Berührung genossen. Ich habe dir Lust bereitet. Ich werde dich *niemals* verletzen, Geliebter. Und ich würde eher sterben, als einem anderen zu erlauben, dir Schaden zuzufügen.“ Er wollte Dirk nicht seinen Willen aufzwingen müssen, um ihn zur Ruhe zu bringen, aber wenn das Herz, das in der Brust seines Geliebten hämmerte, noch heftiger schlug, fürchtete Seb, sein Mensch würde ohnmächtig werden. „Bitte, Dirk. Beruhige dich. Ich habe die Vermutung, dass dich ein Wandler verletzt hat. Ich bin nicht dieser Mann, und was zum Teufel er auch getan hat, werde ich niemals tun."

„Du würdest mich niemals beißen?" Dirk flüsterte die Frage, sein Zweifel war offensichtlich.

Tja, Scheiße. „Äh …" Das konnte er nicht versprechen, egal wie sehr er seinem Geliebten gefallen wollte.

„Mich fesseln? Herumreichen? Auspeitschen?"

Als er das hörte, konnte Seb das leise Knurren nicht aufhalten, das durch ihn rollte. „Wer zum Teufel hat das mit dir gemacht? Ich werde ihn töten", fauchte er.

Leider ließ Dirk das nur noch einmal wimmern und zusammenzucken.

„Scheiße, Dirk, es tut mir leid, Süßer. Ich …" Seb seufzte und fuhr sich mit der Hand über sein Gesicht. Als er wieder zu sich kam, bemerkte er Verwirrung im Gesicht seines Geliebten. Er zuckte die Achseln und schüttelte einmal den Kopf. „Ich bin ein Raubtier, Dirk. Ich werde das nicht abstreiten. Die Vorstellung, dass jemand dich verletzt, lässt mich rot sehen."

„Warum?"

Seb seufzte und versuchte seine Gedanken in Worte zu fassen … dann grinste er fast. Sie redeten. Dirk stellte Fragen.

Das ist gut!

Nun, wie zur Hölle sollte Sebastian erklären, dass er Dirk für ein Geschenk des Schicksals hielt und ihn jahrhundertelang schätzen wollte? Der Mann war ausgeflippt, als er dachte, Seb sei ein Wandler, und sie wären Gefährten.

Okay, vielleicht mussten sie zuerst darüber reden.

„Ich erkläre es dir gerne, Dirk. Ich werde es wirklich tun. Ich muss nur wissen, warum du wegen der Gestaltwandler und Gefährten ausgeflippt bist. Ich kenne eine Reihe von Wandlern“, gab er ernst zu, „und sie alle betrachten es als etwas Wunderbares, ihren Gefährten, ihren besonderen, vom Schicksal auserwählten, Seelenverwandten zu finden. Es ist ein Segen. Etwas, das man schätzt, aber du scheinen zu denken, dass es eine schlechte Sache ist, und ich muss verstehen, warum.“

Dirk leckte sich die Lippen und runzelte weiterhin die Stirn. Zumindest sah er nicht mehr so aus, als würde er fliehen. Zu Sebs äußerster Erleichterung begann Dirk zu sprechen. „Ich habe vor acht Monaten Urlaub in New Orleans gemacht. Ich habe dort einen Typen getroffen. Er sagte mir, wir wären Seelenverwandte … nannte mich immer seinen Gefährten … und versuchte mich zu überzeugen, dort hinzuziehen.“ Während er sprach, zog Dirk die Knie an die Brust und schlang die Arme um sie. „Am letzten Tag, als ich dort war, machte ich ein Picknick mit ihm. Ich landete mitten im Lager seines Volkes. Sie hatten Käfige und hielten Menschen als Geiseln und holten sie nur raus, um sie zu … zu …“ Er brach ab und schüttelte den Kopf.

Dabei konnte Seb seine Hände nicht mehr bei sich behalten. Er streckte sie aus und ergriff Dirks Unterarme. „Komm her“, drängte er und zog leicht an ihnen. „Lass mich dich halten.“

Seb war dem Betteln noch nie näher gekommen.

Freude erfüllte ihn, als Dirk nach ein paar Sekunden des

Zögerns tatsächlich auf ihn zukam. Seb schob die Decken beiseite, zog die Schuhe aus und schlüpfte unter die Decke. Als sich Dirk neben ihm niederließ, schlang Seb seine Arme um ihn und – da er sich daran erinnerte, dass sein Geliebter oben sein musste –, drapierte er ihn über seine Brust und drückte ihn an sich.

Als beide sich niedergelassen hatten, drückte Seb einen Kuss auf die Schläfe seines Mannes und fragte: „Wie heißt der Mann, Dirk? Und was ist sein Tier?"

„Er heißt Phil Delman. Er hielt mich drei Tage lang fest. Sein Kumpel Lonnie wurde nachlässig und glaubte, sie hätten mich genug hungern lassen. Er ließ das Beruhigungsmittel nach. Ich gab vor, zu schlafen, und als ich allein war, brach ich aus. Als mich mehrere Dingos in den Sumpf jagten, versteckte ich mich in den Mooren. Ich würde lieber durch Alligatoren oder Schlangen sterben, als in ihren Händen."

„Ich bin froh, dass du nicht gestorben bist, Dirk", grollte Seb und versuchte seine Wut im Zaum zu halten. „Es gibt Gesetze bei unserer Art gegen das, was sie getan haben. Weißt du, wie viele in Phils Gruppe waren?"

„Ich habe vier Dingos gesehen. Es mag noch ein paar mehr gegeben haben, aber ich bin mir nicht sicher."

„Okay. Gleich am Morgen werde ich die Behörden benachrichtigen. Sie werden dafür sorgen, dass sie gestoppt werden", versicherte er.

Dirk schnaubte. „Ja, als würden die Behörden zuhören. Sie werden dir nie glauben. Dann werden wir beide in Zwangsjacken enden."

„Ah, ich sage es nicht den menschlichen Behörden",

versicherte Seb, nutzte ihre Position und drückte Dirk einen weiteren Kuss auf die Schläfe. „Ich sage es dem Wandlerrat … nun, ich sage es Declan McIntire, dem Alpha des Stone Ridge-Wolfsrudels. Er wird sich entweder selbst darum kümmern oder es dem Rat mitteilen." Er runzelte die Stirn und sein Griff wurde unbeabsichtigt fester. „So oder so, es wird sich um sie gekümmert werden."

Dirk blieb einige Minuten lang ruhig. Er hob eine Hand und legte sie über Sebs linken Arm, streichelte ihn, vielleicht abwesend, vielleicht weil es ihm half, zu denken und sich zu entspannen. Seb wusste es nicht, aber er hoffte, es herauszufinden. Wenn die sich wiederholende Bewegung seinen Mann glücklich machte, würde Seb es ihn jeden Tag den ganzen Tag lang tun lassen.

Schließlich fragte Dirk leise: „Also bist du ein Vampir?"

„Ja."

„Trinkst du Blut?"

„Ja."

Dirk versteifte sich, als er flüsterte: „Planst du, mein Blut zu trinken?"

„Ich werde dich nicht anlügen, Dirk", sagte Seb. „Wie du heute Abend gesehen hast, esse ich genauso wie du. Ich muss jedoch auch Blut von einer äußeren Quelle konsumieren, um zu überleben. Nun, da ich dich gefunden habe, bist du das für mich. Ich *werde* dich beißen." Während er diese Worte sagte, fuhr er mit seinen Fingern durch Dirks Haar, streichelte und massierte seine Kopfhaut, während er ihm in die Augen sah.

Seb sah die Angst und Spannung in den Augen seines

Geliebten und betete, dass seine nächsten Worte sie lindern würden … zumindest ein bisschen. „Es wird dich in keiner Weise verletzen. Tatsächlich wirst du es unglaublich angenehm finden.“ Er senkte seinen Tonfall und sagte heiser: „So angenehm, dass du einen Orgasmus bekommst.“

„W-werde ich das?“

Seb grinste über den verdutzten Ausdruck in Dirks Gesicht. Er zwinkerte. „Oh, das wirst du. Ich verspreche es dir.“

„Z-zeigst du es mir?“

Seb hob die Augenbrauen und ließ seinen Blick über den hoffnungsvollen Gesichtsausdruck seines Menschen wandern. „Brauchst du etwas, um deine Sorgen zu vergessen, Süßer?“, krächzte er.

Dirk schluckte schwer und fuhr sich dann mit der Zunge über die Unterlippe, bevor er atemlos zugab: „Das wäre schön.“

Seb ließ eine Hand nach unten gleiten, bis er sanft Dirks Nacken umfasste. An der anderen Hand streckte er diskret eine Kralle aus, durchtrennte die Schulternaht am Hemd seines Geliebten und legte seine Schulter frei.

Seb zog den Kopf seines Mannes ein wenig zur Seite, entblößte seinen Hals und die pulsierende Vene, die an Schulter und Nacken entlanglief, dann warnte er sanft: „Wenn ich von dir trinke, beginnt der Bindungsprozess. Bist du bereit dafür?“

„W-was bedeutet das?“

Seb wusste, dass er alles erklären sollte, aber da Dirks Vene vor ihm entblößt war und das Blut seines Menschen ihn lockte, konnte er nur sagen: „Es bedeutet, dass du für mich alles bist. Ich werde dich mit meinem Leben beschützen, und dein Leben wird sich meinem anpassen und verlängern. Wir werden uns verbinden und eins sein. Deine Freude ist meine Freude. Deine Lust, meine Lust. Alles was ich bin, wird für dich sein."

„Ich denke, du ziehst bei dem Deal den Kürzeren", überlegte Dirk.

Seb lächelte und schüttelte einmal den Kopf. „Das werde ich nie glauben."

Dirk starrte ihn für ein paar Sekunden an, dann neigte er den Kopf und murmelte: „Mach es."

Seb starrte seinen Menschen für einige Sekunden an und gehorchte dann.

Er senkte den Kopf und versenkte seine Reißzähne in Dirks pulsierende Ader.

KAPITEL 6

Dirk wusste nicht, was über ihn gekommen war … Er wusste nicht, warum die Bestätigung, dass dieser Mann ihn nicht *wirklich* beißen würde, so wichtig schien, aber das war es. Nur biss Seb ihn sehr wohl! Schmerz schoss durch seine Schulter und er schrie.

Eine Lust, wie er sie noch nie zuvor erlebt hatte, machte seinen Schrei zu einem Stöhnen von unglaublichen Ausmaßen. Sein Schwanz wurde schneller hart, als er es für möglich hielt, und seine Eier zogen sich an seinem Körper zusammen. Er fühlte Sebastians Mund an seinem Hals, wie er an seiner Haut saugte – und vermutlich sein Blut trank – und es schien sich direkt auf seinen Schwanz zu übertragen.

Dirk schrie aus einem ganz anderen Grund, als ein unerwarteter Orgasmus von epischen Ausmaßen ihn durchströmte. Sein Schaft zuckte und pulsierte und spritzte weiter bei dem Ziehen von Sebs Mund. Stöhnend vor wilder Lust, die ihn überflutete, schaudert Dirks Körper. Seine Hände klammerten sich an die Schultern seines Geliebten, und die Empfindungen gingen weiter und immer weiter.

Seb zog seine Zähne heraus und schickte einen heißen Stich von Enttäuschung zusammen mit Erleichterung durch Dirk. Er hatte die Gefühle geliebt, die in seinem Körper tobten, aber die intensiven Wellen der Glückseligkeit hatten Sterne hinter seinen Augen tanzen lassen und ihm war schwindelig.

„Ruhig, Geliebter." Sebs sanftes Murmeln erreichte ihn wie durch einen langen Tunnel. „Sprich mit mir. Wie fühlst du dich jetzt?"

Dirk summte. „Wow. Ich kann nicht reden. Du hast mich geschmolzen", murmelte er.

Die Brust unter ihm schauderte, als Sebs grollendes Gelächter seine Ohren erreichte. Dirk lächelte bei dem Klang davon und seufzte, als die Hände seines Geliebten über seinen Rücken, die Seiten und dann unter sein T-Shirt wanderten, um ihn sanft zu streicheln.

„Ich habe dir gesagt, du würdest es genießen", sagte Seb.

„Du hast nicht gescherzt." Dirk wusste nicht, was er davon halten sollte. Wenn Seb das beim Sex tat, würde er ohnmächtig werden? Vor Lust sterben? „So etwas habe ich noch nie erlebt. Wird es sich immer so anfühlen?" Dirk drehte den Kopf und keuchte. Wenn er nicht befriedigt gewesen wäre und nicht in der Lage, sich zu bewegen, wusste er, dass er von Seb heruntergefallen und zu Boden gestürzt wäre.

Sebs Augen waren … rot!

„Ruhig, Geliebter, ich werde dir niemals schaden. Das ist normal, nachdem ich mich genährt habe."

„G-genährt? Das hört sich an, ähm …" Sollte er Seb sagen, wie unheimlich er das fand?

„Entschuldigung", entschuldigte sich Seb und streichelte ihn erneut. „Nicht der beste Weg, das zu sagen, aber es ist, was es ist. Dein Blut ernährt mich genauso wie das Essen, das ich esse.“ Die rote Farbe wich aus seinen Augen und sie nahmen ihr ursprüngliches tiefes Blau wieder an, als sein Gesichtsausdruck ernst wurde. „Im Gegenzug biete ich Schutz, Lust und meine Hingabe an. Ich bin jedoch ein besitzergreifender Bastard und werde jeden vernichten, der versucht, dich anzufassen oder mir wegzunehmen.“

Dirk ließ sich diese Informationen durch den Kopf gehen. „Ich weiß nicht, warum ich das so ansprechend finde“, gab er zu. „Ich fühle mich von dir angezogen und liebe es, von dir gehalten zu werden, mehr als ich je für möglich gehalten hätte.“ Stirnrunzelnd fügte er hinzu: „Ich verstehe es nicht. Ist es, weil du ein Vampir bist?“

„Nein“, sagte Sebastian und lächelte dann. „Es ist, weil du mein Geliebter bist, mein Seelenverwandter. Ein Vampir oder Wandler oder ein anderer Paranormaler verbringt sein Leben damit, nach dieser einen besonderen Person zu suchen, die ihn vervollständigt. Für mich bist du das. Ein Vampir wird vom Ruf des Blutes dieser Person angelockt, und wenn er es probiert, bestätigt das seinen Verdacht und beginnt den Bindungsprozess.“

Dirk nahm an, sie hätten das wohl alles besprechen sollen, bevor er Sebastian erlaubte, ihn zu beißen. Er konnte jedoch kein Bedauern in sich finden. Dieser Typ wollte ihn, wollte sich um ihn kümmern, ihn beschützen … Es war so lange her, seit er sich wirklich sicher gefühlt hatte.

Trotzdem wusste Dirk, dass er genau wissen musste, worauf er sich eingelassen hatte. „Wie funktioniert diese Bindungs-Sache? Du sagtest etwas über eine Verlängerung meines Lebens? Was heißt das? Hat dies Auswirkungen auf meine Arbeit? Meine Familie?“

Sebastian bewegte sich unruhig unter ihm, und da spürte Dirk es. „Mist, es tut mir leid. Du hast mich zweimal zum Höhepunkt gebracht, und du bist immer noch hart. Kann ich dir einen blasen?“

„Oh, Scheiße“, stöhnte Sebastian und rollte ein wenig mit den Hüften. „I-ich kann ein solches Angebot nicht ablehnen.“ Sebastians Lächeln füllte sich mit Lust, als er mit dem Daumen über Dirks Lippen fuhr. „Ich würde gerne deinen hübschen Mund um meinen Schwanz spüren.“

Dirk zog Sebastians Finger in den Mund, leckte und saugte einige Sekunden lang an der Spitze.

Sebastian stöhnte, und Dirk fühlte tatsächlich seinen Schwanz zucken. Dirk wollte seinen Geliebten genauso erfreuen, wie es Sebastian schon zweimal für ihn getan hatte, also ließ er den Finger des Mannes los und glitt an seinem Körper hinunter. Er versprach sich, seinen neuen Mann später zu erkunden, nachdem sie sich endlich unterhalten hatten. Im Augenblick wollte er an den prallen Ständer ran, der Sebastians Jeans ausfüllte.

Dirk machte kurzen Prozess mit Knopf und Reißverschluss und verschluckte praktisch seine Zunge, als Sebastians angeschwollener Schaft zwischen dem Stoff auftauchte. *Keine Unterwäsche! Und unbeschnitten!* Dirk leckte sich die Lippen, betrachtete den dicken Schaft und wie die Vorhaut zurück gezogen war, um den weinenden Schlitz zu enthüllen. Die dicke Ader pulsierte an der Unterseite, und Dirk senkte den Kopf und leckte mit der Zunge daran entlang.

Sein Liebhaber stöhnte, spreizte seine Beine und gab ihm mehr Platz und einen hervorragenden Blick auf seine großen, tief hängenden Eier. Dirk drückte seine Nase an den dünnen Streifen brauner Locken und atmete den moschusartigen, männlichen Duft ein. Er stöhnte, liebte das berauschende Aroma. Sebastian roch besser als jeder andere Mann oder alles, was er je zuvor gerochen hatte.

Perfekt!

Dirk verschwendete keine Zeit mehr, wirbelte seine Zunge um Sebastians Eichel und stieß seine Zunge unter die Vorhaut des Mannes, bevor er die schlaffe Haut leicht einsaugte. Sebastian wurde wild unter ihm, grunzte und zitterte. Seine Hüften zuckten und schoben seinen Schwanz mit jedem Stoß tiefer und tiefer in Dirks Mund.

Dirk versuchte nicht, ihn aufzuhalten. Er konnte sich nicht vorstellen, so lange kurz davor zu sein. Dass Sebastian ihm so viel Freude bereitet hatte, während er selbst keine verlangt hatte, bewies mehr als alles andere, wie anders der Vampir war, als die anderen Männer, denen er begegnet war.

Er nahm alles, was Sebastian ihm gab, und saugte hart an dem Ständer, der in seinen Mund hinein und aus ihm heraus glitt. Er massierte die Eichel des Vampirs mit seinen Halsmuskeln jedes Mal, wenn er gegen seine Kehle stieß und rieb den Schaft mit der Zunge.

Als Dirk nach unten griff und Sebastians Eier in seine Handfläche rollte, zogen sie sich fest zusammen. Das war die einzige Warnung, die Dirk erhielt, bevor sein Geliebter seinen Namen rief und abspritzte, dicke Salven herausschoss und seinen Mund mit Samen überflutete. Dirk schluckte schnell, zog sich dann etwas zurück und ließ den nächsten Schuss auf seiner Zunge landen. Er rollte die salzige Essenz um seine Zunge und stöhnte, bevor er sie auch schluckte.

Als sich Sebastian langsam beruhigte, leckte Dirk ihn sauber.

„Verdammt, Dirk. Dein Mund sollte als tödliche Waffe registriert werden“, murmelte Sebastian.

Sicher, dass er alles aufgeleckt hatte, hob Dirk den Kopf und lächelte seinen Liebhaber an. „Ich bin froh, dass du so empfindest.“

„Komm“, murmelte Sebastian. „Lass uns strippen und kuscheln.“

Dirk konnte nicht anders. Seine Brauen schossen hoch und er grinste. „Du bist ein Kuschler?“

„Ja, aber verrat es nicht“, antwortete Sebastian, indem er den Worten Taten folgen ließ und sie beide dazu brachte, sich auszuziehen und hinzulegen. „Es wird mein Image als harter Kerl ruinieren“, neckte er und zwinkerte.

Dirk schnaubte und schüttelte den Kopf. „Du verhältst dich eher wie ein Geschäftsmann als wie ein harter Kerl.“

Seb kicherte. „Ich arbeite für den Vampirrat, also stimmt das so ungefähr.“

Dirk neigte seinen Kopf so, dass er auf der Brust des Vampirs lag, und er zu dem Mann aufschauen konnte. „Was machst du für sie?“

„Ich bin für Akquisitionen zuständig. Ich reise viel, wohin auch immer sie mich brauchen, kaufe Land, kümmere mich um den Verkauf von Grundstücken, schließe Verträge, solche Sachen, alles in dem Bemühen, die Existenz unserer

Rasse geheim zu halten.“ Er verzog das Gesicht. „Nun, so geheim wie möglich. Die Regierung oder zumindest Teile davon wissen von uns und von den Wandlern.“

„Hm.“ Dirk war sich nicht sicher, was er davon halten sollte. Würde Sebastian erwarten, dass er die ganze Zeit mit ihm reiste?

Als ob er seine Gedanken lesen könnte – vielleicht konnte er das ja –, stellte Sebastian fest: „Jetzt ist es an der Zeit, einige deiner Fragen von zuvor zu beantworten. Ich entschuldige mich, dass ich nicht alles erklärt habe, bevor wir mit dem Bindungs-Prozess begonnen haben, aber …“ Sebastian lächelte leicht. „Ich weiß nicht, was ich dir sagen soll, außer ich konnte meine Hände nicht von dir lassen.“

„Also, mein Leben wird sich verändern, nicht wahr?“ Dirk versuchte, herauszufinden, wie er diesbezüglich fühlte. Angst, sicher, vielleicht etwas Aufregung, vor allem aber wollte er nur in den Armen dieses Mannes bleiben. Aus irgendeinem Grund empfand er das langsame Schlagen des Herzens seines Geliebten als beruhigend.

Warte mal, Herzschlag?

„Ich dachte, Vampire hätten keinen Herzschlag“, platzte Dirk heraus.

Sebastian kicherte. „So ziemlich alles, was du über Vampire zu wissen glaubst, ist nicht wahr. Wir sind nicht allergisch gegen Knoblauch oder Kreuze oder Sonnenlicht. Wir schlafen nicht am Tag und wachen nachts auf. Wir sind so ziemlich nur eine weitere Rasse, die auf dem Planeten lebt.“

„Aber ihr trinkt Blut“, betonte Dirk.

„Ja, Vampire trinken Blut. Unsere Augen werden rot

und geben uns die Möglichkeit, Dinge im Infrarotbereich beinahe zu sehen. Wenn wir nicht gebunden sind oder keine regelmäßigen Spender haben, verwenden wir diese Fähigkeit, um eine akzeptable Blutgruppe auszumachen. Wir haben auch die Fähigkeit, jemandem unseren Willen aufzuzwingen, was im Wesentlichen seinen Geist nur auf das beschränkt, was wir wollen. Es gibt uns ein unterschiedliches Ausmaß an Kontrolle, abhängig von der Energie, die wir verbrauchen, der Willensstärke der Person und dem, was wir von ihnen verlangen."

„Heilige Scheiße!", zischte Dirk. „Bewusstseinskontrolle?"

Sebastian strich mit seinen Fingern über Dirks Rücken und zeichnete die Erhebungen seiner Wirbelsäule nach. „Ja", antwortete er einfach und versuchte nicht einmal, es zu beschönigen.

„Ähm, okay." Dirk runzelte die Stirn. „Setzt du es oft bei Leuten ein?"

Sebastian begegnete seinem Blick direkt. „Vor heute Abend war es Jahre her, seit ich es für notwendig hielt."

„Heute Abend?" Dirk keuchte, rollte sich von Sebastian herunter und setzte sich auf. „Hast du es bei mir angewendet?"

„Niemals", schwor Sebastian und stützte sich auf die Ellbogen. „Ich brauchte deinen Türschlüssel, also überzeugte ich die Rezeptionistin, dass ich du bin."

„O-oay."

„Was Freunde und Familie angeht, würde ich dich niemals darum bitten, sie aufzugeben. Was du jedoch bedenken solltest, ist die Tatsache, dass ich fast zweihundert

Jahre alt bin und, sofern es keinen Angriff oder einen anderen Unfall gibt, noch weitere dreihundert leben werde." Sebastian streckte die Hand aus, nahm Dirks und drückte sie. „Das heißt, du wirst es auch."

„Ich, ähm, wirklich?" Dirk machte ein finsteres Gesicht. „Wie ist das möglich?"

Sebastian zog sanft und Dirk folgte ihm, nicht imstande, seinem Geliebten zu widerstehen. „Wieso kann ich dir nicht widerstehen? Du brichst in mein Zimmer ein, trinkst mein Blut und sagst mir im Wesentlichen, dass wir ein Paar sind und ich nichts zu sagen habe." Er runzelte die Stirn, frustriert und gleichzeitig gerne bereit, zu dem Mann zu gehen. „Gott, ich bin so durcheinander."

Zu Dirks Überraschung kicherte Sebastian tatsächlich. Dirk starrte ihn an, als er sich an die Seite des Vampirs schmiegte. „Was ist so lustig?"

„Entschuldigung, Dirk. Du fühlst die Anziehungskraft, genauso wie ich. Es ist die Art des Schicksals, einem Menschen zu helfen, einen Paranormalen zu akzeptieren."

„Du sagst immer wieder Schicksal, als wäre es ein echtes Wesen."

„Das ist es, Dirk."

Sebastian klang so sicher, dass Dirk nicht wusste, wie er darauf reagieren sollte.

„Lass deine Gedanken ruhen, Dirk", drängte Sebastian. „Weitere Fragen werden kommen und ich werde sie alle beantworten. Es braucht Zeit, alles zu erklären, und du musst immer noch an der Comicon teilnehmen." Er beugte sich vor, um Dirks Mund einzufangen, stieß seine Zunge ein paar Mal hinein, bevor er sich zurückzog. „Morgen Abend werden wir etwas Spaßiges unternehmen. Etwas, um uns von all dem abzulenken. Wie klingt das?“

Benommen von dem Kuss, nickte Dirk. Müdigkeit zerrte am Rand seines Bewusstseins.

„Wann musst du aufstehen?“

„Uhh“, stöhnte Dirk. „Früh. Sieben Uhr. Es gibt ein Frühstücks-Meeting um acht Uhr, an dem ich teilnehmen sollte.“

„Okay, Geliebter. Ich werde dafür sorgen, dass du früh genug wach bist“, versicherte Sebastian und streichelte ihn leicht.

Dirk nickte, zu müde, um nach dem Stress des Tages und den atemberaubenden Orgasmen zu widersprechen. „Okay.“

Der Schlaf übermannte ihn schnell.

Dirk stöhnte und zitterte bei dem Gefühl von warmer, saugender Hitze an seiner Morgenlatte. Er öffnete ein Augenlid und spähte nach unten, um Sebastian zwischen seinen Beinen zu sehen, den Mund um seinen Schwanz geschlossen.

„S-Seb!“, keuchte er.

Sebastian ließ gerade lange genug von seinem Schaft ab, um zu sagen: „Guten Morgen, Dirk“, dann schluckte er ihn wieder bis zur Wurzel. Der Vampir glitt auf und ab an seinem Schaft, massierte seinen Ständer mit seinen Lippen, fuhr mit seiner Zunge über seine Eichel und stimulierte das empfindliche Fleisch.

Als sein Geliebter einen speichelnassen Finger benutzte, um seine Rosette zu reiben, stöhnte Dirk und bockte. „Steck ihn rein“, bat er und versuchte, gegen diesen Finger zu drücken und ihn in seinen Kanal zu ziehen. Er wollte unbedingt die Dehnung und das Brennen spüren. Es war so lange her.

Sein Liebhaber summte und vibrierte dabei an seinem Schaft, gerade als Sebastian seinen Finger tief hinein drückte und seinen Hotspot traf.

Dirk schrie den Namen seines Lovers, als er kam, und pumpte Sperma in Sebastians leicht saugenden Mund. Keuchend versuchte er zu atmen, als er auf den Endorphinen dahinschwebte. Sebastian rieb seine Oberschenkel, Hüften und dann über seine Seiten, den Bauch und die Brust.

Schließlich ließ sich Sebastian neben ihn fallen, schlang einen Arm um ihn und zog ihn in einen tiefen Kuss. Er drückte die Zunge in Dirks Mund und erforschte ihn langsam. Dirk stöhnte in den Mund seines Geliebten bei dem Geschmack von Sperma und Mann. Als Sebastian Dirks Zunge in den Mund zog und leicht daran saugte, bemühte sich sein Schwanz, sich wieder aufzrichten.

Als Atmen oberste Priorität hatte, zog Sebastian sich zurück und Dirk keuchte schwer. Dirk fühlte sich warm und gesättigt und grinste seinen Liebhaber an. „Beeindruckend.“

Sebastian summte und schmiegte sich an ihn, bevor er sich zurückzog und grinsend seine Fangzähne zeigte. Dirk dachte, der Anblick sollte ihn beunruhigen, aber das tat er nicht. Mit der Erkenntnis, dass sein Geliebter sich wohl genug fühlte, um sein wahres Ich nicht zu verbergen, stützte Dirk sich hoch und zog einen Fangzahn mit seiner Zunge nach.

Sebastians Augen fingen an rot zu werden und seine Atmung beschleunigte sich.

Dirk grinste. „Das magst du, oder?“

„Hölle, ja“, knurrte Sebastian. Er schluckte schwer und gab dann zu: „Sie sind empfindlicher als normale Zähne.“

„Könntest du nur davon kommen?“, fragte Dirk und betrachtete seinen Lover. „Wenn ich mit deinen Zähnen spiele?“

„Weiß nicht“, antwortete Sebastian, aber dem aufgeregten Schimmer in seinen Augen nach würde er wahrscheinlich bereit sein, es herauszufinden.

Dirk dachte darüber nach, es herauszufinden, aber der Klingeln eines Telefons beendete die Stille. Seb stöhnte, als er sich über die Bettkante beugte. Er nahm seine Jeans, zog sein Handy heraus und verzog das Gesicht. „Ich muss da rangehen. Es tut mir leid.“

„Kein Problem. Willst du mit mir unter die Dusche gehen und ich kann den Gefallen erwidern?“, fragte Dirk und warf einen Blick auf Sebastians Schritt unter der Decke.

Zu seiner Überraschung grinste Sebastian und zwinkerte. „Ich bin gekommen, als du es getan hast, Baby.“ Er leckte sich über die Lippen. „Du schmeckst lecker.“

Dirk zog die Brauen hoch. „Echt?“

„Oh ja.“ Sebastian richtete seine Aufmerksamkeit auf sein Telefon. „Guten Morgen, Lex.“

Dirk mochte diese Information und ging zum Badezimmer. Er entschied, dass es ein sehr guter Morgen war.

KAPITEL 7

„Es klingt, als wäre deine Nacht doch noch gut gelaufen. Ist mit dir und Dirk alles in Ordnung?"

„Ja", antwortete Seb grinsend. „Alles in Ordnung. Wir haben noch ein paar Dinge zu besprechen, aber wir sind auf dem richtigen Weg."

„Das ist gut, Seb", antwortete Lex. „Freut mich, das zu hören. Wo hat er von Paranormalen erfahren?"

„Ich erzähle dir alles darüber, wenn ich nach oben komme. Dirk hat ein Frühstück, an dem er teilnehmen muss, also bin ich in dreißig Minuten bei dir."

„Hört sich gut an. Bis bald."

Seb drückte die Taste, um das Gespräch zu beenden, als Dirk mit einem Handtuch um die Taille aus dem Badezimmer trat. „Hmm, hallo, Hübscher", gurrte er. Seb beobachtete, wie sich eine Röte über Dirks Oberkörper ausbreitete.

„Hey", murmelte Dirk und lächelte schüchtern.

Verdammt, das ist ein guter Look an ihm.

Seb beobachtete einen Tropfen Wasser, wie er über die Brust des Mannes, über seinen Brustkorb und über die leichte Wölbung seines Bauches hinwegwanderte, und wollte mit seiner Zunge denselben Weg verfolgen. Er wollte das Handtuch wegreißen und jeden feuchten Zentimeter Haut seines Liebhabers lecken und beknabbern.

„Hmm, du solltest hierher kommen“, drängte er und hob seine Hand.

Dirk schüttelte den Kopf.

Enttäuschung durchfuhr ihn.

„Ich sehe diesen Ausdruck in deinen Augen“, kommentierte Dirk und ein Lächeln umspielte seine Mundwinkel. „Wenn ich in deine Nähe komme, werde ich das Frühstück verpassen. Ich werde Ärger mit meinem Chef bekommen.“

Seb kicherte. Er warf die Decke zurück und betastete seinen anschwellenden Penis. „Du hast recht, Baby. Bedeutet nicht, dass ich es mögen muss.“

Dirk stöhnte und starrte seinen dicken Ständer an, was Sebs Schwanz nur noch schneller hart werden ließ, und schüttelte den Kopf. „Du spielst nicht fair.“

Obwohl Seb wusste, dass er sich zumindest für kurze Zeit unwohl fühlen würde, schnappte er sich seine Jeans und zog sie an. „Tut mir leid, Dirk. Ich weiß, dass du einen Job hast.“ Er steckte seine Brieftasche in die Tasche, hob sein Hemd auf und ging zu seinem Geliebten. Als er Dirk erreichte, schlang Seb die Arme um ihn und drückte einen sengenden Kuss auf seine Lippen, um seinen Mund besitzergreifend zu erobern.

In dem Wissen, dass, wenn er Dirk zu lange küsst, er möglicherweise den Entschluss verlieren würde, seinen Geliebten aus den Augen zu lassen, beendete Seb den Kuss mit einem Zupfen an Dirks Unterlippe und ging dann um ihn herum zur Tür. „Hast du Pläne fürs Mittagessen?“

Dirk schüttelte den Kopf. „Nein. Ich bin heute um elf Uhr fertig. Ich dachte, ich würde heute Nachmittag etwas Arbeit erledigen“, sagte er und verzog das Gesicht, als würde er wissen, wie lahm es klang. Nach einer Sekunde gab er zu: „Ich bin irgendwie langweilig.“

„Ist deine Arbeit etwas, das du für eine bevorstehende Frist erledigen musst?“, fragte Seb neugierig. Er wollte nicht, dass sich sein Mensch mit seiner Arbeit abmühte, während er sich fragte, wie viele der Vegas-Sehenswürdigkeiten er seinem Geliebten zeigen konnte.

„Nein. Ich mag es einfach nicht, mit vielen Leuten zu interagieren, also habe ich vorgehabt, immer in meinem Zimmer zu bleiben, wenn ich bei der Comicon nicht gebraucht werde“, gab Dirk zu.

„Dann werde ich dich vor dem Mittagessen ausfindig machen, und wir werden sehen, welches Unheil wir stiften können, hmm?“

Nachdem er eine Bestätigung von seinem Geliebten erhalten und einen weiteren Schmetterlingskuss gestohlen hatte, ging Seb in sein eigenes Zimmer.

Sobald er geduscht und angezogen war, griff Seb nach seinem Handy und rief Declan an. Der Alpha-Wolf meldete sich beim zweiten Klingeln. „Ja, Seb? Wie läuft es mit der Gefährten-Jagd?“

Seb lehnte sich an die Stuhllehne und fuhr sich mit der Hand über das Gesicht, als er antwortete: „Nicht so schlimm. Ich bin gestern Nacht in ein Schlagloch geraten, aber wir haben einige Gespräche geführt und sogar den Bindungs-

Prozess begonnen."

„Das ist großartig, Seb. Muss ich beim Vampirrat einen anderen Akquisitionsexperten anfordern? Oder glaubst du, du wirst in ein paar Tagen zur Verfügung stehen, um dich mit der CIA zu treffen und Verträge zu besprechen?"

„Nun, ich kann das noch nicht ganz beantworten. Ich habe noch nicht mit Dirk darüber gesprochen, mit mir zu reisen.", gab er zu und massierte sich die Sehnen seines Nackens, als er über ihre unterbrochenen Gespräche in der letzten Nacht nachdachte. „Wir wurden ständig abgelenkt."

Declan gluckste und grollte tief. „Verständlich."

„Ich habe ein anderes Problem, von dem ich hoffe, dass du mir damit helfen kannst", sagte er. Da er entschied, das um den Brei herumzureden reine Zeitverschwendung wäre, sagte Seb unverblümt: „Mein Geliebter traf Dingowandler, die in der Nähe von New Orleans Menschen entführten. Er hat gesagt, sie benutzen sie als Sexsklaven, und, nun, es klang sehr nach menschlichen Spielzeugen." Seb schauderte und dachte an seinen süßen, sanften Menschen in dieser Situation. „Er konnte entkommen, und ich habe es nicht übers Herz gebracht zu fragen, wie viele er zurückgelassen hat."

„Scheiße", knurrte Declan. „Das ist nicht nur schrecklich, es gefährdet uns alle. Vor allem mit der verdammten CIA, die mir im Nacken sitzt."

„Weil es Wandler sind, wusste ich nicht, ob es etwas ist, um das du dich selbst kümmern willst, oder ob ich es an den Vampirrat weitergeben soll, damit der es dem Wandlerrat mitteilt", erklärt Seb. „Wenn du es vorziehen solltest, es nicht zu übernehmen, verstehe ich es."

„Nein, ich schicke meinen Vollstrecker Manon zu dir, um mehr Informationen von deinem Mann zu erhalten“, knurrte Declan. „Manon stammt ursprünglich aus New Orleans. Ich werde auch ein paar andere schicken. Wir werden uns darum kümmern“, erklärte er, eindeutig sauer.

„Danke, Alpha“, antwortete Seb respektvoll. „Zu wissen, dass nicht alle Wandler Menschen als weniger wichtig betrachten, wird Dirk beruhigen.“

Declan stieß einen Seufzer aus und befahl dann: „Lass mich deinen Zeitplan wissen, sobald du kannst, Sebastian.“

„Ja, Alpha“, antwortete er. Normalerweise würde er von einem Wandler-Alpha keine Befehle entgegennehmen, ohne subtil daran zu erinnern, dass er nicht zu seinem Rudel gehörte. „Ich werde heute Nachmittag mit Dirk sprechen und heute Abend zurückrufen.“

„Danke, Sebastian.“ Sekunden später war die Leitung tot.

„Ich habe einen Teil davon gehört.“

Seb drehte sich um und fand Lex am Türrahmen des zweiten Badezimmers in der großen Suite gelehnt. Seb stand auf, ging zu seinem Freund und klopfte ihm auf die Schulter. „Lass uns frühstücken gehen. Ich erzähle dir alles darüber.“

„Klingt gut.“

Einige Stunden später wanderte Seb durch die Comicon, schaute sich Ausstellungen an und nahm die Sehenswürdigkeiten in Augenschein. Sein Gefährte Lex gesellte sich zu ihm und murmelte geschockte Worte vor sich hin, wobei er diskret die Kostüme betrachtete.

„Heilige Scheiße, schau dir das Outfit dieser Frau an“, zischte Lex.

Seb schaute in die Richtung, die sein Gefährte diskret anzeigte, und verbiss sich ein Grinsen. Ja, ihre Brüste waren verdeckt, aber das bedeutete nicht, dass sie unter dem durchscheinenden Stoff mit den sorgfältig platzierten kleinen Quadraten aus festem Stoff nicht klar definiert waren. Obwohl nichts Unangemessenes wie ihre Brustwarzen zu sehen war, gab es keinen Zweifel, wo sich jede Linie des Dekolletés befand.

Er beugte sich vor und neckte: „Glaubst du, dass Hetero-Jungs sie wegen der Geschichten lesen?“

Lex schnaubte. „Dein Geliebter würde dir nicht zustimmen.“

„Aber er ist kein Hetero-Junge, oder?“, witzelte Seb zurück.

Lex stieß mit der Schulter gegen seine und gluckste. Er neigte den Kopf und murmelte: „Götter, kannst du dir die Gesichter all dieser Menschen vorstellen, wenn sie nur die Wahrheit darüber wüssten, welche Kreaturen tatsächlich durch die Nacht laufen? Was wäre, wenn sie tatsächlich einen Dämon treffen würden? Sie würden vor Schreck sterben, nicht eine Mini-Armbrust hervorziehen und sie erschießen.“

Kichernd grinste Seb und stieß zurück, als er antwortete: „Ach komm schon, lass ihnen ihre Fantasie, Lex.“

Der Geruch seines Geliebten kitzelte Sebs Sinne, und er schaute sich suchend um. Er erblickte seinen Mann in der Nähe einer Doppeltür, von der er wusste, dass dahinter Treffen stattfanden. Dirk stand in der Nähe eines etwa gleich großen Mannes – also vielleicht einen Meter vierundsiebzig – mit dunkelblondem Haar und schlankem Körperbau. Das Wort Twink kam ihm in den Sinn.

Der Blonde legte seine Hand auf seine Hüfte und winkte mit der anderen vor Dirks Gesicht. Das Gesicht des Menschen trübte sich, als er sprach, offensichtlich über etwas verärgert.

Sebs schützenden Instinkten begann zu missfallen, wie die Konfrontation aussah. Er knurrte tief in der Kehle und stapfte durch die Menge. Kurz bevor er sie erreichte, drehte Dirk sich zu ihm, und seine Augen weiteten sich.

Seb wusste, dass er wahrscheinlich wild aussah und versuchte, seinen Gesichtsausdruck zu kontrollieren. In Anbetracht dessen, wie der Fremde ihn ansah, und dann versuchte, Dirk zurückzudrängen, vermutete Seb, dass er versagt hatte. Einen Fremden zu finden, der versuchte, zwischen ihm und seinem Geliebten zu bleiben, beruhigte ihn nicht.

Seb schaffte es gerade, seine Augen nicht rot werden zu lassen, und sah Dirk an, um Antworten zu erhalten. „Dirk?" knurrte er fast.

„Hör auf, Deke", schnappte Dirk und schob seinen … Freund hinter sich. „Ich habe dir gesagt, dass es nicht das war, was ich dachte, und ich kann hier nicht darüber sprechen."

Deke sah nicht überzeugt aus, sein grünäugiger Blick huschte von Dirk zu Seb und wieder zurück. „Du sagtest, er sei gefährlich."

Obwohl Deke seinen Kopf zu Dirk neigte und die Worte zischte, hörte Seb sie laut und deutlich … sogar über die

Comicon-Geräuschkulisse hinter sich.

„Ich glaube, es ist an der Zeit, zu unserer Suite zu gehen und was beim Zimmerservice zu bestellen“, sagte Lex und trat vor. „Das gibt uns allen die Chance, uns kennenzulernen, bevor wir losziehen und den Nachmittag genießen.“

Bei der Unterbrechung machte Dirk einen zögerlichen Schritt auf Seb zu. Er mochte dieses Zögern nicht und wusste, wie er es verbannen konnte. Während er seinen Mann warm lächelte – die Zähne sorgfältig versteckt – streckte Seb seinem Liebhaber die Hand entgegen. Er konnte kaum glauben, welche Erleichterung er fühlte, als Dirks Gesicht sich erhellte, und er nähertrat.

Seb schlang seinen Arm um Dirks Taille und drückte ihn eng an sich, dann lehnte er sich zu ihm und zwickte diskret in seinen Nacken, während er „Hab dich vermisst“ flüsterte, bevor er sich aufrichtete.

„Ich dich auch“, flüsterte Dirk zurück und errötete dann in einem schönen Pink-Ton.

Seb hielt geradeso ein Grinsen zurück und zwinkerte. „Dann freue ich mich darauf, den Rest des Tages mit dir zu verbringen.“ Als er die Augen eines anderen auf sich spürte, drehte er sich um und sah Deke, der ihn finster anstarrte. Jetzt, da er Dirk in den Armen hatte und sein Puls sich verlangsamt hatte … und sein Drang, den anderen Kerl von seinem Geliebten zu ziehen, nachgelassen hatte … war Seb bereit, höflich zu sein. Er streckte die Hand aus. „Sebastian Russo.“

Fast zwanzig Sekunden lang stand Deke nur da und sah ihn stirnrunzelnd an.

Sebastian wartete.

Endlich atmete Deke schnaufend aus und streckte die Hand vor. Seb beschloss, der größere Mann zu sein – kein Wortspiel beabsichtigt –, nickte nur und lächelte freundlich, während Deke antwortete: „Deke Sommers."

„Freut mich, dich kennenzulernen, Deke", antwortete Seb. „Das ist mein Kumpel, Lexington Paistro. Alle nennen ihn nur Lex." Seb wartete auf eine Antwort und drehte sich zu Dirk um. „Wie wäre es mit dem Zimmerservice? Hat Deke schon ein Zimmer? Er kann gerne in meinem Zimmer in der Suite wohnen, da ich bei dir untergekommen bin."

Dirks Augen weiteten sich etwas, als sein Gesicht rot wurde. „Ähm, ist das okay für Lex?"

Lex schnaubte. „Mir ist völlig schnuppe, wer den anderen Raum belegt, aber ich bin hungrig. Lasst uns gehen."

Seb kicherte. „Das ist Lex. Denkt immer mit dem Bauch." Er zwinkerte Dirk zu und zog seinen Geliebten mit sich, als alle Lex folgten und zum Aufzug gingen. Die vier traten in die Kabine.

Einigermaßen alleine, entschied sich Seb, dies zu nutzen. Er drückte Dirk gegen die Seite des Fahrstuhls, schob Erinnerungen an die vergangene Nacht beiseite und senkte den Kopf, um sein Gesicht an dem Hals des Mannes zu reiben. Er knabberte daran und zwickte, und genoss, wie Dirk in seine Umarmung sank, als er sich den Hals seines Geliebten hinaufarbeitete.

Du bist so süß, so sexy, mein süßer Geek.

„Nicht so süß", keuchte Dirk leise.

Seb grinste, als er an seinem Hals saugte, und erinnerte sich daran, dass er die Gedankenverbindung zwischen einem

Vampir und seinem Geliebten erklären musste. Er hatte diese Worte eigentlich nicht laut ausgesprochen …

„Er hat nichts gesagt", murmelte Deke, seine mageren Arme über seiner ebenso mageren Brust verschränkt.

„Doch, das hat er", murmelte Dirk zurück.

„Eigentlich schon", flüsterte Seb. „Ich hatte nur nicht vorgehabt, dass alle es hören." Das war sicherlich zutreffend.

„Also, Deke, was bringt dich nach Vegas?", fragte Lex und lehnte sich gegen die Wand. „Die Comicon? Die Sehenswürdigkeiten? Willst du spielen?"

„Nein", knurrte Deke heftig. Er verschränkte die Arme vor der Brust, hob das Kinn und schnappte: „Ich bin hier, weil gefährliche Gestaltwandler meinen Freund angriffen."

Seb nickte. „Dirk hat mir davon erzählt." Er sah seinem Geliebten in die Augen und sagte: „Ich habe heute Morgen Declan kontaktiert. Er ist der Alpha des Wolfswandler-Rudels in Stone Ridge, Colorado."

Sie erreichten ihre Etage, und Seb machte eine Pause. Lex ging voraus aus dem Aufzug, und Seb murmelte: „Was magst du? Was möchtest du zu Mittag essen?"

„Chicken Wings", antwortete Dirk sofort.

„Bekommst du, Baby", gurrte Seb. „Wie scharf willst du sie?"

„Scharf!"

Er wollte gerade grinsen, als Deke schnappte: „Nicht zu scharf. Du bekommst sonst Verdauungsstörungen."

Seb stand vor der Tür seiner Suite und biss sich auf die Zunge. Er hasste es, dass Dirk die Stirn runzelte und beinahe in ihn geschmolzen wäre, als wäre es ihm peinlich. Sobald sie drinnen waren, wandte sich Seb an Deke und lächelte, wobei er diesmal seine Fangzähne nicht verbarg. „Dirk muss sich nicht mehr um Verdauungsstörungen sorgen, Deke. Sobald wir unsere Bindung abgeschlossen haben, wird seine Heilungsfähigkeit verbessert sein. Dazu gehört keine Verdauungsstörungen, Erkältungen oder sexuell übertragbare Krankheiten." Er zwinkerte Dirk zu. „Ich kann es kaum erwarten, dich ohne Gummi zu lieben, süßer Geliebter.

„Kein Kondom?"

Seb liebte das Quietschen im Ton seines Mannes und die Vorstellung, seinen Schwanz ohne irgendetwas zwischen ihnen in Dirk zu versenken, nur Wärme und Muskeln und heißer, fester Druck … Er sog einen scharfen Atemzug ein und lächelte seinen Mann an. „Kein Kondom. Wenn ich dich mit meinem Samen fülle, wird unsere Bindung beendet sein." Er zwinkerte und fügte hinzu: „Ich muss noch mit dir über unsere Gedanken sprechen."

Lex räusperte sich und hielt das Telefon in der einen und die Karte des Zimmerservices in der anderen Hand. „Lasst uns zuerst Essen bestellen, dann kümmern wir uns um alles andere. Ich habe das Gefühl, dass wir um diese Zeit lange warten müssen, bevor wir etwas zu essen bekommen."

Seb nickte und nahm die Speisekarte, die er schnell überflog. Er fand die Chicken Wings-Auswahl und bestellte eine gewaltige Menge an verschiedenen Geschmacksrichtungen, bevor er die Karte an Deke weitergab. Der Mensch schien für einige Sekunden verblüfft zu sein, nahm sie dann und bestellte eine große Portion Chili Cheese Fry.

„Klingt gut“, kommentierte Lex, und Seb musste zustimmen.

Seb ließ sich auf der Couch im vorderen Raum nieder und zog Dirk auf seinen Schoß und in seine Arme. Während er finster dreinblickte, ließ Deke sich auf einen Stuhl fallen. Sekunden später schloss sich Lex ihnen an und zog einen Stuhl mit gerader Rückenlehne aus der Miniküche. Er drehte die Lehne nach hinten, setzte sich mit gespreizten Armen darauf und legte seine Arme auf die Rückenlehne.

„Also, Deke, du bist offensichtlich hier, um Dirk moralisch zu unterstützen“, verkündete Lex unverblümt. „Warum erzählt ihr zwei uns nicht, was zum Teufel mit euch los ist?“

Seb wollte seinen Freund anknurren, aber er wusste, dass Lex nicht unrecht hatte. Dirk richtete sich auf und schob eine Hand durch sein dichtes rotes Haar. „Es ist meine Schuld. Nach meiner Unstimmigkeit mit Seb letzte Nacht habe ich Deke angerufen.“ Sein Gesichtsausdruck verzerrte sich frustriert und verwirrt. „Entschuldigung, Deke. Ich und Seb haben letzte Nacht miteinander geredet und er ist kein Wandler, wie ich dachte. Er erklärte sogar, dass Wandler wie Phil nicht typisch sind. Er rief jemanden an, der irgendwie die Wandler-Polizei darstellt und den Machenschaften von Phil und seinen Kumpels ein Ende setzen wird.“

KAPITEL 8

„Und du glaubst ihm? Einfach so? Er sagt, er wird für Gerechtigkeit sorgen, und du stellst es nicht mal in Frage?"

Dirk zuckte beinahe zusammen angesichts des Unglaubens seines Freundes, aber er verstand, woran es lag. Deke passte nur auf ihn auf. Als er von dieser schicksalhaften Reise nach New Orleans zurückgekehrt war, hatte er sich in seinem Zimmer versteckt und tagelang niemanden sehen wollen.

Das leichte Streicheln über seinen Rücken half.

Dirk lächelte seinen … Vampir an und küsste seine Wange. Dann sah er Deke an. „Ja, ich glaube ihm. Sebastian hat mir mehr Freude bereitet, als ich jemals verlangen könnte, und er hat niemals eine Gegenleistung verlangt", erklärte er und errötete etwas. „Das Einzige, was er sich wünscht, ist Treue. Er hat nicht vor, mich mit anderen zu teilen. Er ist ein Vampir und kennt sich mit Wandlern aus. Er erklärte mir, dass ich wirklich nicht Phils Gefährte oder wie auch immer sie es nennen, bin, und er hat sogar andere Wandler hinzugezogen, um Phil davon abzuhalten, anderen das anzutun, was er mir angetan hat."

Tränen brannten in seinen Augen und Dirk ballte die Hände in seinem Schoß. „Ich habe drei andere Menschen dort zurückgelassen. Ich habe nicht einmal versucht, ihnen zu helfen. Ich bin einfach weggerannt." Er schüttelte den Kopf, während er eine Hand hob, um Seb davon abzuhalten, etwas zu sagen. „Ich verstehe, dass ich niemandem helfen konnte, aber ich lief weg und schaute nicht zurück."

„Du hattest niemanden, dem du es hättest sagen können, Dirk", flüsterte sein Freund. „Wer hätte dir denn Geschichten abgekauft, laut denen sich deine Entführer in Dingos verwandeln und dich verfolgen?"

„Das weiß ich", schnappte Dirk und sah seinen Freund finster an. „Glaubst du, dass ich mich dadurch besser fühle?"

„Beruhige dich, mein süßer Geliebter", beruhigte Seb ihn und strich über den Rücken und die Seite seines Geliebten. „Manchmal kann man nicht sofort etwas tun, aber jetzt kannst du es und du hast es getan. Ich bin ein Vampir und kenne Leute in der Welt der Wandler."

Dirk wusste nicht, ob Sebastian diese Dinge gesagt hatte, um ihn oder seinen Freund zu beruhigen. Dennoch, die Worte seines Geliebten und die Art, wie Sebastians Hände sich an seinen Seiten hin und her bewegten, linderten seine Frustration. Er verstand immer noch nicht, wie dieser Mann ihn so schnell beruhigen konnte, aber es gefiel ihm auf jeden Fall.

Seb fuhr fort: „Ich habe mit einem Alpha-Wandler, den ich kenne, Kontakt aufgenommen. Er schickt einige Leute hierher, mit denen du reden kannst. Sag ihnen die Wahrheit, und sie werden glauben, was immer du sagst. Dann werden die Wandler, die dich verletzt haben, ihre gerechten Strafen bekommen."

Dirk schauderte, als Seb seine Nase an seinem Hals rieb. Er zitterte leicht bei der Vorstellung, sich mit anderen Wandlern zu treffen.

„Du hast getan, was du kannst. Nun werden meine Freunde sich um den Rest kümmern.“

Dirk atmete aus und nickte. „Vielen Dank.“

Das Telefon klingelte, und Lex erhob sich, um den Anruf anzunehmen. Nach einer Sekunde fragte er: „Erwarten wir einen Manon, Tom, Byron und Luther?“

Seb traf den Blick seines Freundes und nickte. „Ja. Das sind die Leute von Declan.“

„Scheiße, Wandler?“, quietschte Deke und wurde blass.

Lex klopfte Deke auf die Schulter, als er zu seinem Stuhl zurückkehrte. „Entspann dich, Kurzer. Das sind die Guten.“

„Wen nennst du hier kurz?“

Dirk unterdrückte ein Kichern und fühlte sich plötzlich viel leichter. Mit der Anwesenheit seines Freundes und seines Geliebten fühlte er sich eigentlich ziemlich gut, realisierte er.

Lex hob überrascht die Hände und grinste, was Deke zu einem erschrockenen Keuchen veranlasste. Lex zuckte die Achseln. „Ja, Vampire haben Fangzähne. Wie glaubst du denn, durchbohren wir die Haut, um Blut zu trinken?“

„Ihr trinkt wirklich Blut?“ Deke wurde blass. Er drehte sich um und schaute zwischen Dirk und Sebastian hin und her. „Er trinkt dein Blut? Bist du damit einverstanden?“

Er erinnerte sich daran, wie es sich angefühlt hatte, als sein Geliebter seine Reißzähne in ihn versenkt hatte, und der Schmerz sich in das unglaublichste Lustgefühl seines Lebens verwandelte. Sein Gesicht wurde warm und er wusste, dass er wahrscheinlich fast scharlachrot wurde. „Äh, ja, es ist …“

Seb lachte leise und küsste seinen Hals.

Lex lachte laut auf.

Deke sah sie empört an. „Was?“

Grinsend zwinkerte Lex Deke zu und schnurrte dann: „Der Biss eines Vampirs kann extrem angenehm sein.“

Jetzt war Deke an der Reihe zu erröten.

Ein Klopfen an der Tür lenkte ihre Aufmerksamkeit auf etwas anderes, worüber Dirk froh war. Ihr Essen kam gleichzeitig mit vier Männern an. Drei waren groß, breitschultrig und muskulös – der größte war ein Rothaariger und die beiden anderen, ein Blonder und ein Afroamerikaner mit kahlrasiertem Schädel, waren nicht viel kleiner. Es erforderte nicht viel Fantasie von Dirk, um sich vorzustellen, dass sie sich in Wölfe verwandelten.

Als sie eintraten, bemerkte Dirk, wie der Rothaarige die Hand eines schlanken Mannes mit langen schwarzen Haaren und androgynen Zügen hielt. Das andere zwei hielten einen respektablen Abstand voneinander.

Sobald der Hotelangestellte den Wagen mit Essen in den Raum gebracht und wieder gegangen war, trat der Rothaarige vor und streckte die rechte Hand aus. „Ich bin Manon Lemelle.“

Dirk stand langsam auf. „Ich bin Dirk Lemans“, murmelte er und nahm Manons Hand.

Manon drückte leicht seine Hand und nickte, dann ließ er ihn los und winkte dem schlanken Mann neben ihm zu. „Das ist mein Gefährte, Chris“, sagte er und lächelte den schwarzhaarigen Mann an. Dann zeigte er zuerst auf den

Blonden, danach auf den Afroamerikaner. „Das sind Luther und Byron.“

Beide Männer nickten.

Dirk konnte sich nicht helfen, und platzte heraus: „Seid ihr alle Wolfswandler?“

Byron nickte scharf.

Luthers Blick fiel auf Deke. „Ja“, sagte er. Seine blauen Augen verengten sich. „Wer bist du?“

„Deke Sommers.“

Dirk glaubte wirklich, der Gestaltwandler würde mehr sagen, aber dann nickte er nur und steckte die Hände in die Taschen.

Manon räusperte sich und lächelte. „Warum esst ihr nicht, während du mir von den Dingowandlern erzählst, Dirk? Ich komme aus dieser Gegend. Wenn du also irgendwelche Orientierungspunkte bemerkt hast, die mir dabei helfen könnten, den Weg zu ihnen zu finden, wäre das hilfreich.“

Dirk glaubte nicht, dass er gleichzeitig essen und über seine Erfahrungen sprechen könnte, aber er folgte Sebastians Drängen und nahm sein Essen.

Eine Stunde später lehnte Dirk sich gegen das Sofakissen zurück und ließ seine Augenlider sinken. Sein Kopf pochte, und obwohl Sebastian ihn zum Essen drängte, hatte er nur zehn der scharfen Hähnchenflügel essen können, obwohl sie wundervoll waren. Zumindest war er damit fertig, seine Dummheit und Feigheit zu erklären.

„Du warst kein Feigling, Dirk“, stellte Sebastian fest.

Sein Geliebter war sehr unterstützend gewesen, in seiner

Nähe geblieben und hatte ihn festgehalten. Dirk schmiegte sich an Sebastian, öffnete die Augen und fragte: „Wie machst du das?“

„Was?“

„Manchmal weißt du, was ich denke.“

„Ah, ich hatte geplant, mit dir darüber zu reden.“ Sebastian sah tatsächlich ein bisschen verlegen aus. „Aber bei alle dem hier war ich mir nicht sicher, wann ich es ansprechen sollte.“

„Noch mehr?“ Dirk zog die Brauen hoch.

Sebastian beugte sich vor und küsste Dirk sanft auf die Lippen. Der kurze Kontakt war für Dirk nicht annähernd genug, aber dann überlegte Sebastian: „Es scheint immer noch mehr zu geben, oder?“ Ohne auf eine Antwort zu warten, stellte er fest: „Es ist die Unterhaltung in Gedanken, die Lex und ich erwähnten. Je stärker unsere Bindung ist, desto mehr können wir die Stimmungen unseres Gefährten lesen, bis hin zum Gedankenaustausch.“

„Du wirst meine Gedanken lesen können?“, quietschte er.

„Nicht so sehr deine Gedanken, als eher Eindrücke“, korrigierte Sebastian, „und einige Gedanken, wenn deine Emotionen stark genug sind oder wenn du sie an mich richtest. Du wirst das Gleiche tun können. Es ist etwas, das ich dir beibringen kann zu kontrollieren, und ich würde deine Gedanken nur absichtlich lesen, wenn du mir die Erlaubnis dazu erteilst“, versicherte er.

„Das wird ja was“, murmelte Dirk.

Es ist wirklich leicht, Geliebter. Konzentriere dich einfach auf mich und projiziere einen Gedanken.

Stirnrunzelnd sah Dirk Sebastian an, während er dachte: *Was zum Teufel bedeutet das?*

Sebastian grinste. *Genau so.*

Oh!

„Danke, dass du uns diese Informationen gegeben hast, Dirk", kommentierte Byron diplomatisch. „Ich weiß, dass es nicht einfach für dich gewesen sein kann, aber wir wissen das zu schätzen. Wir werden dich auch über unsere Fortschritte auf dem Laufenden halten."

„Du kannst dir sicher sein, *mon ami"*, sagte Manon, „dass wir diese Bastarde aufhalten werden." Er stand auf, und die anderen drei folgten ihm. „Wir haben eine Suite auf dieser Etage. Wir werden etwas recherchieren und sehen, ob das Dingo-Rudel gelistet ist und wer der Alpha ist. Hast du eine Handynummer, die ich bekommen kann, falls ich Fragen habe?"

„Sicher", antwortete Dirk und ratterte seine Nummer herunter.

„*Merci"*, bedankte sich Manon und ging den anderen voran hinaus.

An der Schwelle blieb Luther stehen und sah Deke an. Er runzelte die Stirn und folgte dann der Gruppe.

Deke schüttelte den Kopf; sein Gesichtsausdruck war wehmütig. „Wir sind nicht geoutet", bemerkte er in sarkastischem Sing-Sang.

„Was meinst du damit?", fragte Lex und neigte neugierig den Kopf.

„Ich meine, er ist ein sexy schwuler Mann, der seine

Sexualität in einem stählernen Schrank aufbewahrt", sagte Deke und verschränkte die Arme vor der Brust.

„Ich hatte ihn vorher noch nicht getroffen", gab Sebastian zu, „also kann ich es dir nicht sagen."

Dirk rieb mit den Händen über sein Gesicht und zuckte die Achseln. „Was jetzt?"

Sebastian konzentrierte sich wieder auf ihn. „Es tut mir leid, dass unser Nachmittag eine etwas andere Richtung genommen hat. Bist du zu müde, um auszugehen? Ich weiß, dass über eine solche Erfahrung zu reden sehr anstrengend sein kann."

„Eigentlich möchte ich gerne etwas anderes als diese vier Wände sehen", sagte Dirk und stand auf. „Ich meine es nicht böse, aber … ich fühle mich ein bisschen eingesperrt."

„Dann habe ich eine Idee, die uns für eine Weile aus dem Hotel führen wird." Sebastian trat neben ihn und sah zu den anderen beiden Männern. „Seid ihr bereit für ein bisschen Spaß?"

Dirk beobachtete, wie sich sein Freund aus den Gedankengängen zu reißen schien, in die er versunken war, und Deke lächelte. „Nun, ich bin jetzt hier", erklärte Deke. „Da kann ich auch Spaß haben."

Lex nickte. „Also los. Rocken wir die Stadt."

„Ausgezeichnet." Sebastian griff nach Dirks Hand und zog daran. „Lasst uns gehen."

Freude erfüllte Dirk und ersetzte seine frühere Lethargie, als Sebastian ihn durch das Kasino und den Haupteingang führte. Sein Geliebter ließ ihn niemals los, hielt immer seine Hand oder schlang seinen Arm um seine

Schultern. Mehr als einmal sah er, dass Leute seinem Mann einen lustvollen Blick schenkten, und allein das Wissen, dass Sebastian bei ihm war, ihn wollte, ließ sein Blut heiß werden.

Sebastian winkte ein Großraum-Taxi herbei, und sie alle stiegen ein. „Zum Circus, Circus“, bat er.

„Na klar“, antwortete der Taxifahrer. „Seid ihr aus einem besonderen Grund in der Stadt oder nur wegen der Glücksspiele und Shows?“

„Ich bin einer der Diskussionsteilnehmer der Comicon“, erklärte Dirk.

„Ich habe gehört, dass das im MGM ein ziemliches Spektakel ist“, antwortete der Mann jovial. „Wohnt ihr dort oder im Circus?“

„Im MGM“, antwortete Seb. „Meiner Meinung nach war es nur ein bisschen weit zu gehen.“

Der Taxifahrer lachte. „Ja, aber damit bleiben wir im Geschäft. Der lange, heiße Strip.“

„Warum fahren wir zum Circus, Circus?“, fragte Deke und beugte sich auf seinem Platz vor.

„Um ein bisschen Spaß zu haben“, antwortete Sebastian.

Deke sah zu ihm hinüber, aber Dirk zuckte nur mit den Schultern. Er war sich nicht sicher, was Sebastian vorhatte.

Eine Viertelstunde später fand Dirk es heraus.

Sebastian ging am Kasino vorbei und führte alle in eine riesige Halle voller Fahrgeschäfte.

„Oh, ich kann schon sehen, wie mir schlecht wird“, murmelte Deke.

Dirk stimmte stumm zu, aber die Aufregung, die durch

seinen Geliebten strömte, war unverkennbar. Sebastian legte einen Arm um seine Schultern und grinste ihn an. „Was möchtest du zuerst probieren?"

„Äh … die Achterbahn?", schlug Dirk vor.

Eine gute Wahl, flüsterte Seb in seine Gedanken, als er vorausging.

Die wilden Auf und Abs der Achterbahn ließen Dirks Bauch angenehm kribbeln. Nachdem er jedoch zweimal damit, sowie mit dem Piratenschiff und den drehenden Bechern gefahren war, brauchte er etwas weniger Adrenalin-orientiertes, also schlug er Minigolf vor.

Beim zweiten Loch fragte sich Dirk, warum sein Schwanz sich plötzlich mit Blut füllte. Am vierten Loch legte Sebastian seine Hand auf Dirks Arsch, was ihn den Schuss verpassen ließ. Dirk wusste, dass er sich den Kuss auf seinen Hals am fünften Loch nicht nur einbildete. Beim siebten wusste er, dass er einen Fehler gemacht hatte. Sein Schwanz fühlte sich hart an wie ein Stein, und als er Sebastians Blick traf, konnte er die Lust in den Augen seines Geliebten nicht übersehen, die sie dazu brachte, sich ein wenig rot zu färben.

„Vielleicht sollten wir den Rest überspringen", murmelte Dirk.

Sebastian kicherte leise. Er wandte sich an Lex und fragte: „Macht es dir etwas aus, wenn wir verschwinden? Ich bin bereit für ein Glas Champagner und einen nackten Mann."

Lex schnaubte und wechselte einen Blick mit Deke, der seine Augen verdrehte. „Haut schon ab", grummelte Deke.

Dirk verzog das Gesicht. Er hasste es, seinen Freund stehenzulassen, besonders da der wegen Dirks panischem nächtlichen Anruf dort war.

Lachend umarmte Deke ihn schnell. „Mach nur. Lass dich flachlegen." Er zwinkerte, trat an Lex heran und schob seinen Arm durch den des anderen Vampirs. „Lex wird gut auf mich aufpassen", fügte er grinsend hinzu.

KAPITEL 9

Sebastian drückte Dirk auf das Bett und nippte sanft an den Lippen seines Geliebten. Er umfasste den Kopf des Mannes und fuhr mit seinen Fingern durch Dirks dickes rotes Haar, nahm dabei den betäubten Gesichtsausdruck und die prallen, kussgeschwollenen Lippen seines süßen Menschen wahr. Schon jetzt konnte er fühlen, wie er sich heftig in seinen braunäugigen Geek verliebte.

„Du bist so schön", krächzte er, nur um das Gesicht seines Mannes vor Freude und Verlegenheit erröten zu sehen.

„Nein, bin ich nicht", antwortete Dirk, genau wie Seb es erwartet hatte.

„Ich stimme dir nicht zu, Dirk", murmelte Seb. Er leckte über Dirks Unterlippe und saugte leicht daran, bevor er hinzufügte: „Und da ich dein Liebhaber bin und mir meine Meinung besser gefällt, ist das die, auf die wir hören werden."

Dirk sah ihn mit großen Augen fragend an. Langsam stahl sich ein schüchternes Lächeln auf seine Lippen. Wie der Mann nackt unter ihm liegen und dabei immer noch schüchtern aussehen konnte, war Seb ein Rätsel, aber Dirk schaffte es.

„Okay."

Das eine geflüsterte Wort, so voller Vertrauen, ließ Sebs

Herz hüpfen. *Götter, ich brauche diesen Mann immer an meiner Seite.* Angetrieben von Lust und Verlangen und … vielleicht sogar dem aufkeimenden Gefühl von Liebe, beugte Seb sich nach unten und fing den Mund seines Mannes ein. Er drückte seine Zunge tief hinein, schmeckte den Champagner, den sie vor dem Kamin getrunken hatten, und einen Hauch der mit Schokolade überzogenen Erdbeeren.

Stöhnend hob Seb seinen Kopf und grinste seinen Mann an. „Champagner und Schokolade schmecken gut an dir", knurrte er.

Dirk kicherte. „Nasch du nur."

Seb erinnerte sich an das Problem, das sein Mensch am Abend zuvor beim Abendessen erwähnt hatte, und stützte sich auf seine Arme. Während er seinen Blick über Dirks nackten, sexy Körper schweifen ließ, fragte er: „Ist es okay für dich, wenn du am Anfang auf dem Rücken liegst?" Er betrachtete die blasse Haut und die Sommersprossen, die er mit Zähnen und Zunge erkunden wollte.

„Am Anfang?"

Seb mochte das überraschte Quietschen in der Stimme seines Mannes und grinste lüstern. „Oh ja. Ich werde deinen köstlichen Körper erforschen und dann an einigen Stellen saugen, während ich dich vorbereite. Dann werde ich mich hinlegen, und du kannst meinen Schwanz reiten. Wie klingt das?"

Dirk wimmerte lustvoll und bewegte sich unruhig. Vor Sebs Augen sickerte eine Perle aus Sperma aus dem schmalen Schlitz in der Eichel seines Geliebten. Nicht imstande, sich zurückzuhalten, sammelte Seb die durchscheinende Flüssigkeit auf, verteilte sie um die pralle Spitze herum und stimulierte seinen Liebhaber. Seb summte und genoss die sexy Laute, die seinem Geliebten dabei entschlüpften.

„Du magst das, oder?“, murmelte er.

„Scheiße, wer würde das nicht?“

Lachend leckte Seb über das Brustbein und den Brustmuskel seines Mannes, bis er Dirks linken Nippel erreichte. Er kratzte sanft mit dem Finger über die Knospe, bis sie sich zusammenzog, legte dann die Lippen darum und saugte leicht.

Dirk bog sich in seine Berührung. Seine Hände tauchten in Sebs Haar ein und blieben dort, ohne zu zerren oder zu ziehen, nur um sie zu verbinden. Summend ließ er die Haut seines Mannes vibrieren und entlockte ihm ein Jammern. Nachdem er Dirks Nippel noch einmal sanft gezwickt hatte, ließ Seb ihn los und begann, am Torso des Mannes hinunterzuwandern.

Der Geruch von Mann vermischte sich mit der leichten Schärfe des Schweißes seines Geliebten, was dazu führte, dass sein Schwanz sich zusammenzog und sehnsuchtsvoll schmerzte. Dirk zuckte, als Seb mit einem Fangzahn über die Vertiefung seines Brustkorbs kratzte. Seb machte es wieder, ein wenig fester, und Dirk zuckte zusammen.

Sebastian stöhnte über den Geschmack, das Gefühl und die Reaktionen seines Geliebten. „Fuck, du bist unglaublich, so ein sexy Mann.“

„Du wirst mich nur durch Berührungen zum Kommen bringen“, murmelte Dirk. „Scheiße, wie machst du das?“

Seb kicherte gegen die Haut seines Geliebten. „Lust von

seinem Geliebten, mit dem man verbunden ist, zu empfangen, kann explosiv sein“, sagte er. Seine eigenen Worte ließen ihn innehalten. Als er nach der Flasche mit Gleitmittel griff und sie hochhielt, erklärte er: „Wenn ich in dich eindringe und mich in deinen Körper ergieße, werde ich unsere Bindung vollenden, Dirk. Bist du bereit, der Meine zu sein?“

Dirk wurde plötzlich ernst. Er lächelte. „Ich bin schon der Deine.“

Als sein Herz sich zusammenzog, schluckte Seb schwer. „Danke, schöner Mann.“

„Ich habe noch nie so viele Komplimente bekommen.“ Dirk schluchzte tatsächlich einmal, obwohl sein Geruch Seb sagte, dass er glücklich war.

Mit einem Lächeln auf Dirk fuhr Seb mit den Fingerspitzen über den leicht gewölbten Bauch seines Mannes bis zu seiner Hüfte. „Gewöhne dich daran, Hübscher“, sagte er. „Ich mag es zu sagen, wie wunderbar und attraktiv ich dich finde. Du bist ein kluger, gütiger, fähiger Mann, und ich werde dich so oft lieben, wie du mich lässt.“

„Oh Gott, ja. Will dich fühlen. Bitte!“

„Du musst mich niemals anbetteln, Dirk“, versicherte Seb. „Ich werde immer mein Bestes geben, um dir das zu geben, was du brauchst.“

Damit bewegte sich Seb nach unten und schluckte den harten Schwanz seines Geliebten. Nach über anderthalb Jahrhunderten Sex hatte er keinen Würgereflex mehr. Mit seiner beachtlichen Geschicklichkeit nahm er den Schwanz seines Mannes in seine Kehle und schluckte mehrmals, während er Gleitmittel auf seine Finger goss und einen in

Dirks Rektum schob.

„S-Seb!“

Erfreut über den Klang seines Namens von den Lippen seines Geliebten ließ Seb den Schwanz des Mannes etwas aus seinem Mund gleiten. Als er einen langsamen Fingerfick begann, strich er mit seiner Zunge über Dirks Eichel. Er tauchte in den Schlitz und sammelte das Vor-Sperma ein. Nachdem er es geschluckt hatte, streichelte er mit der Zunge den Schaft seines Mannes und massierte dann die faltige Haut unter der Eichel.

Als Dirk gelockert war und stöhnte, schob er einen zweiten und einen dritten Finger hinein. Mit einem Grunzen hob sein Geliebter die Hüften und folgte seinen Fingern, als er sie herauszog. Seb ließ seinen Geliebten nicht lange warten. Er schob seine Finger wieder hinein, krümmte sie und rieb die Prostata seines Mannes.

„Oh!“ stöhnte Dirk. „G-gleich!“

„Noch nicht, Baby“, knurrte Seb.

Er zog seine Finger heraus und rollte sich auf den Rücken, benutzte seine gesteigerte Kraft, um seinen Geliebten dabei leicht zu positionieren. Er setzte Dirk über seine Taille und schaute zu seinem Liebhaber auf, genoss die gerötete Haut und den lustvollen Ausdruck des Mannes.

„Bist du bereit, Dirk?“, fragte er und fuhr mit den Fingern über den kleinen Bauch seines Geliebten bis zu seiner Brust, wobei er die Brustwarzen leicht zwickte.

Dirk legte seine Hände auf Sebs Brust, hob die Hüften und schob seinen Hintern zurück. „Ich brauche dich in mir“, antwortete er atemlos.

„Scheiße, ja“, grunzte Seb. Er packte seinen Ständer mit einer Hand und mit der anderen Hand Dirks Taille. Seb führte die Hüften seines Geliebten und brachte seine Eichel an Dirks Eingang. „Jetzt, Baby. Du hast die Kontrolle.“

Stöhnend verschwendete Dirk keine Zeit und ließ sich auf Sebs Schaft sinken. Der Körper seines Geliebten schluckte ihn und umklammerte seinen Schwanz in dieser heißen, engen Höhle. Seb grunzte und stieß einen langen, langsamen Atemzug aus, als sein Schaft in den Körper seines Menschen glitt. Sekunden später setzte sich Dirk auf Sebs Hüften und stieß ein kehliges Stöhnen aus.

„Dirk“, stöhnte Seb.

Er schaute durch seine halbgesenkten Lider zu seinem Geliebten hinauf. Als er Dirk auf seinem Schaft aufgespießt sah, mit lockerem Kinn und schweren Augenlidern, verlor Seb beinahe die Kontrolle. Seine Eier rollten in ihrem Sack und zogen sich an seinem Körper zusammen. Er wusste, dass dies viel zu früh vorbei sein würde.

Als Dirk nach oben rutschte und halb von Sebs Schwanz glitt, zischte er durch zusammengebissene Zähne. „Scheiße, Baby. Ich werde schnell fertig sein.“

„Ja. Ohh. Fick mich, Seb. Fülle meinen Arsch.“

Als er hörte, wie sein sanftmütiger Liebhaber so schmutzige Dinge sagte, wirkte es auf ihn wie ein Blitzfeuer in einer Pfanne. Seb stieß einen heiseren Schrei aus, legte die Hände auf Dirks Hüften, um ihn ruhig zu halten, und begann, seine Hüften zu schaukeln, um den Arsch seines Geliebten so schnell wie in dieser Position möglich zu rammeln.

Als Dirk nach seinem Schwanz griff, knurrte Seb und

schlug seine Hand weg. Er schnappte sich Dirks vorstehenden Schwanz und rieb ihn gleichzeitig mit seinen Stößen. Es dauerte nur etwa drei Sekunden, bis der Körper seines Geliebten zuckte, sein Schaft anschwoll und zu spritzen begann und seine Muskeln Sebs Schwanz umklammerten.

Der Anblick und der Geruch seines Geliebten, das Geräusch seines Grunzens und Stöhnens, zusammen mit dem festen Griff an seinem Schwanz, waren alles zu viel. Seb rief den Namen seines Geliebten, als er sich noch einmal aufbäumte, dann noch einmal und kam. Seine Eier schienen sich von innen nach außen zu kehren, als sein Schwanz seinen Samen herausschoss, und den Kanal seines Geliebten mit Strömen davon füllte.

Seb umklammerte Dirk und drückte seinen Geliebten an seine Brust. Endorphine sangen angenehm in ihm, und er summte, als er sanft die Wölbungen von Dirks Wirbelsäule nachzeichnete. Mit dem Gefühl seines Mannes, der über seine Brust drapiert lag, und seinem erschlaffenden Penis immer noch in Dirk vergraben, entspannte sich Sebs gesamter Körper zufrieden.

„Wow."

Das gemurmelte Wort seines Geliebten brachte Seb zum Lächeln.

„Genau", murmelte Seb zurück. Er drückte Dirk einen Kuss auf die Schläfe und entspannte sich dann wieder. „Diese Position ist erstaunlich. Du siehst so gut aus, wie du meinen Schwanz reitest, Baby."

„Das ist gut", murmelte Dirk. Er neigte seinen Kopf und lächelte ihn an, wobei seine Augen gesättigt und schläfrig waren. „Ich reite gerne deinen Schwanz. Fühlt sich gut an."

Seb kicherte leise und streichelte seinen Mann weiter, bis sein Schwanz endlich so weich geworden war, dass er herausrutschen konnte. Dirk grunzte und wackelte ein wenig mit den Hüften. Seufzend half Seb seinem Liebhaber, von ihm herunterzurutschen. Nach einem sanften Kuss auf seine Lippen sagte er: „Bleib da, Sexy. Ich werde was holen, um dich zu säubern."

„Okay."

Seb rappelte sich auf und ging zum Badezimmer. Sein Körper fühlte sich so locker an, wie nur guter Sex es bewirken konnte, seine Muskeln lethargisch. Seb summte vor sich hin, während er sich selbst reinigte. Als er zu Dirk zurückkehrte, hielt er inne und betrachtete den glückseligen Ausdruck seines dösenden Geliebten an. Sein Herz zog sich in seiner Brust zusammen.

An diesem Morgen, als er aufgewacht war und seinen Geliebten festgehalten hatte, hatte er ein Gefühl von Frieden empfunden, das er noch nie zuvor erlebt hatte. Er wollte jeden Tag das gleiche Gefühl erleben. Um das zu ermöglichen, so wusste Seb, würden er und Dirk ein paar Dinge besprechen müssen.

Seb setzte sich auf die Bettkante, reinigte seinen Mann sanft und wischte Sperma und Gleitmittel ab. Als Dirk aufschaute und ihn anlächelte, wurde er rot und zeigte seine Schüchternheit. „Danke", flüsterte er.

„Gern geschehen", antwortete Seb und warf das Handtuch in Richtung Badezimmer. Er kroch ins Bett und manövrierte sie vorsichtig unter die Decke, wobei er Dirk erneut über seine Brust drapierte. „Ich mag diese Position wirklich“, gab er zu, als er den amüsierten, aber erfreuten Ausdruck seines Mannes sah. „Und ich liebe es, mich um dich zu kümmern.“

Dirk seufzte. „Ich mag es auch wirklich.“

Seb überlegte, wie er das Gespräch über ihre Zukunft eröffnen könnte, und spielte in Gedanken die ersten Worte durch.

Zu seiner Überraschung platzte Dirk heraus: „Du hast mich nicht gebissen.“

„Nein“, bestätigte Seb. „Ich brauche dein Blut nicht jeden Tag, süßer Mann“, erklärte er, zog Dirk Brauen nach und streichelte die Falten weg, die durch seinen überraschten Gesichtsausdruck verursacht wurden.

„Oh.“ Dirk knabberte an seiner Lippe und fragte dann: „Wie oft brauchst du denn mein Blut?“

Seb hatte keine Ahnung, warum sein Geliebter nach Anspannung roch, vor allem nachdem er gerade seinen Schwanz geritten hatte. Besorgt sagte er: „Um meine Gesundheit aufrecht zu erhalten, muss ich eigentlich nur alle sieben bis zehn Tage von dir trinken, nehme ich an.“

„Oh.“

Plötzlich traf Seb die Erkenntnis. „Du bist enttäuscht!“ Er legte einen Arm um den Oberkörper seines Mannes und umfasste Dirks Kiefer. „Hey, rede mit mir“, drängte er. „Stört es dich, dass ich dich beißen muss, dein Blut trinken muss?“

Seb hatte die Frage noch nicht einmal ganz ausgesprochen, da schüttelte Dirk schon den Kopf. „Nein“, murmelte er.

Seb erinnerte sich an die Emotionen, die er gerochen hatte, als Deke die gleiche Frage gestellt hatte. Sebs Augenbrauen schossen in die Höhe. „Du bist enttäuscht, aber weil du willst, dass ich dich öfter beiße. Richtig?"

Dirk wurde fast scharlachrot und Blut stieg in seine Wangen und seine Brust.

„Hey, Süßer", sagte Seb. Er senkte seine Stimme und grollte: „Entspann dich. Ich knabbere dich gerne an, wann immer du es willst."

„Ich möchte nicht, dass du etwas tust, was du nicht willst", antwortete Dirk unsicher.

Seb grinste breit und zeigte seine Fangzähne. „Baby, ich *liebe* es, dich zu beißen. Ich habe mir nur Sorgen gemacht, dass du vielleicht nicht willst, dass ich es tue." Er knurrte leise und sagte: „Ich muss nicht viel trinken, wenn ich beiße, ein paar Mal am Tag kleine Schlucke … wie hört sich das an?"

Um seine Worte zu untermauern, hob Seb den Kopf und knabberte an Dirks Hals. „Wann immer du willst, Geliebter."

Dirk stöhnte und drückte sich gegen die Zähne, bettelte mit seinem Körper und der Bewegung. „Ja", stöhnte er. Ein feines Beben der Vorfreude durchlief seinen Geliebten.

Seb konnte es seinem Mann nicht verwehren und bohrte langsam die Zähne in Dirks Ader. Sein Mensch stöhnte, ein Klang, der süße Musik in seinen Ohren war. Während er mehrere kleine Schlucke von Dirks köstlichem, lebensspendendem Blut schluckte, hielt Seb seinen schaudernden, zuckenden Geliebten in den Armen. Sekunden später strömte warmer Samen über seine Hüfte, als sein

Liebhaber allein von seinem Biss kam.

Seb zog seine Zähne zurück, leckte die Bisswunde, damit sie sich schloss und starrte dann seinen Liebhaber an. Selbstzufriedenheit erfüllte ihn, als er den befriedigten, glückseligen Ausdruck seines Mannes sah. „So verdammt sexy“, flüsterte er und zeichnete Dirks leicht geöffnete Lippen nach.

Er zog einen Kopfkissenbezug ab und wischte sie damit beide sauber, dann warf er den Stoff zu Boden und legte sich wieder auf die Matratze. Er leckte sich die Lippen und grinste an die Decke.

„Du schmeckst köstlich.“

Dirk seufzte und schmiegte sich an ihn. „Das ist so erstaunlich.“

„Was ist erstaunlich?“, fragte Seb und streichelte die Seite, den Rücken und den Hintern seines Geliebten.

„Dein Biss. Warum lässt mich das so heftig kommen?“

Seb lachte und sagte: „Warte einfach, bis ich es tue, während wir Sex haben. Es wird dich umhauen.“

Stöhnend bewegte Dirk seine Hüften. „Stopp“, keuchte er. „Du machst mich hart.“

Seb lachte leise und versicherte: „Ich werde dich so oft kommen lassen, wie du willst, Baby.“

„Uh. Ich brauche ein paar Stunden nach zwei Orgasmen hintereinander“, grummelte Dirk.

„Sicher, Geliebter.“

Nach ein paar Minuten des Schweigens dachte Seb, dass sein Mann angefangen hatte abzudriften, aber dann fragte Dirk: „Also, ähm, wie oft musst du wirklich trinken?“

„Ich habe dir die Wahrheit gesagt", antwortete Seb. „Ich muss mich wirklich nur etwa einmal in der Woche von dir nähren."

„Oh."

Ja, definitiv enttäuscht.

„Würde es dir helfen, dich zu entspannen, wenn ich dir sagen würde, dass du der Einzige bist, von dem ich mich jetzt nähren kann?", fragte Seb leichthin. Er wollte seinen Geliebten nicht unter Druck setzen, aber er musste wissen, dass Dirk für ihn der einzige Mann war.

Dirk verdrehte den Kopf und sah ihn mit ernstem Gesichtsausdruck an. „Heißt das, dass du jede Woche nach Sacramento fliegen wirst?"

Seb hielt immer noch seinen Blick und wurde ein wenig ernster. „Ich muss dich bitten, über etwas nachzudenken, Dirk."

„Was?"

„Ich werde dich bitten, mit mir zu reisen. Vampire sind besitzergreifend und beschützerisch, und wenn du nicht bei mir bist, werde ich mir zu viele Sorgen darüber machen, wie es dir geht, um mich auf meine Arbeit konzentrieren zu können", gab er zu. Seb verzog das Gesicht. „Scheiße, das klingt, als würde ich glauben, dass mein Job wichtiger ist als deiner, aber das könnte nicht weiter von der Wahrheit entfernt sein."

Dirk legte zwei Finger gegen Sebs Lippen und brachte ihn zum Schweigen. „Wo ist dein Zuhause, Seb?"

„Ich habe ein Zuhause in Atlanta, Georgia. Dort wohnen über die Hälfte der Vampire im Vampirrat, für den ich arbeite", erinnerte er.

„Okay, ich werde darüber nachdenken“, versicherte Dirk.

Seb lächelte, dankbar, dass sein Geliebter nicht einfach abgelehnt hatte. „Danke“, flüsterte er. Es war keine Antwort, aber es war ein Anfang.

Mit Dirk zusammengekuschelt, entspannt und zufrieden, erinnerte sich Seb an das Gespräch, das er zuvor mit Declan geführt hatte, während er auf das Essen wartete. Er hatte dem Alphawolf gesagt, dass er achtundvierzig Stunden brauchen würde, denn dann endete die Comicon. Declan hatte zugestimmt. Nun musste Seb Dirk nur noch überzeugen, mit ihm zu gehen.

KAPITEL 10

Dirk schaffte es gerade so, bei dem lächerlichen Thema nicht mit den Augen zu rollen. *Naja. Jedem das Seine.* Ein Typ, der als Magneto verkleidet war, wollte von jedem wissen, wer seiner Meinung nach in einem Kampf gewinnen würde – Wonder Woman oder Cat Woman.

Echt jetzt? Das war wichtiger, als etwas über die Grundlagen von Webdesigns zu lernen?

Während zwei Diskussionsteilnehmer jeweils Wonder Woman sagten und erläuterten warum, hatten die anderen zwei sehr gute Argumente für Cat Woman. Jetzt war Dirk an der Reihe. Er entschied, dass es ihm eigentlich egal war und er nicht ernsthaft darüber nachdenken wollte – verdammt, er hatte wichtigere Dinge zu überlegen … wie schnell er aus seinem Mietvertrag herauskommen konnte und ob er es überhaupt schon tun sollte – also gönnte er sich ein wenig Spaß mit der Frage.

„Ich muss eigentlich sagen, keine von beiden." Bevor jemand unterbrechen konnte, hob Dirk seine Hand und erklärte: „Das liegt daran, weil der einzige Grund, warum sie jemals kämpfen würden, das Vorspiel ist. Sie planen nicht wirklich, einander zu verletzen. Es ist nur so, dass all diese gerötete Haut, wippenden Brüste und die nackte Haut sie geil macht", sagte er mit einem Achselzucken.

In der letzten Woche wäre er niemals in der Lage gewesen, so etwas vor über zwei Dutzend Menschen zu sagen. Er wusste, dass seine wenigen Tage mit Sebastian und dessen ständigen Komplimenten und seiner aufrichtigen Aufmerksamkeit sein Selbstvertrauen gestärkt hatten.

Dirk grinste über die verblüfften Gesichtsausdrücke.

Schließlich stöhnte ein dünner Blonder und sein Gesicht wurde rot. Man musste kein Genie sein, um zu erraten, woran *er* dachte, als er murmelte: „So heiß."

„Nett", rief Ronnie, der zwei Stühle weiter saß. Er beugte sich über den Mann zwischen ihnen, der hinter seiner Hand kicherte, und hob die Faust. Dirk stieß mit seiner dagegen.

Murmeln, Zischen und Kichern brach aus, als die Leute begannen, das, was Dirk gesagt hatte, zu verarbeiten. Zum Glück war die Diskussionsrunde zu diesem Zeitpunkt vorbei. Magneto hatte die letzte Frage für den Morgen gestellt. Während die Leute anfingen, hinauszugehen oder vorzutreten, um sich mit ihnen zu unterhalten, bemerkte Dirk, dass Sebastian in den Raum schlüpfte und hinten stehen blieb.

Ein Paar Männer blieb vor Dirk stehen und unterbrach seinen Sichtkontakt. Er konzentrierte sich auf sie, auf ihre aufgeregten Gesichter. Bevor einer der beiden sprechen konnte, stapfte ein dritter Mann am Tisch vorbei und fauchte: „Schwuchtel". Zumindest ging er weiter.

„Hör nicht auf diesen Kerl", drängte einer der Männer vor ihm. „Die Antwort war genial!"

Dirk schnaubte. „Ich weiß nicht so recht, aber wenn Sie

es sagen."

Fünf Minuten lang stellten die beiden Männer tatsächlich Fragen, wie sie ihr Comicbuch zur Veröffentlichung bei einem Verleger ins beste Licht rücken könnten. Als sie weggingen, hielten sie ihre Köpfe zusammen, als sie über die Informationen und Anregungen sprachen, die er ihnen gegeben hatte. Dirk fühlte sich tatsächlich ziemlich gut.

„Dein Mann wartet auf dich, Dirk", neckte Ronnie. Sein Ausdruck wurde ernster, als er sagte: „Er hält dich ganz schön an der kurzen Leine."

Dirk wusste, wie es aussehen musste – der kontrollsüchtige Freund vertraute ihm nicht und behielt ihn im Auge. Er zuckte mit den Schultern. Es war egal, dass andere es nicht verstanden. „Er weiß, dass ich nicht gut mit Ansammlungen von Leuten klarkomme und will nicht, dass ich mich unbehaglich fühle", sagte Dirk. „Er unterstützt mich."

„Oh", Ronnie warf einen Blick zwischen ihnen hin und her. „Wie lange seid ihr zwei schon zusammen?"

„Nicht annähernd lange genug", sagte Sebastian, als er näher kam. Er grinste und zwinkerte Dirk zu, bevor er eine Hand streckte. „Sebastian Russo."

„Ronnie Cullins", antwortete der andere Diskussionsteilnehmer und schüttelte seine Hand.

Sebastian nickte. „Ich erinnere mich. Sie hatten Dirk mit Ihren Freunden zu einem Drink eingeladen, aber wir hatten bereits Pläne. Wenn Sie das nachholen möchten, können wir jetzt gehen."

Ronnie lachte leise und griff nach seiner Tasche. „Dieses Mal habe *ich* Pläne. Entschuldigung, Jungs." Er zwinkerte, als er zur Tür ging. „Tut nichts, was ich nicht tun würde, Jungs", neckte er. Nach einem letzten Winken verschwand er.

„Komm schon, Geliebter", sagte Sebastian. „Lass uns etwas zum Mittagessen suchen, dann werde ich deinen Arsch ins New York schleppen, um dort Achterbahn zu fahren."

Dirk stöhnte gespielt, dann lachte er. „Ich habe ein Monster geschaffen."

Gestern, nachdem sie Deke am Flughafen abgesetzt hatten – mit vielen Versprechungen, ein paar Mal am Tag mit aktuellen Informationen zu seinen Plänen sowie Informationen über die Dingos anzurufen – hatte Dirk sich durchgesetzt und sich geweigert, ins Stratosphere zu gehen. Er hatte keine Lust, mit etwas zu fahren, das über drei Millionen Meter hoch in der Luft schwebte.

Ja, vielleicht ein bisschen übertrieben, aber … verdammt, nein!

Sebastian hatte nachgegeben, und sie waren im Mandalay Bay gelandet, um sich das Hai-Riff dort anzusehen. Dirk hatte es faszinieren gefunden und hätte die ganze Nacht in dem falschen, versunkenen Schiff stehen können, während er die Haie und andere Fische beobachtete, die um ihn herum schwammen. Sein Geliebter hatte ihn mit Versprechungen auf atemberaubenden Sex, die er mehr als erfüllt hatte, von dort weggelockt.

Dirk konnte sich nicht daran erinnern, jemals so viel Sex gehabt zu haben, und Sebastian zeigte keinerlei Anzeichen davon, das Interesse zu verlieren.

„Okay, okay", grummelte Dirk gutmütig. „Aber wir sollten zuerst mit der Achterbahn fahren, sonst könnte ich alles auf dich rauskotzen."

Lachend nickte Sebastian. „Einverstanden. Lass es uns mal ansehen gehen.“ Er legte eine Hand in Dirks und drückte sie. „Man kann viel Spaß mit dir haben, Baby.“

„Ich bin nicht sicher warum, aber ich mag es, Dinge mit dir zu unternehmen, und ich mag es, dass es dich zum Lächeln bringt“, gab Dirk zu und errötete leicht.

„Ich auch, Dirk“, antwortete Sebastian leise. „Ich auch.“

Die Achterbahn war besser, als Dirk erwartet hatte. Der große Hügel raubte ihm den Atem, und er schrie hemmungslos bei all den Loopings und Schrauben. Bei den schnellen Abwärtsfahrten flatterte sein Magen, aber auf eine gute Art und Weise. Es gefiel ihm so gut, dass er Sebastian sogar erlaubte, dass ihn ein zweites Mal darauf zu zerren.

Natürlich begann sein Magen zu protestieren. Es brauchte nicht viel, um Gnade zu erflehen und eine dritte Runde abzulehnen. Da Sebastian ihn verständnisvoll anblickte und ihm den Rücken rieb, vermutete Dirk, dass er sozusagen ein wenig grün um die Nase herum aussah.

Auf dem Weg durch die Passage stieß ein muskulöser Blonder gegen seine Schulter und schob sich an ihm vorbei. Dirk runzelte die Stirn und drehte sich um. Er rieb sich die Schulter. Sein Kiefer klappte nach unten, als er den Mann aus dem Flugzeug erkannte, Dane.

„Pass gut auf dich auf, kleine Schwuchtel“, giftete Dane. Die Lippen abfällig verzogen, fauchte er: „Ich hab dich im Blick.“ Der Mann verschwand in der Menge.

Stirnrunzelnd drehte Dirk sich um und stellte fest, dass Sebastian einige Schritte vor ihm gestoppt hatte. Sein Geliebter sah ihn mit einem besorgten Ausdruck an. „Alles in Ordnung?“, fragte er und streckte die Hand aus.

„J- ja, nur …“ Dirk warf erneut einen Blick über die Schulter, sah jedoch keine Spur von dem Mann. Er schüttelte den Kopf und murmelte: „Arschloch.“

„Hey, was ist passiert?“, fragte Sebastian, als er seine Hand auf Dirks Rücken legte. „Ich höre nicht oft, dass du dich genug aufregst, um zu fluchen.

Dirk nickte und lehnte sich an seinen Mann. „Ja. Ich habe gerade diesen Armleuchter aus dem Flugzeug gesehen, und er war genauso bigott und böse wie eh und je.“

„Tut mir leid, Dirk“, murmelte Sebastian. „Ich fürchte, wir werden immer auf diese Leute treffen.“

„Da hast du wohl recht“, bestätigte Dirk. „Und du musst dich nicht entschuldigen. Die Intoleranz anderer Leute ist nicht dein Vergehen.“

Sebastian lächelte ihn an. „Ich kann mich entschuldigen, dass ich dich ihnen in die Quere gebracht und ihren Beleidigungen ausgesetzt habe.“

Dirk schüttelte den Kopf und stupste mit seiner Schulter gegen Sebastians Arm. „Ich kann mich nicht für immer verstecken. Komm schon.“ Er ging voran zu einem Skeeball-Spiel. „Mal sehen, was du drauf hast, großer Junge.“

Eine Stunde – und dreißig Dollar später – brüllte Dirk vor Lachen, als er sah, wie Sebastian sich auf der Dance Revolution-Maschine geschickt zu einem Highscore tanzte. Zumindest bis er merkte, wie all das Drehen, Wenden und die schnellen Schritte die schlanke, durchtrainierte Gestalt seines

Geliebten perfekt zur Geltung brachte.

Lust überollte ihn, schnell und heftig.

Dirk wollte die Schweißperlen an Sebastians Schläfen ablecken, ihm das Hemd ausziehen und die Tropfen mit seiner Zunge einsammeln. Die Tatsache, dass er *genau* wusste, wie dieser Körper ohne Kleidung aussah, wusste, wie es sich anfühlte, den Mann zu berühren, ließ das Blut noch schneller in seinen Schwanz gelangen.

Sein Schwanz verdickte sich rasant in seiner Jeans.

Als Sebastian einige gleitende, fließende Bewegungen mit den Füßen vollführte, die Elvis Presley stolz machen würden, stützte der Vampir sich mit einer Hand am Geländer hinter sich ab.

Dirk konzentrierte sich auf die langen Finger und stellte sich diese Hand auf seiner Hüfte vor, während Sebastian ihn über das Geländer beugte und ihn rammelte, wie ein Hengst in ihn stieß, der eine rossige Stute deckte. Er biss ein Stöhnen zurück, als seine Erektion in seiner Jeans zuckte und tropfte.

Es war verdammt gut, dass er ein langes Flanellhemd über seinem T-Shirt trug.

Sebastian verpasste schließlich einen Schritt und sein Spiel war beendet.

Mit sich rasch hebender und senkender Brust und funkelnden Augen sah Sebastian Dirk einen Moment lang überrascht an, dann überdeckte er den Ausdruck mit einem Grinsen, während er mit einer Hand seinem jubelnden Publikum winkte und sein schweißfeuchtes Haar mit der anderen von seinem Gesicht wegschob.

„Danke für die Unterstützung, Jungs“, rief Sebastian.

„Das hat Spaß gemacht."

Er drehte sich um und trug SEB in die Highscore-Liste ein, als er dazu aufgefordert wurde. Dirk stellte fest, dass sein Geliebter als Sechster unter den ersten zehn auf der Gesamtliste aufgeführt wurde.

„Beeindruckend, Seb", gratulierte Dirk.

„Danke, Baby", antwortete Sebastian. Überhaupt nicht schüchtern, beugte er sich über das Geländer und grinste. „Wie wäre es mit einem Glückwunschkuss?"

„Ich gebe dir einen", sagte eine schlanke blonde Frau in engen Jeans und einer enganliegenden Bluse, die ihr Dekolleté sehr vorteilhaft betonte. Sie trat vor und wollte offensichtlich genau das tun.

Eifersucht, wie er sie noch nie gefühlt hatte, traf Dirk und ersetzte seine Lust. Er trat vor und verhinderte die Annäherung der Frau.

„Hey!", protestierte sie.

„Er meinte mich", schnappte Dirk und sah sie stirnrunzelnd an.

„Auf keinen Fall", spottete die Frau, offensichtlich ungläubig.

„Doch, allerdings", sagte Sebastian.

Sebastian umfasste Dirks Kinn und er richtete seine Aufmerksamkeit wieder auf seinen Geliebten. Dirk lehnte einladend seinen Kopf zurück, was Sebastian gerne annahm. Sebastian senkte den Kopf und eroberte seine Lippen. Dirk öffnete sofort den Mund für seinen Geliebten und ließ die Zunge des anderen Mannes ein.

Pfiffe kombiniert mit kurzen Kommentaren ertönten.

Als er den Kuss beendet hatte, hob Sebastian den Kopf und sagte leise: „Ich habe keine Ahnung, woran du am Ende gedacht hast, aber ich hoffe, du wirst später bereit sein, es mir zu erzählen."

Dirk wurde rot und die Hitze stieg in seine Wangen. „Vielleicht hat es etwas mit dir zu tun und mit jemandem, der über dieses Geländer gebeugt wird", murmelte er zurück.

Sebastian grunzte. *Ich werde später nach Einzelheiten fragen, Geliebter.* Dann richtete er sich auf. „Bereit zum Abendessen?"

„Wenn ich weiterhin mit dir Essen gehe, muss ich irgendwann eine Diät machen", murmelte Dirk.

„Unsinn", entgegnete Sebastian und führte ihn durch die schwindende Menge. Er beugte sich vor und versicherte: „Ich helfe dir, es abzuarbeiten."

„Was für eine Verschwendung", sagte jemand.

Dirk drehte sich um und sah die Frau an, die bei ihren Freundinnen stand. Sie sah Dirk finster an und schüttelte den Kopf. Dirk konnte einfach nicht anders und streckte ihr die Zunge heraus. Er dachte, das wäre höflicher, als der Frau den Stinkefinger zu zeigen. Während er noch sein Kichern unterdrückte, konzentrierte er sich wieder darauf, wohin sie gehen wollten.

„Also, wohin gingen wir?"

„Heute habe ich Geburtstag", verriet Sebastian. „Ich habe im MGM's Pub reserviert."

Das war eine Neuigkeit für Dirk. „Es ist dein Geburtstag?"

Sebastian nickte. „Ich hoffe, es macht dir nichts aus. Da es mein zweihundertster ist, treffen wir uns mit einigen meiner

Freunde und ihren Männern."

„Wow, zweihundert?" Dirk zog die Brauen hoch. Ein anderer Gedanke kam ihm. „Deine Freunde?", quietschte er.

Scheiße, und so schnell war seine Erektion dahin.

Offensichtlich erkannte Sebastian, dass sich seine Stimmung verändert hatte, denn er zog ihn aus der Menschenmenge und drückte ihn an eine Wand. „Hey, was ist los? Was stimmt nicht?"

Dirk griff nach dem verschwitzten Haar seines Vampirs und wischte eine Schweißperle weg. „Was ist, wenn sie mich nicht mögen?"

„Oh, Baby, mach dir keine Sorgen." Er senkte den Kopf und drückte einen schnellen Schmetterlingskuss auf Dirks Lippen. „Sie werden dich gut finden. Sie sind die aufgeschlossenste Gruppe von Männern, die man sich nur vorstellen kann." Er fuhr mit dem Finger über Dirks Stirn und lächelte leicht. „Vertrau mir."

Dirk nickte langsam. „Okay. Es tut mir leid. Ich will nur … ich will nicht …" Er verzog das Gesicht und murmelte: „Ich weiß nicht, was ich will." Dirk verdrehte die Augen und lächelte Sebastian schüchtern an. „Ich flippe wegen gar nichts aus, nicht wahr?"

„Allerdings." Sebastian zwinkerte. „Aber wenn ich deine Eltern treffe, werde ich wahrscheinlich auch ein bisschen ausflippen, also verstehe ich es."

„Du willst meine Eltern treffen?"

„Unbedingt", sagte Sebastian und klang überrascht. „Warum sollte ich das nicht wollen?"

Warum war ihm dieser Gedanke nicht vorher

gekommen? „Äh, weil du ein …“ Er wedelte mit der Hand. „Und sie sind …“

Sebastian beugte sich vor und murmelte in sein Ohr: „Nun, ich habe nicht vor, ihnen zu sagen, dass ich ein Vampir bin, aber ich möchte sie gerne treffen … vielleicht versichere ich ihnen, dass ich sehr, *sehr* gut auf ihren Sohn aufpassen werde.“

Dirks Atem stockte in seiner Kehle, als Sebastian über seinen Hals leckte und dann mit seinem Fangzahn an der Sehne seiner Schulter kratzte. Dirk nickte und ließ seine Zweifel fallen.

KAPITEL 11

Sebastian betrat das Restaurant und drückte leicht seine Hand auf Dirks unteren Rücken. Er wusste, dass sein Liebhaber nervös war. Sebastian war sich nicht ganz sicher, ob die Ungewissheit seines Geliebten darauf zurückzuführen war, dass er die Leute treffen würde, die sozusagen Sebastians Familie waren, oder ob es daran lag, dass sich unter ihnen Wandler befanden.

Auf jeden Fall hoffte er, dass sich sein süßer Mensch bald beruhigte.

Sebastian erreichte einen großen ovalen Tisch im hinteren Teil des Restaurants. Alle seine Freunde und ihre Gefährte waren bereits da.

„Hey, da ist ja das Geburtstagskind!“, grüßte Caspian.

Nachdem er eine einarmige Umarmung von dem anderen Vampir bekommen hatte, grinste Sebastian. „Danke, Cass. Das ist mein Mann, Dirk Lemans. Dirk, diese verrückten Vögel sind Caspian und sein Gefährte Casey.“ Er zeigte auf einen nach dem anderen. „Neben ihnen sind Vince und sein Gefährte Frankie. Und du kennst den Rest der Jungs bereits, Lex, Manon, Chris, Byron und Luther.“

Dirk hob eine Hand und lächelte allen unsicher zu. „Hallo.“

Nachdem sich alle gesetzt hatten, fragte Luther: „Wo ist dein Freund?"

„Du meinst Deke?", fragte Dirk und hob eine Braue.

Luther nickte.

Dirk zuckte die Achseln. „Er ist gestern nach Hause geflogen."

„Wo ist denn sein Zuhause?" Luthers Ton war völlig neutral … vielleicht sogar *zu* neutral, so als wolle er verbergen, wie neugierig er war.

„Sacramento. Genau wie meins", antwortete Dirk.

Sebastian erinnerte sich an den Kommentar, den der Freund seines Geliebten darüber gemacht hatte, dass Luther nicht out sei. Da der Mann von schwulen Männern umgeben war, fragte Seb sich, ob sich der Wolfswandler etwas öffnen würde. Er beugte sich vor und sah den Kerl an. „Du magst Deke ein bisschen, was?"

Luther senkte den Blick auf sein Bier. Ein Muskel zuckte in seinem Kiefer, als er das Getränk hob und einen Schluck nahm. Als er den Becher wieder auf den Tisch stellte, sagte er: „Ich habe eine Tochter. Sie ist vierzehn. Ihr Name ist Stephani."

Okay, das war *eigentlich* keine Antwort, aber Seb dachte, er sollte es auf sich beruhen lassen. *Jedem das Seine.* Solange Luther nichts tat, um Dirk weh zu tun – allerdings nahm Sebastian irgendwie an, dass Luther, wenn er mit Deke rummachen würde, Dirk verärgern würde. Vielleicht musste er den Wolfswandler doch im Auge behalten.

„Ich glaube, Glückwünsche sind angebracht", sagte Vince, lehnte sich vor und schlug mit der Hand auf den Tisch.

Er hob sein Getränk und sagte: „Einen Toast. Darauf, diesen besonderen Jemand zu finden."

Sebastian grinste und nahm das Getränk, das Lex ihm anbot. Er legte einen Arm um die Rückenlehne von Dirks Stuhl und zog den Hals und die Schulter des Mannes mit den Fingerspitzen nach. „Darauf, diesen besonderen Jemand zu finden." Er hob sein Glas, stieß mit den anderen an und nahm mehrere Schlucke von seinem Bier.

Nachdem alle getrunken hatten, hob Lex sein Bier und erklärte: „Und jetzt darauf, den Richtigen für den Moment zu finden, solange der Richtige noch abwesend ist."

Alle lachten und tranken wieder.

Nachdem mehr als ein halbes Dutzend Vorspeisen gebracht worden waren – zwei mit scharfen Hähnchenflügeln, gefüllten Kartoffelschalen und Jalapeno Poppers – und ein paar weitere Krüge Bier, lehnte Byron sich vor und sagte: „Declan möchte wissen, ob du zur Verfügung stehst und morgen Abend nach Stone Ridge kommen kannst. Er möchte, dass du und ich helfen, Marlow so schnell wie möglich an die CIA auszuliefern."

Seb verzog das Gesicht und sah Dirk an. Er hatte seinen Menschen nicht wegen ihrer Zukunft drängen wollen, aber er war der Meinung, dass es nicht fair war, es länger aufzuschieben. Seb begegnete dem fragenden Blick seines Mannes und erklärte leise: „Marlow ist ein Arschloch von Wissenschaftler, der Wandler entführt hat, um mit ihnen zu experimentieren. Während des Überfalls auf eine seiner Einrichtungen entdeckte Declan, dass die CIA über Wandler Bescheid weiß, und sie wollen Marlow. Um den Frieden zu wahren, übergeben wir das Arschloch der Regierung."

„Du bist ein Vampir. Warum bist du dabei?", fragte Dirk stirnrunzelnd. Er wurde blass, während er sich zu den Wandlern am Tisch umsah. „Äh, Entschuldigung. Das war wahrscheinlich unhöflich. Ich meine …" Er fuhr sich mit den Fingern durch sein Haar und brachte die roten Locken durcheinander. „Ihr Jungs helft mir, und ich bin kein Wandler."

„Entspann dich, Dirk", beruhigte Manon und ein Lächeln erhellte seine grauen Augen. „Ich verstehe, was du meinst. Wir helfen uns gegenseitig, um die Sicherheit zu gewährleisten. Wenn herauskommt, dass Wandler oder auch Vampire Menschen nicht respektieren, sie als Sklaven oder wie Vieh behandeln, können sich Gruppen von gefährlichen Aktivisten bilden. Wie Marlow und seine Leute." Er verzog das Gesicht und schüttelte den Kopf. „Jede Spezies hat ihre faulen Äpfel. Genauso wie eure menschliche Polizei versucht, die problematischen Leute in Schach zu halten, tun wir dasselbe", sagte er achselzuckend.

Dirk nickte. Er hob eine gefüllte Kartoffelschale auf, tauchte sie in Ranchsauce und biss hinein. Weiße Sauce quoll aus seinem Mundwinkel, und Sebastian kämpfte gegen den Drang an, sich hinüberzulehnen und sie abzulecken … dann fragte er sich, warum zum Teufel er sich zurückhielt. Er tat, was er wollte, küsste den Mundwinkel seines Mannes und leckte die Ranchsauce diskret ab.

Grinsend zwinkerte Sebastian. „Lecker."

Dirk wurde rot.

Ich liebe diesen Look an dir, Dirk.

Sein Mann errötete noch heftiger.

Sebastian grinste. Nachdem er die Aussicht ein paar Sekunden genossen hatte, wurde er ernst und sagte: „Ich denke, was ich wissen muss, ist, ob du bereit bist, mich zu begleiten? Oder kehrst du morgen nach Sacramento zurück?“ Er umfasste den Kiefer seines Mannes und spähte in seine nachdenklichen braunen Augen. „Wenn du dich entscheiden solltest, nach Hause zurückzukehren, werde ich es verstehen. Ich werde dir folgen, sobald meine Aufgabe erledigt ist, aber ich kann das nicht länger aufschieben.“

Dirk sah ihn an, sein Blick suchend. „Ich kann von überall aus arbeiten“, gab er zu. „Ich will nicht …“ Er hielt inne, und sein Adamsapfel hüpfte, als er schluckte. „Ich fürchte, wenn ich dich aus meinen Augen lasse, wird das alles sich als eine Art Tagtraum herausstellen.“

„Ach, Dirk“, murmelte Seb. „Das ist kein Tagtraum. Es ist echt. Du und ich, wir stecken da jetzt auf lange Sicht drin.“ Er hob seine andere Hand und schob sie durch Dirks weiches rotes Haar, bis er seinen Schädel umfassen konnte. „Du hast mich jetzt am Hals, Dirk. Mit Fangzähnen und dem ganzen Kram“, flüsterte er in das Ohr seines Geliebten, bevor er an seinem Kiefer knabberte und dann seine Lippen eroberte.

Nicht imstande, zu widerstehen, schob Sebastian seine Zunge tief hinein und suchte nach dem berauschenden Geschmack seines Mannes unter dem Bier und den Snacks. Er brauchte nur einen Moment, um ihn zu finden, und er bewegte seine Zunge in Dirks Mund, erforschte seine Zähne und seine Mundhöhle.

„Schluss jetzt damit!“

Caspians amüsierter Ausbruch durchdrang Sebs lustbedingten Nebel und erinnerte ihn daran, wo sie waren und warum. Seb beendete den Kuss und drückte dann noch ein schnelles Küsschen auf Dirks hübsche, angeschwollene Lippen, einfach nur weil er es konnte.

Er sah sich unter seinen grinsenden Freunden um und zuckte die Achseln. „Was kann ich sagen? Ich finde ihn verdammt unwiderstehlich."

Während einige von ihnen lachten, rollte ein Paar mit den Augen, aber es war Frankie, der – sehr ernst – sagte: „So sollte es sein. Gefährten finden einander immer unwiderstehlich." Der große Wolfswandler grinste, was seine braunen Augen erhellte. „Und es hilft, dass der Sex besser ist, als man ihn jemals mit jemand anderem bekommen könnte."

Vince knurrte tief im Hals, was Frankie – interessanterweise – offensichtlich vor Erregung fast zum Keuchen brachte. Der Vampir zeigte einen Fangzahn, als er knurrte: „Rede niemals davon, Sex mit einem anderen zu haben, Wolf. Du gehörst mir."

„Verdammt, ja, Vince", keuchte Frankie. „Ich gehöre dir."

„Mein!" Vince fiel geradezu über Frankies Mund her und beanspruchte ihn, und Frankie begegnete seiner Aggression mit gleichem Eifer.

„Heilige Kuh", keuchte Dirk und seine Augen waren groß, als er sie beobachtete. „Sind sie – ist das normal?"

Casey kicherte, obwohl sein Gesicht ein bisschen gerötet wirkte. „Du solltest meine Freunde Jared und Carson sehen. Die würden auf dem Tisch ficken, wenn sie den Drang verspüren und nicht denken würden, dass man sie deshalb aus dem Kasino wirft."

Dirks Kiefer klappte herunter. „Wirklich?", quietschte er.

Sebastian beugte sich vor und erklärte: „Weil wir einen erhöhten Geruchssinn haben, bekommen wir mit, wenn unsere Gefährten Pheromone abgeben, und es erregt uns. Woher denkst du, dass ich wusste, dass du an etwas *anderes* als an Tanzen dachtest, als ich versuchte, die höchste Punktzahl zu erreichen?" Er zwinkerte. „Du warst eine ziemliche Ablenkung."

„Ich habe dich abgelenkt? Hast du eine Ahnung, wie sexy du aussahst, als du auf diesem Ding rumgetanzt hast?" Seine Augen verengten sich und er sah Seb finster an. „Ich war nicht der Einzige, der so dachte. Diese Tussi war kurz davor, dich zu bespringen."

„Ach, aber ich wollte sie nicht, Baby", säuselte Sebastian. „Nur dich."

Lex lehnte sich in seinem Stuhl zurück und hob eine Braue. „Du hast getanzt? Warum das denn?"

Sebastian zuckte die Achseln. „Da war eines dieser Dance Tournament-Spiele im New York, New York. Es ist über ein Jahrhundert her, seit ich so getanzt habe." Lässig fügte er hinzu: „Es hat Spaß gemacht, und ich hätte den Highscore erzielt, wenn ich nicht durch die unangebrachten Gedanken meines Geliebten abgelenkt worden wäre."

Dirk lief knallrot an. „Es war nicht meine Schuld, dass du so sexy aussahst."

Seb beugte sich zu seinem Menschen und lachte an der

empfindlichen Haut hinter seinem Ohr. „Ich bin froh, dass du so empfindest, weil ich nämlich Pläne für Geburtstagssex habe und du stehst auf der Speisekarte."

„S-Seb", wimmerte Dirk leise und zitterte.

„Gott, ihr seid alle geile Hunde", brummte Byron.

Sebastian richtete sich auf. Er schenkte dem unverpaarteten Wolf ein verlegenes Grinsen. „Tut mir leid, Mann. Es wird für dich auch noch geschehen."

Lex grinste breit. „Und in der Zwischenzeit gibt es viele nette Twinks, die man ficken kann." Ein verschlagener Zug umspielte seine Lippen, und Sebastian fragte sich, was für ein Unfug sich hinter den Augen seines Freundes zusammenbraute. Er brauchte nicht lange zu warten, denn Lex ergänzte seinen Kommentar mit: „Wie Dirks Gefährte Deke, mit seinem knackigen, sexy Körper und diesem niedlichen prallen Hintern. Mmm."

Plötzlich stieß Luther sich vom Tisch zurück. Sein Stuhl fiel klappernd zu Boden, als der blonde Wolfswandler Lex am Hemd packte und ihn hochzerrte. „Hast du Deke gefickt?" Luther knurrte fast in Lex' Gesicht.

Die Augen des Vampirs leuchteten rot, aber er hob die Hände. Seb schüttelte den Kopf, als er sah, dass sich die Hände seines Freundes noch nicht in Krallen verwandelt hatten, was ihm sagte, dass Lex Luther anstachelte, obwohl er nicht wusste, warum.

Seb entschied, dass er an seinem Geburtstag nicht wirklich aus dem Restaurant geworfen werden wollte, tauschte einen Blick mit Manon und erhob sich vom Tisch. Er legte seine Hand auf Lex' Schulter, während der Wolfswandler beide

Hände auf Luthers Schultern legte und ihm ins Ohr flüsterte: „Entspann dich, Luther. Wir sind in der Öffentlichkeit, *mon ami*. Beruhig dich."

Luther trat zurück und ließ Lex los, knurrte aber dennoch: „Du bleibst von Deke fern." Luther entfernte sich von Manon und stapfte aus dem Restaurant.

Byron pfiff leise. „Verdammt, denkt ihr alle, was ich denke?"

„Uh, seine Frau wird alle Hände voll zu tun haben, wenn er nach Hause kommt?", murmelte Caspian.

„Keine Frau", antwortete Manon. „Ein One-Night-Stand, der ihn länger beschäftigt hält, als er erwartet hatte. Luther ist aber ein hingebungsvoller Vater." Er verschränkte seine Arme vor der Brust und verzog das Gesicht, als er hinzufügte: „Und, *oui,* ich weiß genau, was ihr denkt, und ich bin nicht so sicher."

„Worüber reden sie?", fragte Dirk neugierig und warf einen Blick zwischen den debattierenden Männern hin und her.

Sebastian setzte sich wieder und seufzte. „Ist dein Kumpel derzeit mit jemandem zusammen?"

Dirk zuckte die Achseln. „Er hat einen Freund namens Michael, mit dem er immer wieder zusammen ist und dann wieder nicht. Es ist schwer mitzuhalten, weil sie so viel Hin und Her haben." Er verzog das Gesicht. „Ich glaube, sie sind jetzt gerade wieder getrennt, denn als ich ihn neulich angerufen habe, war Deke mit einem One-Night-Stand zusammen."

„Autsch. Warum ist das so?", fragte Casey und ignorierte die debattierenden Männer ebenfalls.

Lachend sagte Dirk: „Nun, wenn du Deke getroffen

hättest, würdest du wissen, dass er eine ziemlich unbeständige Persönlichkeit hat. Er ist nicht schüchtern, seine Meinung zu verkünden.“ Dirk schüttelte den Kopf und zupfte an einem Stück Speck auf der Kartoffelschale auf seinem Teller. „Michael kommt nicht gut damit klar, wenn jemand den Mund aufmacht. Er ist nie gewalttätig, aber er verschwindet für ein paar Tage. Wenn das passiert, liegt es daran, dass Michael normalerweise jemanden gefunden hat, bei dem er ein oder zwei Nächte bleiben kann.“ Dirk zuckte die Achseln. „Sie trennen sich dann deswegen für mehrere Monate, und irgendwann nimmt Deke Michael wieder zurück.“

„Man sollte seinen Freund nicht betrügen. Das ist nicht richtig, auch wenn man Streit hat“, sagte Frankie und zog seine dunklen Brauen zusammen.

Dirk traf den Blick des anderen Mannes. „Oh, ich stimme völlig zu. Ich sage Deke immer wieder, dass er es viel besser haben könnte, aber bis der Schmerz der Untreue größer wird als die Angst vor Veränderung, wird Deke Michael immer wieder zurückkommen lassen.“

Sebastian beobachtete, wie Frankie den Kopf senkte und sein Blick wurde ein wenig leer, während er sich Dirks Worte durch den Kopf gehen ließ. Da er wusste, dass Frankie als Kleinkind eine Kopfverletzung erlitten hatte und einen Moment brauchte, um die etwas verschlungene Erklärung von Dirk zu verdauen, drückte Seb die Hand seines Geliebten und lächelte, ließ ihn damit wissen, dass er ihm zustimmte.

Schließlich nickte Frankie einmal. „Ich hoffe, das passiert bald. Niemand verdient das.“

„Ich auch, Frankie“, murmelte Dirk.

Seb schaute sich am Tisch um und stand dann auf. „Nun, meine Herren, ich hasse es, die Party so früh zu verlassen, aber ich habe Pläne für heute Abend." Bei seinen letzten Worten senkte er die Stimme und starrten seinen Geliebten an, sodass Dirk seine Lust sehen konnte.

Dirk leckte sich die Lippen und stand schnell auf. „Es war schön, euch alle zu treffen", sagte er höflich.

Caspian lehnte sich in seinem Sitz zurück, seinen Arm um Casey gelegt, und kicherte. „Ich bin sicher, wir sehen uns bald wieder, Dirk." Er richtete seine Aufmerksamkeit auf Seb. „Mach dir keine Sorgen, Kumpel. Wir übernehmen die Rechnung. Genieße deinen Geburtstag."

Nach einer Runde Abschiedsworte, begleitet von einigen frotzelnden Kommentaren, schob Seb seine Finger zwischen Dirks und führte ihn aus dem Restaurant. Als sie den Aufzug erreichten, sagte Seb: „Ich muss in meinem Zimmer vorbei, um den Rest meiner Sachen zu holen. Wie wäre es, wenn ich dich in dreißig Minuten in deinem Zimmer treffe?"

Dirk grinste. „Das würde mir gefallen."

KAPITEL 12

Dirk erreichte zuerst sein Stockwerk, und bevor er den Aufzug verlassen konnte, zog Sebastian ihn zu einem schnellen Kuss an sich. Als sich die Türen zu schließen begannen, zog er sich zurück und schlug mit einer Hand gegen die Kontaktstellen, wodurch sie sich wieder öffneten.

Kichernd machte Sebastian eine Geste, um ihn hinauszuschicken. „Verschwinde, bevor wir dein Zimmer auslassen, und ich dich direkt zu meinem bringe."

Obwohl Dirk den Gedanken mochte, wusste er, dass es einfacher für ihn sein würde, morgens das Abschiedsfrühstück mitzumachen, wenn sie in seinem Zimmer schliefen. Er stieg aus dem Aufzug und drehte sich sofort um. „Warte, ich habe meinen Kartenschlüssel verloren. Ich wollte vorhin schon etwas sagen", gab er zu, und Verlegenheit machte sich breit. „Hast du immer noch den, den du neulich abends ergaunert hast?"

„Ja, sicher", antwortete Sebastian. Er lehnte eine Schulter gegen die Aufzugtür und hielt sie offen, als er seine Brieftasche herauskramte und zwei Karten herauszog. Nach einem kurzen Schnuppern an jeder nickte er und reichte Dirk eine davon.

Stirnrunzelnd nahm Dirk sie entgegen und schaute

Sebastian fragend an. Sein Geliebter lächelte. „An dieser haften noch Spuren von Susans Parfüm. Sie ist die Frau, die sie codiert hat."

„Oh, richtig." Dirk nickte, erstaunt über den Geruchssinn seines Geliebten. Er lächelte. „Wir sehen uns in ein paar."

Als er sein Zimmer erreichte, kribbelte Dirks Haut, und seine Nackenhaare richteten sich auf. Er warf einen Blick auf den Flur, sah aber niemanden. Dirk schüttelte sein Unbehagen ab und nahm an, dass es einfach nur war, weil er den Mann vermisste, mit dem er so viel Zeit verbracht hatte. Er zog seine Karte durch und stieß die Tür auf.

Dirk trat ein und schloss die Tür hinter sich.

Die Lampe hinter ihm ging an, und er quietschte und wirbelte herum. Als er sah, wer auf dem Sofa saß, setzte Dirks Herz einen Schlag aus.

„Hallo, Dirk. Es ist viel zu lange her", schnurrte der Mann. „Ich habe nach dir gesucht."

Seb!

Er schrie den Namen seines Geliebten in seinem Kopf, und Panik strömte durch seine Adern, als er Phil in dem kleinen Sitzbereich seines Hotelzimmers erblickte. „Was tust du hier? Wie bist du reingekommen?"

Dirk? Was ist los?

Sebastians Antwort kam sofort, verwirrt und besorgt.

„Du wärst überrascht, was jemand für Geld so alles tut", sagte Phil mild und hielt eine Zimmerschlüsselkarte hoch. Das Grinsen des Mannes wurde grausam. „Besonders wenn er die Person nicht mag. Der große Blonde aus dem Flugzeug? Er schien mehr als glücklich, deinen Schlüssel für mich zu stehlen." Langsam erhob er sich. „Was hast du nur mit ihm gemacht, Baby?"

Dirk?

Phil ist hier.

„Nun? Was hast du gemacht, Baby? Warum wollte dieser Mensch dir weh tun?", schnappte Phil und ging auf ihn zu.

Dirk hatte Schwierigkeiten, mit den beiden Gesprächen Schritt zu halten. „Er war ein bigottes Arschloch", flüsterte er und griff diskret hinter sich.

Mach, dass du da raus kommst! Ich bin auf dem Weg!

Sebastians Schrei kam gerade, als Phil knurrte: „Pass auf, was du sagst, Pet."

Dirk fand den Türgriff. Er drehte sich und riss die Tür auf. Das aufgebrachte Knurren ertönte viel zu dicht hinter ihm. Er konnte einen kleinen Aufschrei nicht zurückhalten, der über seine Lippen kam.

Dirk!

Treppe!

Dirk wusste, dass sie nur drei Etagen voneinander entfernt waren, und er war der Meinung, dass er den Aufzug am besten umgehen und so schnell er konnte zu seinem Geliebten laufen sollte. Er stieß die Tür auf und glaubte, Phils Atem in seinem Nacken zu spüren. Offensichtlich war er nicht weit weg. Plötzlich spürte Dirk einen Ruck an seinem Hemd und wurde in seiner Vorwärtsbewegung aufgehalten.

Ein weiteres Quietschen entkam ihm, und nach einer raschen Bewegung blieb sein Hemd in Phils Griff zurück, während Dirk wieder losflitzte. Er rannte die Treppe hoch, so schnell seine kurzen Beine ihn tragen konnten. Ein Knurren und das Reißen von Stoff sagten ihm, dass Phil sich verwandelte.

Dirk keuchte und unterdrückte ein Schluchzen, als eine neue Woge des Schreckens ihn durchströmte. Es heizte sein Adrenalin an und hielt ihn in Bewegung, obwohl seine Lungen brannten und seine Muskeln schmerzten. Er gelobte, fitter zu werden, wenn er diese Situation überstand, nicht nur um seiner selbst willen, sondern wenn er mit Sebastian reiste, wollte er auch keine Belastung für ihn darstellen.

Der Knall einer Tür über Dirk ließ ihn innehalten, doch als er das Kratzen von Krallen auf Stoff unter sich hörte, bewegte er sich wieder. Eine Gestalt erschien über ihm und flog fast die Treppe hinunter. Dirk erstarrte, geschockt, als ihm aufging, dass das sein Geliebter war. Sebastians Augen waren blutrot, seine Hände hatten mehrere Zentimeter lange Krallen, und die Wut, die in seinem Gesichtsausdruck brannte, ließ ihn Angst in seiner Brust verspüren.

Das Zögern für einen Augenblick war lang genug, dass Phil ihn erwischen konnte.

Ein schweres Gewicht prallte gegen seinen Rücken und zwang ihn zu Boden. Seine Schienbeine knallten gegen die Treppe, gefolgt von seinen Knien, und ein heiserer Schrei entkam ihm. Es war nicht besser, sich mit den Händen abzufangen, als scharfer Schmerz durch seine Handgelenke und Unterarme schoss.

Dirk brach zusammen.

„Dirk!“ Sebastian schrie seinen Namen, aber mit dem

schweren Gewicht auf Dirks Rücken und dem Knurren der Kreatur im Ohr, hatte er zu viel Angst, um zu antworten.

Das hielt Sebastian nicht davon ab, die letzte halbe Treppe hinunter zu springen und den Dingo auf seinem Rücken zu rammen. Als das Gewicht verschwand, das auf seinem Oberkörper gelastet hatte, wurde das Atmen leichter. Dirk schnappte nach Sauerstoff, als er sich umdrehte, etwas nach unten rutschte und sich auf der Stufe niederließ.

Dirk starrte mit vor Schock geweiteten Augen hin.

Sebastian hielt den Dingo am Hals gepackt, fast einen halben Meter hoch in der Luft, als wäre es nichts, mit einer Hand ein fündundsiebzig Kilo schweres Tier zu halten! Seine zweite Hand lag am Hals der Kreatur und die scharfen Krallen gruben sich in deren Schlagader.

„Du hast meinen Geliebten bedroht, Dingo", knurrte Sebastian schroff, ein wilder Ausdruck auf seinem Gesicht. „Gib mir einen guten Grund, warum ich dir jetzt nicht die Kehle rausreißen sollte."

Dirk sah geschockt zu, wie Phil sich in Sebastians Griff wand, knurrte und schnappte. Sebastians Krallen sanken tiefer und rote Perlen erschienen in Phils Fell.

„Sebastian, bitte", rief Dirk leise und streckte eine Hand aus. „Ich will nicht, dass du ihn ermordest."

Zu Dirks Erleichterung drehte Sebastian langsam den Kopf und starrte ihn an. Der Vampir blinzelte ein paar Mal und kämpfte offensichtlich mit seiner Kontrolle, als er schroff fragte: „Er war bereit, dir die Kehle herauszureißen, und du möchtest, dass ich ihn verschone?"

Als er realisierte, dass Sebastian, selbst als er so wütend

war, immer noch sein Geliebter, sein Vampir war, stand Dirk auf. Er näherte sich langsam den beiden und schaffte es geradeso, seine Reaktion auf den Schmerz in seinen Muskeln und Gelenken zu verbergen.

Dirk hielt den kalten und wütenden Blick des Dingos, als er näher kam. Er nahm seine Kraft zusammen und irgendwie gelang es ihm, seine Stimme ruhig zu halten, als er befahl: „Phil, verwandle dich, bevor Sebastian seine Meinung ändert, dich zu verschonen."

Phil tat nichts weiter als zu knurren und zu zappeln.

Das Stampfen von Schritten auf der Treppe kündigte die Ankunft anderer an. Dirk fragte sich, was für ein Chaos ausbrechen würde, falls unwissende Menschen auf diese kleine Szene stießen.

Nur wurde zu diesem Zeitpunkt Sebastians Grinsen ein bisschen unheimlich. „Ah, das sind wohl Manon Lemelle und ein paar andere Wolfswanderer. Ich bin nicht sicher, ob dein Leben jetzt noch lebenswert sein wird." Sein Grinsen wurde breiter, als er seine Fangzähne entblößte. „Das könnte eine noch bessere Strafe sein als der Tod."

Genau wie Sebastian es vorausgesagt hatte, kam Manon die Treppe hoch, gefolgt von Byron und Luther – der immer noch mehr als angepisst aussah. „Ah, deine Besessenheit macht es einfach, Dingo", knurrte Manon leise und gemein. „Du hättest zu Hause bleiben sollen." Er grinste wild. „Jetzt benutze ich dich, um dein wertloses Rudel zu finden."

Wow! Dirk war sich nicht ganz sicher, was ein Vollstrecker genau tat, aber Manon sah ihn nicht einmal an und Dirk fühlte sich eingeschüchtert.

„Verwandle dich jetzt“, knurrte der Wolfsvollstrecker.

Schließlich zwang das den Dingo zu einer Reaktion. Er wimmerte, dann veränderte sich sein Körper und verwandelte sich in nur fünfzehn Sekunden vom Tier zum nackten Mann. Sobald Phil die menschliche Gestalt erreicht hatte, ließ Sebastian seinen Griff los und trat zurück. Phil blieb stehen, senkte den Kopf und starrte auf den Boden.

Manon trat vor und schlug mit der Faust neben Phils Kopf gegen die Wand, während er seinen Unmut knurrte. Phil zuckte zusammen. Manon war direkt vor seinem Gesicht und knurrte: „Du denkst, Menschen stehen unter dir? Von ihrer Spezies gibt es tausendmal mehr als von uns. Dein unbedachtes Verhalten bringt uns alle in Gefahr.“

„Ich folge nur den Anweisungen meines Alphas“, jammerte Phil, ohne dem Blick des Wolfswandlers zu begegnen.

„Wir werden sehen“, knurrte Manon und klang nicht überzeugt.

Sebastian legte seine Hände auf Dirks Schultern, und er zuckte zusammen, da er den Vampir nicht gesehen hatte. Die Hände seines Geliebten erhoben sich im universellen Zeichen des Friedens. Dirk schüttelte bei dem Missverständnis den Kopf, trat vor und schlang die Arme um den Vampir.

„Entschuldigung, dass ich zurückgeschreckt bin“, sagte Dirk gegen die Brust seines Geliebten. „Du, alles, es hat mich erschreckt.“

„Keine Notwendigkeit, dich zu entschuldigen“, sagte Sebastian und hielt ihn an sich gedrückt, als er sich an Dirks Hals schmiegte. „Ich hätte dir vorher einige meiner …

Fähigkeiten zeigen sollen, damit du weißt, was dich erwartet. Es tut mir leid, dass ich dich erschreckt habe."

„Nicht deine Schuld", antwortete Dirk sofort. „Wir kennen uns erst wenige Tage."

„Komm schon, Dirk", drängte Sebastian. „Du bist schwer gefallen. Bist du in Ordnung?"

„Ja, ja", antwortete Dirk, obwohl er vor Schmerzen in den Schienbeinen, Knien und Waden das Gesicht verzog. Er stieg mit seinem Geliebten die Treppe hoch und war froh, dass er seinen Ex und all diese Probleme hinter sich lassen konnte. Bei Manons Knurren, als der dominante Wolf Phil in die entgegengesetzte Richtung führte, beneidete Dirk ihn nicht.

Sie blieben still, bis sie Sebastians Zimmer erreichten. Als die Tür geschlossen war, führte Sebastian ihn in sein Schlafzimmer und forderte ihn auf, sich auf das Bett zu legen. Mit sanften Händen zog Sebastian ihm seine Kleidung aus und massierte vorsichtig seine Handgelenke und Arme, dann seine Oberschenkel und Waden, sogar seine Knie und Knöchel. Sebastian achtete besonders auf die Blutergüsse, die sich bereits an seinen Unterarmen und Schienbeinen zeigten.

Dirk hatte sich noch nie so umsorgt gefühlt, so geliebt wie in diesem Moment. Sein Herz war voll bis zum Bersten und er platzte heraus: „Ich liebe dich."

Sebastian erstarrte, seine Augen weiteten sich, seine Miene zeigte Überraschung.

Vor Verlegenheit errötend, drehte Dirk den Kopf, sah den halbgepackten Koffer und ein paar verstreute Kleidungsstücke. Er presste die Lippen zusammen und versuchte etwas zu sagen, etwas, das den Moment retten würde. Er hatte nicht vorgehabt, seine Gefühle so herauszuposaunen, hatte nicht einmal bemerkt, dass er sich so fühlte, bis die Worte aus seinem Mund kamen.

Die Matratze neigte sich neben Dirk, aber er sah Sebastian nicht an. Nicht einmal, als er spürte, wie die heiße Haut des Vampirs über seine strich, als der Mann sich über ihn bewegte, sanft seine Oberschenkel auseinander stieß und sich zwischen ihnen niederließ. Er schnappte nach Luft, als er fühlte, wie Sebastians harter Schwanz gegen seinen drückte.

Sebastians schlanke Hand umfasste sein Kinn und drängte ihn sanft, aufzusehen und seinem Blick zu begegnen. Die Wärme in den Augen seines Geliebten, das sanfte Lächeln auf seinen Lippen, erfüllten Dirk mit Erleichterung. Sein Mann war nicht verärgert.

Tatsächlich beugte Sebastian sich herunter, bis ihre Gesichter nur wenige Zentimeter voneinander entfernt waren. Dann flüsterte er: „Ich liebe dich auch, Dirk. Ich kann mir mein Leben ohne dich nicht vorstellen. Dich in diesem Flugzeug zu treffen, war der größte Glücksfall, den ich mir je hätte wünschen können.“ Er senkte den Kopf, bis seine Stirn an Dirks ruhte, und sagte: „Ich möchte Jahre damit verbringen, alles über dich herauszufinden, und den Rest meines Lebens möchte ich dir Freude bereiten.“

Dirk schloss seine Arme fest um seinen Geliebten. Sein Körper zitterte vor Emotionen. Er wusste nicht, was zum Teufel er in diesem Leben getan hatte, um die Hingabe eines Mannes – Vampirs – wie Sebastian zu verdienen, aber er wäre für immer dankbar für die Gelegenheit, die ihm gegeben wurde. Er wollte ohne diesen Mann nirgendwo sein.

Dirk schob eine Hand hoch und fuhr mit den Fingern durch Sebastians dunkles Haar. „Ich würde gerne mit dir gehen, wohin auch immer du diesen Wissenschaftler bringen musst. Ich werde dir aus dem Weg bleiben“, versicherte er. „Ich kann im Hotelzimmer arbeiten, wenn du beschäftigt bist. Dann …“ Er errötete, entschied sich aber, weiterzusprechen. Er konnte nicht bekommen, was er wollte, wenn er nicht fragte. „Können wir dann nach Sacramento reisen? Wir könnten meine Wohnung ausräumen und meine Eltern treffen“, schlug er vor.

Sebastians blaue Augen verdunkelten sich vor Aufregung und Freude. „Götter, ja, Dirk“, hauchte er fast. „Nichts würde mich glücklicher machen.“

Der Vampir drückte seine Leiste fest an Dirks, rieb sich langsam an ihm und presste seine harte Erektion gegen seine. Dirk stöhnte und bebte bei dem Kontakt. Es war so lange her, seit er einen Mann auf sich gehabt hatte, der ihn so umgab. Er hatte vergessen, wie schön es sich anfühlen konnte, festgehalten zu werden, in die Matratze gedrückt zu werden.

„Ich hatte solche Angst, Dirk“, murmelte Sebastian.

Dieses Eingeständnis schockierte Dirk. Ja, er hatte auch Angst gehabt, aber warum sollte Sebastian Angst gehabt haben? Er vergrub sein Gesicht an Sebastians Hals, schlang seine Beine um die Taille seines Geliebten, öffnete sich dem Vampir und brachte sie noch fester zusammen.

„Warum?“, flüsterte er.

„Ich habe diesen Dingo über dir gesehen. Ich sah dich flach auf der Treppe liegen. Ich befürchtete, ich könnte nicht schnell genug zu dir kommen. Befürchtete, er würde dich töten, bevor ich dich erreichen konnte."

„Er wollte mich nicht töten", versicherte Dirk. Er rieb seinem Vampir den Rücken, zog die harten, gespannten Muskeln nach und versuchte, die Anspannung in dem Körper zu lindern, der sich an ihn klammerte. „Ruhig", murmelte er. „Ich bin da. Ich bin in Sicherheit. Du hast mich gerettet. Du warst da, als ich dich brauchte."

„Ich werde immer zu dir kommen."

Dirk nickte. „Ich weiß."

Sebastian hob plötzlich seinen Kopf und starrte mit hartem und verzweifeltem Blick auf ihn hinunter. „Ich brauche dich." Seine Augen färbten sich langsam rot. „Ich muss dich fühlen, mich vergewissern, dass du hier und in Sicherheit bist. Wir müssen unsere Bindung bekräftigen."

Dirk konnte seinem Mann nichts verweigern und nickte. „Tu es."

Knurrend rollte Sebastian von ihm herunter und stakste zu seiner Tasche.

Als Dirk die kraftvollen Linien, den harten Körper und den tropfenden Schwanz seines großen Mannes sah, erinnerte er sich an seine Fantasien von zuvor. Er rollte sich auf den Bauch und zog die Knie unter sich. Dann griff er nach hinten und betastete seine Pobacken, spreizte sie und legte sein Loch vor seinem Liebhaber frei.

Dirk reckte den Hals, um über die Schulter zu schauen, und lächelte einladend.

Sebastian atmete tief ein und stieß dann ein leises Knurren aus. Er schob sich vorwärts und sein Blick war auf Dirks Hintern gerichtet. „Ist es das, was du brauchst,

Geliebter?", knurrte er und kniete auf dem Bett hinter Dirk. Er strich mit einer Hand über Dirks Flanke, seinen Hintern und rieb dann sanft mit dem Daumen über seine Rosette. „Willst du, dass ich dich besteige? Meinen Schwanz in dich stecke? Dich daran erinnere, dass du mir gehörst?"

„Ja", zischte Dirk. Genau das brauchte er. Er wollte seinen Liebhaber am nächsten Morgen noch fühlen. Sebastian war nicht der Einzige, der daran erinnert werden musste, dass Dirk am Leben war. Er selbst brauchte es auch.

„Alles für dich", knurrte Sebastian.

Sein Vampir brachte sein Gesicht an Dirks Spalte und strich mit seiner Zunge über Dirks Eingang. Der warme, nasse Muskel, der über seine Öffnung glitt, erhitzte ihn und ließ seinen Schaft bei den seltsamen Empfindungen zucken.

„Scheiße, Seb! Ich habe noch nie so etwas gefühlt …" Seine Worte endeten mit einem Stöhnen, als Sebastian es wieder tat.

„Gut", sagte Sebastian. Dieses eine Wort drückte seine Zufriedenheit aus. Er fing an, Dirks Arsch ernsthaft zu lecken. Er wirbelte mit seiner Zunge und überzog ihn mit Speichel, bevor er eindrang. Dirks Körper wölbte sich bei dem Gefühl, wie sein Geliebter ihn mit Lippen, Zähnen und Zunge öffnete, saugte und nuckelte, stieß und fickte.

Ein Kribbeln brach über seinen Körper aus. Sein Schwanz vergoss reichliche Freudentränen. An seinen Armen und Oberschenkeln brach eine Gänsehaut aus. Seine Bauchmuskeln spannten sich. Als ein eingeschmierter Finger die Zunge ersetzte, die ihn öffnete und sofort auf seine Drüse traf, wäre Dirk beinahe aus seiner Haut gefahren.

Dirk heulte, zog den Rücken hoch und schaukelte gegen den Finger, der ihn fickte. Dieser Finger wurde schnell zu zwei, und er stöhnte bei dem angenehmen Dehnen und Brennen. Seine Eier rollten in ihrem Sack. Sie zogen sich mit jeder Berührung seines Hot Spots immer fester zusammen.

„Oh, oh Scheiße. Werde kommen“, warnte er.

„Noch nicht“, knurrte Sebastian.

Sein Geliebter griff zwischen seine Beine, umfasste die Basis seines Schafts und drückte fest zu, als er einen dritten Finger in Dirks Kanal schob. Das verstärkte Brennen und die Enge an seinem Schwanz ließen Dirks bevorstehenden Orgasmus zurückweichen.

Dirk atmete schwer und stöhnte. „Bitte. Seb, bitte nimm mich jetzt.“

„Mit Vergnügen.“

Sebastian fickte ihn noch zweimal mit den Fingern, bevor er sie herauszog, seinen Schwanz einschmiert und hinein drückte. Dirk schnappte nach Luft, als die Eichel seines Mannes an seinem schützenden Muskelring vorbeirutschte. Sein Geliebter erstarrte, aber das wollte Dirk nicht. Er wollte alles haben. Er wollte, dass sein Mann seinen Arsch eroberte, und sie beide daran erinnerte, dass er Sebastian gehörte und sie zusammen waren.

Dirk wölbte seinen Rücken und drückte die Hüften nach hinten, wobei er den Schwanz seines Geliebten etwas weiter in sich beförderte. Er kehrte die Bewegung um und tat es dann wieder. Plötzlich spürte Dirk die harten Stiche von Sebastians Nägeln – Krallen –, die sich in seine Hüften bohrten. Stöhnend zitterte er unter der Berührung des

Vampirs.

„Nimm mich", ächzte Dirk, der die Selbstbeherrschung seines Vampirs liebte und zugleich hasste.

Sebastian ließ eine Hüfte los, drapierte sich über ihn und stützte sein Gewicht auf diese freie Hand. Die zweite Hand umfasste Dirks Hüfte. „Halt still", zischte sein Liebhaber.

Dirk schauderte bei dem Befehl, aber er gehorchte. Er schnappte nach Luft, drehte seinen Kopf und sah Sebastians rote Augen. „Mach mich zu deinem."

Diese einfache Aussage schien die Kontrolle seines Geliebten zu lockern. Sebastians Augen verdunkelten sich und seine Hüften bewegten sich. Langsame, flache Stöße ließen ihn tiefer und tiefer in Dirks Körper sinken. Endlich, *endlich,* lag sein Geliebter über ihm, bis zu den Eiern in ihm.

Sebastian stöhnte in Dirks Ohr. „Ich mag es, wie du dich unter mir und um meinen Schwanz herum fühlst."

„J-ja", keuchte Dirk. Seine Muskeln flatterten um die eindringende Länge und molken sie.

„Bist du bereit?", fragte Sebastian.

„Bitte."

„Mein!" Scharfe Reißzähne glitten über seine Haut, durchdrangen sie nicht, sondern bereiteten ihm nur ein bisschen Vorfreude, als Sebastian seinen Schwanz fast bis zum Anschlag herauszog und wieder hinein rammte. Beim zweiten Stoß änderte sein Liebhaber seinen Winkel und traf Dirks Hot Spot.

Dirk bockte und stöhnte, sein Körper vibrierte beinahe aus seiner Haut, als sein Liebhaber einen schnellen, hämmernden Rhythmus begann. Sein Schaft zuckte und sickerte. Seine Eier zogen sich zusammen und er wusste, dass er keine Chance hatte, sich unter Kontrolle zu halten.

Der Orgasmus überrollte Dirk wie eine Flutwelle der Glückseligkeit, die über ihn hinwegfegte und ihn mit sich riss. Seine Augenlider flatterten, als sein Schwanz spritzte und die Bettdecke mit einer Salve von Samen nach der anderen bemalte.

Sebastian brüllte, sank noch ein weiteres Mal in ihn und beschichtete dann sein Inneres mit heißem Sperma.

Mein!

Das einzelne Wort hallte in seinem Kopf wider, als Sebastian seine Zähne in Dirks Hals bohrte. Schmerz mischte sich mit Vergnügen. Dirks Eier rollten. Sein Schwanz verhärtete sich erneut und spritzte noch zweimal, wobei mehrere Wellen von Endorphinen durch seinen Körper rasten.

Langsam kam Dirk zu sich selbst zurück. Sein Körper schmerzte und kribbelte auf angenehmste Weise. Sebastian löste sich, verschwand, tauchte dann wieder auf und wischte ihn sauber. Währenddessen versuchte Dirk, seine Gliedmaßen unter Kontrolle zu bekommen.

„Wow“, sagte er undeutlich.

Sebastians leises Grummeln vibrierte in seiner Brust, als Dirk plötzlich über der Brust seines Geliebten drapiert wurde.

„Liebe diese Position.“

„Ich auch“, flüsterte Sebastian in sein Ohr.

Für einige Sekunden lagen sie stumm da. Dirk genoss den Moment, das Gefühl der Arme seines Geliebten um ihn herum, sein warmer Körper, der ihn wiegte und die Sicherheit, die er in den Armen seines Vampirs fühlte.

Schließlich durchbrach Sebastian wieder die Stille. „War es dir ernst damit, mit mir zu kommen?"

Er *spürte,* wie wichtig dies für seinen Mann war, woran er sich erst noch ein wenig gewöhnen musste. Dirk kratzte die letzten Reste Konzentration zusammen, hob seinen Kopf und starrte seinem Geliebten direkt in die Augen.

„Ja. Ich möchte mit dir zusammen sein, Sebastian." Er lächelte ein wenig und konnte seine Freude über den plötzlich erleichterten Ausdruck des Vampirs nicht verbergen. „Du hast mich jetzt am Hals, Vampir, mitsamt geekigen Comic-Büchern und allem anderen."

Sebastian kicherte und umarmte ihn fest. „Du bist perfekt, Dirk. Einfach so wie du bist."

Als Dirk einschlief, lächelte er und wusste, dass sein Vampir das wirklich glaubte.

Ich denke, du bist auch perfekt.

Die heilende Berührung des Wolfs

KAPITEL 1

„Sie sind hier!“

Edwin Aldridge blickte von seinem Computer auf und sah Toby Dallow, seinen wissenschaftlichen Assistenten, vor Begeisterung fast auf und ab springen. Er hob die linke Braue und konzentrierte sich wieder auf die Blutprobe, die auf seinem Bildschirm in ihre Bestandteile aufgeschlüsselt angezeigt wurde. Abwesend fragte er: „Wer ist hier?“

„Die wilden Wölfe!“

Das erregte seine Aufmerksamkeit.

Edwin drückte sich von seinem Computer weg und richtete sich auf dem Rollhocker auf. Er rieb sich die Augen unter der Brille. Er spürte Kopfschmerzen aufkommen, die durch die Anstrengung seiner Augen hervorgerufen wurden. Edwin nahm seine Brille ab, legte sie auf den Schreibtisch und massierte seine Schläfen. „Wilde Wölfe? Wovon redest du?“

Toby lehnte eine gut gepolsterte Hüfte gegen einen in der Nähe stehenden Tisch und verschränkte die Arme vor der Brust. „Du weißt schon … die Wolfswandler, die den verrückten Wissenschaftler und seine Forschungsergebnisse herbringen.“

Richtig. Die.

Edwin legte die Hände auf die Oberschenkel und konzentrierte sich auf Toby. Der kleinere, kräftige Mann sah ihn erwartungsvoll durch seine dicke, schwarz umrandete Brille an. Edwin runzelte die Stirn. „Sie sind keine wilden Wölfe“, sagte er und schaffte es kaum, den Ärger aus seinem Tonfall rauszuhalten.

Edwin freute sich wirklich darauf, die Wandler zu treffen, und er dachte nicht, dass sie es schätzen würden, als wild bezeichnet zu werden. Er war von seinem Patenonkel Dillan aufgezogen worden und mit vierzehn Jahren über das Geheimnis des Mannes gestolpert. Dillan konnte sich in einen Puma verwandeln, eine große, gelbbraune Raubkatze, die auch als Berglöwe bezeichnet wird.

Dillan hatte sich mit Edwin hingesetzt und ihm viele Dinge über Wandler erklärt. Zum Beispiel waren Wandler in Tierform sich ihrer Umgebung vollständig bewusst. Sie lebten länger, heilten schneller und waren auch stärker und widerstandsfähiger als Menschen. Sie lebten normalerweise auch in Gruppen – Kraft liegt in der Mehrheit und so weiter.

Unglücklicherweise war Dillan, als dessen Alpha – wie er seinen Rudelführer bezeichnete – herausfand, dass er die Aufmerksamkeit von Männern genoss, vor die Wahl gestellt worden … Verbannung oder Heirat mit einer Frau nach Wahl des Alphas.

Er hatte die Verbannung gewählt.

„Ich weiß das."

Tobys Stimme drang in Edwins Gedanken und zog ihn zurück in die Gegenwart.

„So nennt sie eben jeder", fuhr Toby fort, und sein Ton war etwas zerknirscht.

Edwin verdrehte beinahe die Augen. Er vergaß oft, wie jung Toby war. Obwohl sein Assistent bereits auf seinen Doktortitel in Gentechnik hinarbeitete, war er erst neunzehn. „Nun, in ihrer Gesellschaft ist es ein bisschen anstößig", sagte Edwin und milderte seinen Ton. „Also, von wem auch immer du es gehört hast, lass ihn besser wissen, dass er die Wandler nicht hören lassen sollte, wie er sie so nennt."

„Ja, okay", antwortete Toby. Er schob sich vom Tisch zurück und sagte: „Direktor Jeffries möchte, dass wir uns in dreißig Minuten bei der Besprechung treffen. Ich denke, er möchte, dass du die Verantwortung für die Informationen übernimmst. Irgendwas von wegen Beweiskette." Er winkte nachlässig. „Ich habe das meiste davon nicht verstanden."

Edwin griff nach seiner Brille und setzte sie wieder auf seine Nase. Er nickte. „Okay." Er verstand die Politik der CIA auch nicht, also erwartete er nicht, dass sein junger Assistent es tat. „Räum die Proben dort weg", befahl er und zeigte auf die Fläschchen, die auf dem weiter entfernten Arbeitstisch auf ihre

Bearbeitung warteten. „Ich muss diese Datei fertigstellen und abspeichern, dann kann ich gehen."

„Okay."

Als Toby sich auf den Weg machte, um seine Aufgabe zu erledigen, konzentrierte sich Edwin wieder auf den Computerbildschirm. Er war so nahe dran, dass er es fast schmecken konnte. Er konnte es kaum erwarten, die Daten des verrückten Wissenschaftlers zu überprüfen. Direktor Jeffries war nicht sehr erfreut darüber gewesen, dass es den Wolfswandlern gelungen war, den Kerl vor der CIA aufzuspüren. Während der Wissenschaftler irgendwie die Wandler-DNA verwendet hatte, um Menschen zu verändern und im Wesentlichen zu Supersoldaten zu machen, wollte Edwin das nicht. Wenn er nur –

„Alles erledigt", sagte Toby. „Bist du bereit? Wir müssen gehen, wenn du nicht zu spät kommen willst."

Edwin warf einen Blick auf die Uhr. Verdammt, fünfundzwanzig Minuten waren schon vergangen. Wie war das möglich? Er hasste es, jetzt aufzuhören, aber er dachte, er sollte Direktor Jeffries nicht verärgern. Er wollte die Finanzierung seiner Arbeit nicht gefährden.

Nachdem er seine Datei abgespeichert und das System heruntergefahren hatte, steckte Edwin einige Papiere, die er zu Hause durchsehen wollte, in seine Tasche und schloss sie. Einige seiner Kollegen lachten, weil er noch Dinge ausdruckte, aber nach zwölf Stunden, in denen er die Computer im Labor anstarrte, schmerzte für gewöhnlich sein Kopf und seine Augen konnten nicht länger auf einen Bildschirm gerichtet sein.

Er stand auf und zog den Schultergurt über seinen Kopf. „Gut. Lass uns gehen."

Edwin ging zur Tür. Er drehte sich um und blickte noch einmal über den Arbeitsbereich. Dann fragte er: „Du hast den Abstellraum abgeschlossen?"

Toby verdrehte die Augen. „Natürlich habe ich ihn abgeschlossen. Das ist doch die übliche Vorgehensweise, nicht wahr?"

Edwin nickte, machte das Licht aus und öffnete die Tür. „Richtig. Lass uns dieses Meeting hinter uns bringen." Er hatte noch Tabellen, die er überprüfen wollte, … und eine schöne Tasse Tee, um seine Kopfschmerzen zu lindern, klang auch fantastisch.

Nachdem er das Labor abgeschlossen hatte, ging Edwin einen Korridor entlang und dann noch einen. „Welcher Konferenzraum?", fragte er abwesend, als er vor den Aufzügen stoppte und den Knopf drückte.

„Äh …"

Edwin verzog das Gesicht und murmelte: „Du hast es nicht vergessen, oder?"

„Nun …" Toby kniff seine buschigen, dunklen Brauen zusammen. „Wenn er nicht jedes Mal mit mir reden würde, als wäre ich ein Idiot, wäre ich vielleicht mehr daran interessiert, was er zu sagen hat."

„Und wenn du auf das hören würdest, was er zu sagen hat, damit er es nicht wiederholen muss, würde er vielleicht nicht denken, dass du ein Idiot bist", sagte Edwin, als er in den Aufzug trat und den Knopf für den siebten Stock drückte. „Ich bin sicher, Laurell wird es wissen", sagte er und bezog sich damit auf die Empfangsdame.

„Entschuldigung“, murmelte Toby.

Edwin zuckte mit den Schultern und gab leise zu: „Ich interessiere mich auch nicht wirklich für ihn.“ Er verließ den Aufzug und ging zur Rezeption. „Hey, Laurell. In welchem Raum sollen wir sein?“

Laurell lächelte ihn dünn an und antwortete kühl: „Konferenzraum C.“

Edwin nickte und wandte sich nach links. Er fragte sich immer, ob der Anzug dieser Frau zu eng war. Zum Teufel, vielleicht war sie irgendeine Fanatikerin, bigott, mochte keine Schwulen oder vielleicht verabscheute sie Geeks. Edwin wusste es nicht und als er vor der Tür des Konferenzraums stehen blieb und klopfte, vergaß er die Begegnung. Es spielte keine Rolle. Er musste sie sicherlich nicht beeindrucken.

Die Tür öffnete sich und enthüllte einen Agenten, den Edwin nicht erkannte. Er war einen Meter achtundachtzig groß, mit breiten Schultern, braunem Haar, braunen Augen und einem ernsten Ausdruck im Gesicht. *Ja, ein typischer CIA-Anzugträger.* Der Mann warf Edwin einen Blick zu und musterte ihn offensichtlich.

Edwin war es egal, dass der Agent nicht beeindruckt schien. Er wusste, dass er nur knapp unter eins achtzig groß war, einen Körper wie eine Bohnenstange und einen wuscheligen Schopf aus zerzausten braunen Haaren hatte. Er machte sich nie wirklich Gedanken um sein Aussehen und kümmerte sich nicht darum, was andere von ihm hielten. Stattdessen hob er eine Braue und schnappte: „Aus dem Weg, Mister.“

„Wer zum Teufel sind Sie?“, knurrte der Agent zurück.

„Ich bin Doktor Edwin Aldridge, und Sie stehen mir im Weg.“

Der Mann öffnete den Mund, um zu antworten, wahrscheinlich hatte er vor, etwas Bissiges zu sagen, aber Direktor Jeffries wählte diesen Moment, um zu rufen: „Aldridge! Es wird Zeit, dass Sie auftauchen. Was ist passiert? Hat Ihr Assistent die Zeit vergessen, oder was?“

Edwin kniff die Augen zusammen und sah den Mann an, der ihm noch immer im Weg stand. „Sehen Sie? Ich werde erwartet.“

Der Agent verzog seine Lippen, während er ein paar Schritte zurückging. Es bot ihm nicht viel Platz, um vorbeizukommen, deshalb rammte Edwin seine Schulter gegen die Brust des anderen Mannes. Er wusste, dass der Agent wahrscheinlich mehr vor Überraschung zurücktrat als wegen der Wucht des Schlages, aber Edwin hasste solche Tyrannen.

Ein Blick über die Schulter bestätigte, dass Toby ihm folgte, obwohl er seine Schultern ein wenig gekrümmt hatte, offensichtlich verlegen. Edwin machte eine Pause und wandte sich halb an den wahnsinnig intelligenten Teenager. Er legte eine Hand auf seine fleischige Schulter und drückte den jungen Mann auf einen Stuhl.

Als Toby saß, nahm sich Edwin einige Sekunden, um den Raum zu betrachten. Sein Blick fiel auf die vier Fremden am anderen Ende des Konferenzraums. An der kleinen Theke stand ein schlanker, elegant gekleideter Mann mit ordentlich geschnittenen dunkelbraunen Haaren und nahm sich eine Tasse Kaffee. Als der Mann seinen blauäugigen Blick auf

Edwin richtete, lächelte er ihn freundlich an, bevor er sich wieder auf seinen Kaffee konzentrierte.

Ein großer amerikanischer Ureinwohner lehnte eine Hüfte gegen die Tischkante. Seine dunklen Augen konzentrierten sich auf einen kleineren, schlankeren Mann. Dieser Mann verengte die Augen, als er zwischen den beiden Agenten hin und her sah, deren Namen Edwin nicht kannte. Er flüsterte etwas, sprach aber zu leise, als dass Edwin es hätte verstehen können.

Der Indianer bewegte eine Hand an die Schulter seines Begleiters und sagte ruhig: „Entspann dich, Jared. Wir alle müssen manchmal Anweisungen befolgen."

Der kleinere Mann, Jared, hob eine Braue, als er den anderen Mann anblickte. „Ja, und wir wissen, wie gut mir *das* gefällt."

Der letzte Mann stieß sich von der Wand weg, an der er sich gelehnt hatte, und zog Edwins Aufmerksamkeit auf sich. Edwins Mund wurde trocken und sein Puls schlug ein paar Takte schneller, als er sah, wie sich der große, breitschultrige Afroamerikaner mit sinnlicher Anmut bewegte und die wenigen Schritte zwischen der Wand und dem leise sprechenden Paar überquerte. Es gefiel ihm wirklich, wie die dunkelgraue Hose und die dazu passende Anzugjacke seine Gestalt wie eine zweite Haut umschmeichelten.

„Wir bringen das hier hinter uns und machen uns bald wieder auf den Weg", sagte der Mann, als er neben den beiden anderen Männern stehen blieb.

Edwin unterdrückte einen Schauer, als er die sanfte Baritonstimme des Mannes hörte. Oh, wie würde es sein,

Worte der Zuneigung zu hören, die von dieser tiefen Stimme geflüstert wurden und in seinem Ohr summten, während die großen, braunen Hände des Mannes ihn berührten?

Es war eine Weile her, seit Edwin darüber nachgedacht hatte, nach einem Liebhaber zu suchen, und er spürte, wie sein Körper gerade auf die Bilder reagierte, die in seinem Kopf abliefen. Sein Schwanz verdickte sich in seiner Hose.

Langsam, als wüsste er, dass Edwin sich auf ihn konzentrierte, drehte der Mann seinen Kopf und starrte ihn an. Die Nasenlöcher des Mannes flatterten einmal und seine dunklen Augen weiteten sich ein wenig. Als der große Mann einen Schritt auf ihn zuging, wurde Edwin klar, dass er immer noch starrte.

Edwin riss seinen Blick von dem sexy Mann los, denn er wollte nicht, dass der Fremde sauer wurde, weil er gesehen hatte, wie er ihn anstarrte. Dafür war er schon ein oder zwei Mal geschlagen worden. Edwin räusperte sich, zog seine Tasche von der Schulter, legte sie hin und setzte sich.

„Wenn Sie mit dem Betrachten unserer Gäste fertig sind, können wir dieses Meeting beginnen", brummte Direktor Jeffries.

Hitze überflutete Edwins Gesicht und er wusste einfach, dass er rot wurde. Während das Arschloch, das die Tür geöffnet hatte, ziemlich fies kicherte – nach Edwins Meinung – , wurden die blonden Brauen des anderen Agenten zu einem finsteren Blick zusammengezogen.

Zumindest einer der Agenten war kein Arschloch, dachte Edwin, als er die Papiere für die Sicherung der Beweismittelkette aus seiner Tasche zog. Direktor Jeffries hatte sehr deutlich klar gemacht, dass alles im Namen von Edwins Firma stehen sollte. Er arbeitete als unabhängiger Auftragnehmer für die Regierung, und der Direktor wollte sicherstellen, dass die Regierung nicht direkt beteiligt zu sein schien … obwohl sie es war.

Edwin hielt das für lächerlich, aber der Standpunkt der Regierung in Bezug auf Wandler und andere Paranormale schien glaubhafte Bestreitbarkeit zu lauten. Das war für Edwin in Ordnung, denn es gab ihm die Möglichkeit, eine Klausel in seinem Vertrag einzubauen, dass alle seine Forschungen mit ihm gingen, wenn sie sich trennten. Er kritzelte schnell das Datum des Tages in das entsprechende Feld.

Als der Stuhl zu seiner Linken über den Boden kratzte, spannte Edwin sich an. Er wusste, dass er sich die Hitze, die der Afroamerikaner verströmte, als er seinen massigen Körper in den Stuhl neben ihm senkte, nicht einbildete. Langsam drehte Edwin den Kopf und starrte den Fremden an.

Zu Edwins Überraschung glühten die dunkelbraunen Augen des Fremden, als er sich zu ihm lehnte und sagte: „Du kannst mich jederzeit begutachten, Süßer."

Edwins Kiefer klappte auf.

Der Mann streckte eine Hand – gewaltige Pranke – aus und legte zwei Zeigefinger unter sein Kinn. Er lächelte ihn an und schloss sanft Edwins Mund.

„Ich bin Byron Ziegler", stellte sich der Mann vor. „Und du bist?"

„Doktor Edwin Aldridge." Er flüsterte praktisch seine Antwort, so heftig war seine Überraschung.

„Dies ist ein Geschäftstreffen, kein Nachtclub", knurrte

Direktor Jeffries. „Sparen Sie sich das Anbaggern für später auf. Verdammte Schwuchteln."

Der Direktor murmelte die letzten paar Worte ganz leise, aber offensichtlich hörte sie jeder. Ein leises Knurren kam nicht nur von dem Mann neben ihm, sondern auch von dem Indianer.

„Du würdest besser –", begann Jared, aber der Mann mit dem Kaffee schnitt ihm das Wort ab.

„Direktor Jeffries", sagte der Mann. „Wir haben Ihre Wünsche erfüllt. Wir haben den Kriegsverbrecher Sampson Marlow wie verlangt ausgeliefert und die restlichen Daten mitgebracht." Er stellte seine Tasse Kaffee auf den Tisch und lächelte den Direktor kühl an. „Wenn Sie wünschen, dass zukünftige Kommunikationen einvernehmlich sind, sollten Sie darauf achten, ihre Zunge zu hüten."

Der Direktor wurde rot, sein Hals und seine Wangen verfärbten sich sichtlich. Edwin hatte früher schon gesehen, wie der Kiefer des Direktors fester wurde und wie seine Augen aufblitzten … bevor er einen seiner Agenten verbal niedermachte.

Zum Glück trat der blonde Agent vor und hob eine Hand. „Ich bin sicher, wir alle wissen die großen Anstrengungen zu schätzen, die Sie unternommen haben, um Marlow aufzuspüren, Mister Russo." Er warf einen Blick auf den Direktor, konzentrierte sich dann auf Russo und fügte hinzu: „Und danke, dass Sie bereit sind, die verbleibenden Forschungsunterlagen des Wissenschaftlers mitzubringen. Sie werden sicher aufbewahrt."

Moment mal – verbleibende Unterlagen? Was bedeutete das?

Edwin konnte sich nicht davon abhalten zu blasen: „Sie haben nicht alle seine Forschungsunterlagen mitgebracht?“

„Ich habe das meiste zerstört“, sagte Jared und lächelte dünn. „Ich hätte alles gelöscht, aber die Regierung schien zu glauben, dass es noch gebraucht wird.“

„Aber ich –“

Direktor Jeffries unterbrach Edwin und sagte: „Ja, danke. Ihre Zusammenarbeit wurde sehr geschätzt.“ Der Direktor begann damit, alle einander vorzustellen.

Edwin fand sich plötzlich abgelenkt, und es lag nicht an den Namen, die genannt wurden, sondern an einer großen, warmen Hand, die auf seinen Oberschenkel gelegt wurde und sein Bein massierte, was es extrem schwierig machte, sich zu konzentrieren.

KAPITEL 2

Byron Ziegler war noch nie in seinem Leben so hart gewesen. Es erforderte jedes Quäntchen Selbstbeherrschung in seinem Körper, um nicht zu sagen *zur Hölle mit allem* und den niedlichen, dünnen Twink, der neben ihm saß, über seine Schulter zu werfen und von diesem Ort zu verschwinden.

Würde Edwin sich sehr wehren? Würde er freiwillig mitgehen? Er konnte es kaum erwarten, die zu weiten Klamotten von Edwins Körper zu entfernen und herauszufinden, was darunter lag, wie Edwin auf seine Berührung reagierte.

Als Byron begriff, dass diese Gedanken nichts gegen seinen schmerzenden Schwanz tun würden, konzentrierte er sich auf Sebastian. Der Vampir grinste breit und zeigte seine Fangzähne. „Ja, das stimmt, Direktor Jeffries. Ich vertrete den Vampirrat." Er bewegte die Hand in Carsons Richtung, der den Arm fest um Jareds Schultern gelegt hatte. Mit so vielen möglichen Bedrohungen im Raum wusste Byron, dass Carson seinem Wolf versichern musste, dass mit seinem Gefährten alles in Ordnung war.

Byron ging es genauso. Deshalb hatte er, sobald er Edwin gerochen und erkannt hatte, dass der Mensch sein Gefährte war, ihn berühren müssen. Er schätzte die Tatsache, dass seinen Gefährten die diskrete Berührung nicht zu stören schien, weil er sich einfach nicht davon abhalten konnte. Sein Wolf wollte unbedingt mit Edwin allein sein, um ihn auf eine intime Art zu erkunden.

Konzentriere dich, verdammt noch mal!

„Sie sollten wissen, Direktor“, fuhr Sebastian fort, „dass Carson und Byron …“ Er deutete nacheinander auf jeden von ihnen. „… das Rudel der Wolfswandler repräsentieren, die einige Stunden entfernt von hier in Stone Ridge leben. Dieses wiederum hat die Befugnis, für eine Reihe anderer Wandler-Rudel im ganzen Land zu sprechen.“ Sein Lächeln wirkte freundlich genug, erreichte aber nicht seine kühlen blauen Augen. „Nun, da Sie von uns wissen und Kontakt hergestellt haben, was wollen Sie?“

Direktor Jeffries’ Lächeln erreichte seine Augen ebenfalls nicht. „Wir möchten, dass Sie unter dem Radar bleiben. Wenn das Wissen über Ihre Existenz an die Öffentlichkeit gelangt, würde dies nur eine Panik auslösen.“

Sieht aus, als ob jeder hier einen kühlen Kopf behält.

Byron entschied, dass die Dinge etwas aufgeheizt werden mussten, und grinste breit. Declan, sein Alpha, hatte ihn nicht umsonst hergeschickt. „Nun, das ist großartig. Es klingt, als wollten wir beide dasselbe, oder?“ Er lehnte sich in seinem Sessel zurück und sah zuerst seine Freunde an, dann Direktor Jeffries und seine beiden Handlanger Agent Haroldson – das Arschloch, das Edwin belästigt hatte – und dessen ruhigeren Kollegen, Agent Craigson. „Wir werden uns ruhig verhalten. Sie erzählen es niemandem. *Wir* erzählen es niemandem, und wenn was durchsickert, arbeiten wir zusammen, um es entweder einzudämmen oder abzustreiten." Er lächelte und fügte hinzu: „Keine Experimente, kein Töten und keine Folter … auf beiden Seiten, und wir werden alle gut miteinander auskommen."

„K-keine Experimente?"

Edwins gequietschte Worte lenkten Byrons Aufmerksamkeit wieder auf seinen Gefährten. „Genau", antwortete er, als er Edwin ansah – ihn *wirklich* ansah. Sein Gefährte trug einen Laborkittel über einem hellblauen Hemd und einer weiten schwarzen Hose. Sein zerzaustes braunes Haar hing unordentlich um sein schmales Gesicht, als wäre er mehrmals mit den Händen hindurchgefahren. Er trug eine Brille mit schwarzem Rand, die die Magerkeit seines blassen Gesichtes nur noch betonte.

Heilige Scheiße, mein Gefährte ist Wissenschaftler?

Edwins Augenbrauen zogen sich zusammen. „Aber ich bin Wissenschaftler. Experimente durchzuführen gehört zu meiner Arbeit. Deshalb wollte ich Marlows Unterlagen. Ich möchte überprüfen, was er getan hat und herausfinden, ob Ihre Heilungsfähigkeiten der Menschheit helfen können."

Byron hörte Edwin sprechen, aber nachdem er *Experimente durchzuführen gehört zu meiner Arbeit* gehört hatte, war sein Verstand abgeschaltet, und er verstand die restlichen Worte seines Gefährten nicht wirklich. *Edwin will an Wandlern experimentieren.* Diese Worte zogen in einer endlosen Schleife durch seinen Kopf.

Byron sprang auf und ließ seinen Stuhl nach hinten fallen. Er wich weiter zurück, während er eine Hand hob und auf Edwin zeigte. „Keine verdammten Experimente. Meine

Leute haben lange und hart gekämpft, um dieses Arschloch loszuwerden. Wir werden uns nicht damit einverstanden erklären, dass seine Folter fortgesetzt wird", brüllte er fast.

Edwin stand auch auf. Er streckte die Hand nach ihm aus, dann ballte er die Hände. Er sah sich zu den anderen um, bevor er Byron ernsthaft ansah. „Warten Sie, Sie verstehen nicht!"

„Ich verstehe das sehr gut, Gefährte", schnappte Byron. „Du willst etwas von einem Wandler wegnehmen und es den Soldaten geben." Er schnaubte abfällig und wandte sich ab, um im Raum auf und ab zu gehen. Er machte eine Pause und starrte den Direktor an. „Haben Sie uns tatsächlich deshalb hierher gebracht? Sie werden uns jetzt nicht gehen lassen?"

Sebastian trat vor ihn und ergriff seine Oberarme. Ein weiteres Paar fester Arme schlang sich um seine Taille, und Byron erkannte Carsons Duft. Normalerweise genoss er es nicht, eingepfercht zu werden, aber Byron brauchte in seinem aufgeregten Zustand die Präsenz seines Rudelvollstreckers.

„Du musst dich beruhigen, Byron", drängte Carson und murmelte in sein Ohr. „Nimm ein paar langsame, tiefe Atemzüge."

Byron folgte dem Rat des Vollstreckers. Er wusste, dass es nicht akzeptabel war, hier seine Coolness zu verlieren. Was zum Teufel war los mit ihm? Eigentlich wusste Byron es. Sobald er das Gefühl hatte, genug Kontrolle über seinen Mund zu haben, murmelte er: „An Diana wurde herumexperimentiert." Er schluckte schwer bei den Erinnerungen, wie gebrochen und ängstlich seine Halbschwester gewesen war, als er von seinem Einsatz zurückgekehrt war.

Als er zu dem Rudel zurückkehrte, in dem er aufgewachsen war, hatte er erfahren, dass seine Stiefmutter wieder geheiratet hatte. Sie hatte seine Halbschwester mitgenommen und war zu einem neuen Rudel gezogen. Sie hatte nur keine Informationen darüber hinterlassen, zu welchem Rudel sie gegangen waren. Er hatte Nachforschungen angestellt und Diana schließlich als Flüchtling in Declan McIntires Rudel aufgefunden. Es hatte mehrere lange Gespräche und eine gründliche Überprüfung des Hintergrunds erfordert, um zu beweisen, dass er nichts damit zu tun hatte, seine Halbschwester an Wissenschaftler zu verkaufen.

Diana erzählte immer noch nicht, was mit seiner Stiefmutter passiert war oder welches Rudel seine Mitglieder verkaufte.

„Sie wird es nie verstehen, wenn ich mich mit einem Wissenschaftler verpaare, der Experimente an Wandlern durchführte", flüsterte er. Er ließ seine Augen zufallen und murmelte: „Was zum Teufel dachte sich das Schicksal dabei?"

„Man kann nie wissen, wie die Leute reagieren werden", erklärte Jared leise.

Byron sah zu seiner Rechten und war überrascht, Carsons Gefährten so nahe zu finden.

Jareds Lippen verzogen sich ein wenig, und seine haselnussbraunen Augen funkelten vor unbenannten Gefühlen. „Verdammt, kannst du dir vorstellen, dass das Schicksal mich und ihn zusammengebracht hat?" Er deutete mit dem Daumen auf Carson.

„Aber es funktioniert", sagte Sebastian.

Byron wusste, was seine Freunde sagten. Das Schicksal machte keine Fehler, und er sollte seinem Gefährten eine Chance geben. Nur konnte er das nicht. Nicht, wenn die psychische Gesundheit seiner Schwester dabei auf dem Spiel stand. Byron war alles, was Diana hatte, und er konnte seine eigenen Bedürfnisse nicht vor ihre stellen.

Byron schüttelte den Kopf und löste sich aus der Umarmung seines Rudelkameraden. „Diana ist nicht stark genug", beharrte er.

„Sollte sie das nicht einschätzen?", konterte Carson. „Deine Schwester ist stärker als du glaubst."

„Würde sie wollen, dass du dich ohne Erklärung von deinem Gefährten abwendest?", drängte Sebastian.

„Hören Sie, ich weiß nicht, was hier los ist, aber wir haben einiges zu besprechen", unterbrach Direktor Jeffries nachdrücklich. „Wir verlangen schriftlich, dass Ihre Art sich nicht in menschliche Angelegenheiten einmischt oder es wird Konsequenzen geben."

Carson knurrte für einen Moment tief in seinem Hals und verriet seinen Unmut über die Unterbrechung. Es war jedoch genau das, was Byron brauchte, um ihn nicht nur daran zu erinnern, wo er sich befand, sondern auch daran, dass dies weder die richtige Zeit noch der richtige Ort war.

„Ich kann nicht bleiben", sagte er schroff. Er richtete sich auf und entfernte sich. „Es tut mir leid."

Während er sah, wie Sebastian und Carson einen Blick wechselten, sagte Jared überraschenderweise: „Mach eine Wanderung, Byron. Wir regeln das hier." Seine haselnussbraunen Augen enthielten eine ruhige Sicherheit, fast so, als wüsste er etwas. „Wir werden mit dem Papierkram ins Hotel zurückkehren, bevor etwas unterschrieben wird.“ Er drehte sich um und verschränkte die Arme vor der Brust. „Zum Teufel, wir werden auf keinen Fall etwas unterschreiben, ohne untereinander außerhalb dieser Einrichtung zu reden.“

Direktor Jeffries runzelte die Stirn. „Was zur Hölle ist dann der Sinn dieses Treffens?“

„Dieses Treffen“, antwortete Sebastian und lächelte, als er in das Gespräch einstieg, „zeigt unsere Bereitschaft, Kontakt aufzunehmen. Nur weil Sie etwas wollen, heißt das nicht, dass Sie es bekommen.“ Er grinste und zeigte wieder seine Fangzähne. „Betrachten Sie es als Verhandlung zwischen zwei Parteien.“

Die Augen des Direktors verengten sich. „Wollen Sie damit sagen, dass Sie unsere Feinde sein könnten?“

„;Nein“, sagte Byron schnell, denn er wollte die Gruppe nicht im Stich lassen. „Als zwei Parteien, die sich gegenseitig von Nutzen sein können.“

„Genau“, stimmte Sebastian zu. „Sie kennen nicht einmal die Anzahl der Wandler und Vampire in Ihrem Militär, bei Ihrer Polizei, sogar auf allen Ebenen der Rettungsdienste“, betonte er. „Wir retten jeden Tag Leben, paranormale und menschliche. Wir diskriminieren nicht.“ Diesmal erreichte das Lächeln des Vampirs seine Augen, als er seine Arme ausstreckte, die Hände beinahe wie in einer Bitte. „Jetzt sind wir hier, um sicherzustellen, dass die Regierung dasselbe für unser Volk tut.“

Byron unterdrückte ein überraschtes Lächeln. Okay, der Vampir war gut. Das konnte er zugeben. Da die Sache jetzt zumindest unter Kontrolle war, drehte sich Byron und verneigte sich. Er konzentrierte sich weiterhin auf den Direktor und sagte: „Wir haben Ihnen bereits den Verbrecher Sampson Marlow übergeben. Sobald wir zu einvernehmlichen Bedingungen gelangen, übergeben wir die restlichen Informationen."

Ohne ein weiteres Wort drehte Byron sich um und verließ den Konferenzraum. Bevor die Tür geschlossen wurde, hörte er Carson erklären: „Bitte verzeihen Sie sein abruptes Weggehen. Von Experimenten zu sprechen ist für Byron schwierig. Seine Schwester war …"

Die Tür schloss sich und unterbrach alle Geräusche. Er blieb stehen, und seine Füße fühlten sich plötzlich bleiern an. Er konnte einen Schauder nicht unterdrücken, als er seine rechte Hand zum Türknauf streckte. Byron schluckte schwer und zwang seine Hand zurück an seine Seite.

Seufzend schüttelte er den Kopf und wandte sich ab. Er musste seinen Kopf aus dem Arsch ziehen und mit seinem Leben weitermachen. Byron wusste nicht, was das Schicksal sich dabei gedacht hatte. Er konnte sich nicht mit einem Wissenschaftler verbinden, der an Wandlern experimentieren wollte. Es gab keine andere Lösung. Er musste diese Begegnung aus seinem Kopf verdrängen.

Byron zwang seine Füße, sich zu bewegen, und verließ das Gebäude.

Nachdem er die Schlüssel auf die Kommode gelegt hatte, blieb Byron halb im Raum stehen. Er runzelte die Stirn. Langsam schaute er durch das Hotelzimmer. Byron schnupperte und runzelte dann die Stirn. „Wie zur Hölle bist du hier vor mir reingekommen?“

Ein Licht ging auf einem der Nachttische an und enthüllte Jared, der auf einem Stuhl auf der anderen Seite des Raums zwischen Bett und Tisch saß.

Byron sah den Mann finster an. „Was machst du hier?“ Er schüttelte den Kopf. „Hölle, wie bist du überhaupt so schnell hierhergekommen?“

Jared lachte. „Du bist vom CIA-Gebäude zu Fuß gegangen. Ich bin einen verdammten Porsche gefahren. Wie, denkst du wohl, bin ich hier vor dir angekommen?“

Byron nickte und gab zu: „Ich musste meinen Kopf frei bekommen.“ Nicht, dass er in den eineinhalb Stunden etwas herausgefunden hatte, um das zu erreichten.

„Bedeutet das, dass du das hier brauchen wirst?“, fragte Jared und hielt eine unscheinbare Visitenkarte hoch.

Byron trat näher und schaltete dabei das Hauptlicht an, dann sah er die Kontaktinformationen von Direktor Jeffries auf der Karte. Er runzelte die Stirn. „Warum sollte ich –“

Jared drehte die Karte um. Auf der Rückseite hatte jemand in Blockschrift eine Adresse geschrieben. Grinsend lehnte Jared sich vor und legte sie auf den Nachttisch.

Die Erkenntnis traf Byron. Er schüttelte den Kopf. „Nein, ich werde ihn nicht aufsuchen. Ich dachte, ich hätte meine Entscheidung klar gemacht“, schnappte er. Er versuchte, seinen Wolf zu ignorieren. Sein Tier knurrte und schnappte in seinen Gedanken und drängte ihn, genau das zu tun, was er nicht tun konnte. Er hasste es, mit seinem Wolf zu kämpfen, aber sein Tier verstand nicht, dass manchmal äußere

Variablen involviert waren.

„Du hättest Edwins Gesicht sehen sollen“, fuhr Jared fort und ignorierte seinen Ausbruch. „Früher habe ich davon gelebt, Leute zu lesen … über sie zu lernen, ihre Handlungen zu interpretieren und herauszufinden, wie sie unter verschiedenen Umständen reagieren würden.“ Er stand auf und ging zum Fenster. Er stand direkt neben den Vorhängen konnte hinausschauen, war aber wahrscheinlich selbst nicht zu sehen.

„Und?“, fragte Byron, unsicher, warum Jared ihm das sagen sollte. Er hatte im Rudel Gerüchte gehört, dass Carsons menschlicher Gefährte wahrscheinlich eine sehr zwielichtige Vergangenheit hatte. Warum sollte Jared dieses Gerücht quasi bestätigen?

„Dein Gefährte ist also ein Wissenschaftler“, fuhr Jared fort und starrte aus dem Fenster. „Er beschäftigt sich mit Logik, mit dem, was er sehen, berechnen und quantifizieren kann. Er wird die Anziehungskraft, die er für dich empfunden hat, darauf schieben, dass es zu lange her ist, seit er flachgelegt wurde.“ Jared drehte sich um und lächelte ihn an. „Er ist ein Mensch. Er wird mit seinem Leben weitermachen. Einen Liebhaber finden, der was gegen das Jucken tut und wenn du weg bist, wird es irgendwann verschwinden.

Byron spürte, wie sein Blut kochte bei dem Gedanken, dass Edwin von einem anderen berührt wurde. Sein Wolf heulte in seinem Hinterkopf. Er spannte seinen Kiefer und kämpfte gegen den Drang an, wegen der Ungerechtigkeit von allem zu toben.

Jared kam auf ihn zu und klopfte ihm auf die Schulter,

als er an ihm vorbei und zur Tür ging. „Der Papierkram liegt auf dem Tisch. Hör zu. Wenn Carson mit dem Essen zurückkommt, werde ich ihn durch die Matratze ficken, dann kommen wir rüber und essen … hören uns deine Meinung darüber an, was die Regierung will."

Mit diesen Abschiedsworten ging der Mann.

Byron starrte die geschlossene Tür für ein paar Sekunden an, lockerte seinen Kiefer und versuchte, seinen Atem zu beruhigen und seinen rasenden Puls zu beruhigen.

„Verdammt noch mal", knurrte er und ging durch den Raum und zum Tisch.

Sein Blick wanderte zum Nachttisch und die Visitenkarte, die am Lampensockel lehnte. Byron zischte und schlug mit der Faust auf den Tisch. Schmerz schoss seinen Arm hoch, aber zumindest gab es ihm etwas anderes, worauf er sich konzentrieren konnte.

Byron ließ sich auf dem Stuhl nieder, den Jared verlassen hatte, und zog die Akte in seine Richtung. Er öffnete den Deckel. Eine handgeschriebene Notiz, die mit den gleichen Buchstaben wie die Adresse geschrieben war, klebte darauf.

In die Computer des Wissenschaftlers gehackt. Führt Experimente an Ratten durch. Verwendet Wandlerblut, um zu versuchen, sie zu heilen. Von Gestaltwandler unterstützt. Alles Blut eines anonymen Spenders.

Byron starrte die Wörter an. Las sie noch zweimal, bevor er sich zurücklehnte und seufzte. Er schüttelte den Kopf und versuchte zu verstehen, warum Jared dies für angemessen hielt.

Oh, verdammt, ich weiß schon die Antwort darauf.

Obwohl, zugegebenermaßen, er war irgendwie neugierig, wie sich der Mann in das Computersystem gehackt hatte.

„Halt, nein, das bin ich nicht."

Byron schüttelte den Kopf und rappelte sich auf. Er ging durch den Raum, seine Gedanken rasten. Konnte er Jareds Informationen vertrauen? Würde Edwin überhaupt in Betracht ziehen, ihm eine zweite Chance zu geben? Was würde Diana dazu sagen?

Byron dachte an seine Halbschwester und begriff, dass er sie vor fast zwanzig Minuten hätte anrufen sollen. Er hatte ihr erzählt, dass er nach dem Meeting anrufen würde. *Meine Güte, ich habe noch nicht mal etwas mit meinem Gefährten gemacht und es beeinträchtigt schon, wie ich mich um Diana kümmere.* Mit siebzehn Jahren hätte sie rebellieren sollen, sich mit Jungs befassen und ihm Kopfschmerzen bereiten. Stattdessen saß sie oft zu Hause und las. Selbst sie dazu zu bringen, sich zu verwandeln und zu laufen, war zu einer Herausforderung geworden.

Byron zog sein Handy heraus, drückte eine der Kurzwahltasten und hob es an sein Ohr.

„Willst du wieder nachhören, ob bei mir alles okay ist?"

Byron lehnte sich gegen die Wand und starrte aus dem Fenster. Er lächelte. Endlich ein Funke. „Natürlich. Ich möchte nur, dass du in Sicherheit und glücklich bist."

Diana schnaubte. „Was mich glücklich machen würde, ist, wenn du ein Leben hättest, Byron."

„Ich habe ein Leben. Ich bin Feuerwehrmann, Elternteil und Tracker im Rudel." Er zwang sich zu einem Lächeln, als er fragte: „Was brauche ich noch?"

„Wie wäre es, wenn du dich mal auf etwas anderes als auf mich konzentrieren würdest?", drängte Diana. „Auf einen Freund vielleicht?"

Byrons Kiefer sackte nach unten. Er konnte das Grinsen in ihrer Stimme praktisch hören. „Was … was hast du gesagt?" Er erinnerte sich nicht daran, Diana erzählt zu haben, dass er Männer mochte.

Diana kicherte. „Hey, ich habe gesehen, wie du Travis, den Tierarzt, anglotzt. Lass dich nur nicht von seinem Gefährten dabei erwischen."

Er dachte an den Menschen, den er gelegentlich beim Grillen beim Alpha bewundert hatte. Travis war ein menschlicher Tierarzt und mit dem Buchhalter des Rudels, Rainy MacDougal, verpaart.

Travis kann es nicht mit meinem Gefährten aufnehmen.

„Was hast du gerade gesagt?"

Byron konzentrierte sich wieder auf seinen Anruf, als er die Überraschung in der Stimme seiner Schwester hörte. „Ich habe nichts gesagt."

„Zum Teufel, von wegen du hast nicht", antwortete Diana mit klarer Aufregung.

„Pass auf deine Wortwahl auf, Schwesterherz", tadelte er.

„Oh nein", schnappte Diana. „Du lässt keine Bombe fallen, wie zum Beispiel, dass du deinen Gefährten gefunden hast, und meckerst dann mich an, weil ich *böse Wörter* benutze.

Wer ist er?" Ihre Stimme wurde lauter, als sie fortfuhr: „Ist er in Denver? Weiß er über Wandler Bescheid?"

Byrons Augen weiteten sich, als ihm klar wurde, dass er seinen Gedanken laut ausgesprochen haben musste. „Scheiße."

„Oh, wer benutzt jetzt böse Wörter?", schnappte sie. „Was ist los? Warte! Ist es eine Frau?"

„Nein", gab Byron zu. „Er ist ein Regierungswissenschaftler."

Zu seiner Überraschung lachte Diana. „Nett! Unser Rudel wird also jemanden bei der Regierung haben. Der Alpha wird das mögen."

Byrons Mund klappte auf, er war überrascht und verwirrt von ihrer Antwort. „Es ist dir egal?"

Byron hörte für einige lange Sekunden nichts als Dianas Atem. Schließlich sagte seine Schwester: „Ich weiß, dass du dich für das verantwortlich fühlst, was mir passiert ist, aber es war nicht deine Schuld."

Tränen brannten hinter Byrons Augen und er neigte den Kopf. „Ich weiß das."

„Sag mir etwas", verlangte Diana leise. „War dein Gefährte einer der Leute, die für den Wissenschaftler gearbeitet haben, den unser Rudel gestoppt hat?"

„Nein", bestritt er schnell.

„Dann bestraf euch beide nicht für die Verbrechen eines anderen Wissenschaftlers."

Byron schluckte schwer und zwang die Tränen zurück. „Wie bist du so schlau geworden?"

„Äh." Byron konnte sich ein leichtes Achselzucken vorstellen, wie es nur ein Teenager konnte. „Ich lese viel. Du sollltest es auch mal versuchen."

„Diana", knurrte er, obwohl sie beide wussten, dass in seinem warnenden Ton kein echtes Feuer war. Byron wusste eines mit Sicherheit. Während er es hasste, auf Knien zu rutschen, musste er einen Weg finden, um den Verrat, den sein Gefährte wahrscheinlich bei seinen Handlungen empfand, wiedergutzumachen.

Ich werde einen Weg finden.

KAPITEL 3

„Ich möchte nicht darüber reden", schnappte Edwin.

Tobys Brauen schossen in die Höhe. Sein Kiefer sackte für eine Sekunde nach unten, dann schloss er schnell den Mund und öffnete ihn erneut, um zu fragen: „D-Du willst nicht über die Ergebnisse der Analyse sprechen?"

Edwin blinzelte. Natürlich würde sein Assistent nicht nach Byron fragen. Zum Teufel, der junge Geek hatte wahrscheinlich nicht einmal was von den unterschwelligen Ereignissen mitbekommen, die gestern im Konferenzraum vor sich gegangen waren, … selbst als einer der Wandler früher aufbrach.

Edwin nickte und ging zum Computer. „Richtig. Dann machen wir uns mal daran."

Obwohl sich seine Augen bereits aufgrund des Schlafmangels rau anfühlten, versuchte Edwin, sich auf den Bildschirm zu konzentrieren. Er hatte Stunden damit verbracht, sich in seinem Bett hin und her zu werfen und zu drehen, während er versuchte, seinen harten Schwanz zu ignorieren, bis er schließlich aufgegeben und gewichst hatte. Als er sich das Gefühl der schwieligen Hände des Afroamerikaners vorstellte, die über seine Haut glitten, hatte er verdammt schnell abgespritzt.

Dann hatte er von dem Wolfswandler geträumt.

Edwin rieb sich die Augen, verdrängte das Objekt seiner Begierde aus seinem Kopf und machte sich an die Arbeit. Er verlor sich in seiner Arbeit und die Zeit verging wie im Flug. Er schätzte das größtenteils, da es ihm erlaubte, den anderen Mann aus seinem Kopf zu vertreiben.

„Hey, hast du Hunger? Ich habe Hunger."

Tobys Ankündigung veranlasste Edwin, seinen Kopf von dem Mikroskop zu heben, durch das er gerade hindurchspähte. Er winkte mit der Hand. „Geh nur. Ich werde mir später etwas holen."

Toby nickte und verließ das Labor. Er bewegte seine ziemlich große Masse beeindruckend schnell bei der Aussicht auf Nahrung.

Nachdem er das Mikroskop noch einmal überprüft hatte, drehte er seinen Hocker herum und rollte das notwendige Stück, um vor seinem Computer anzuhalten. Er tippte auf die Tastatur und gab Daten ein.

Zunächst ignorierte Edwin das Klopfen an der Tür. Die meisten Leute wussten, dass es besser war, ohne Einladung in sein Arbeitsumfeld zu kommen. Wer auch immer es also war, würde einfach weggehen. Die tiefe Stimme des Sprechers zerstörte jedoch jegliche Hoffnung, dass Edwin den Gast ignorieren könnte.

„Edwin, kann ich kurz mit dir reden?"

Edwin wirbelte auf seinem Hocker herum, verlor beinahe das Gleichgewicht und wäre fast vor Überraschung heruntergefallen. Beim Anblick von Byron, der gerade in der Tür stand, stand sein Mund auf. „Was machst du hier?", platzte er heraus.

Byron verzog das Gesicht. „Ich möchte mich für meine Handlungen gestern entschuldigen."

„Du hast mich abgelehnt. Gefährten sollen das eigentlich nicht tun." Edwin schlug sich die Hand vor den Mund. Mist, er musste wirklich seine außer Kontrolle geratene Zunge in den Griff bekommen. Aber was Byron getan hatte, war wirklich beschissen gewesen.

Byron kniff die Augen zusammen und neigte seinen Kopf ein wenig.

Es war für Edwin eine sehr hundeartige Bewegung, und er fragte sich, wie der große Mann als Wolf aussah. Würde er die gleiche Bewegung machen?

„Was weißt du über Gefährten?", fragte Byron leise und trat ein paar Schritte weiter in den Raum.

Edwin fand, dass der Gestaltwandler so aussah, als würde er ihn wie ein Beutetier verfolgen. Er schauderte und fühlte sich wirklich wie Beute. Sein Schwanz verdickte sich in seiner Hose, reagierte auf den intensiven Ausdruck in Byrons dunklen Augen. Bei den Reaktionen seines Körpers auf den Mann verspürte Edwin einen Anflug von Frustration. Er hatte Stunden damit verbracht, an diesen Mann zu denken … an diesen Wandler, der sich so leicht von ihm entfernt hatte.

„Ich weiß genug", antwortete er ausweichend. Was wollte Byron von ihm? Er hatte bereits klar gemacht, dass er nichts mit ihm zu tun haben wollte, weil er Wissenschaftler war. „Ich bin nicht so wie der Mann, den ihr aufgehalten habt", sagte er und hasste es, dass Byron ihn über den gleichen Kamm wie Marlow geschoren hatte, nur weil sie beide mit

Wandler-DNA arbeiteten.

„Du hast recht“, antwortete Byron. „Und es war falsch von mir anzunehmen, dass du es bist.“

Edwins Brauen schossen in die Höhe. „Häh?“

„Ich würde es gerne wieder gutmachen“, fuhr Byron fort und kam näher.

Sein Blick wanderte über Edwin, und der Ausdruck *mit den Augen ausziehen* ergab endlich Sinn für ihn. Byrons Blick brannte wie ein heißes Eisen und schickte Feuer durch sein Blut. Edwin richtete sich auf dem Stuhl auf und sein Mund wurde trocken. Er sah sich in seinem Labor um. Bestimmt wollte Byron nichts hier in seinem Labor machen, wo jeder hineinkommen konnte.

„W-wie machst du … ähm, hast du vor, das zu tun?“ Edwin hielt sich bei seinen unbeholfenen Worten mühsam davon ab, das Gesicht zu verziehen.

Byron erreichte ihn. Der Gestaltwandler musste mehrere Zentimeter über eins achtzig groß sein, und da Edwin auf dem Hocker saß, überragte Byron ihn. Er beugte sich hinunter und legte seine Hände auf den Tisch zu beiden Seiten von Edwin, um ihn einzupferchen.

Zuerst dachte Edwin, dass Byron ihn küssen würde, als Byron seinen Kopf senkte. Stattdessen flüsterte Byron in sein Ohr: „Ich zeig es dir“, dann richtete er sich auf.

Als Byron sich zurückzog, schossen Edwins Brauen hoch. „Wa –“

Byron streckte die Hand aus. „Kommst du mit mir?“

Langsam streckte Edwin die Hand aus und legte seine Finger auf die Handfläche des anderen Mannes. Er schauderte bei den Schwielen, die er fühlte, und war froh, dass er sie am Tag zuvor durch seine dünne Hose richtig gespürt hatte. Edwin ließ sich auf die Füße ziehen.

Byron hörte nicht auf. Er hob ihre vereinten Hände und drückte einen Kuss auf Edwins Fingerspitzen, streifte sie leicht mit seinen vollen Lippen. „Woher bekommst du das Blut, das du benutzt?"

Edwin, der sich immer noch auf Byrons volle Lippen konzentrierte, bemühte sich, eine Antwort zu formulieren. „Warum diese Frage?" Edwin war sich nicht sicher, ob er von seinem Patenonkel und den Paketen, die der Wandler ihm monatlich schickte, erzählen wollte.

„Weil ich wissen möchte, welche Art von Blut du normalerweise verwendest", antwortete er und zog ihn zur Tür. Er blieb an der Tür stehen und öffnete sie. „Ihr könnt jetzt reinkommen."

„Ähm", Edwin beobachtete, wie zwei Männer eintraten, zuerst ein großer Kerl mit hellbraunen Haaren und einer eindeutig militärischen Haltung, gefolgt von einem kleineren Mann mit sandfarbenen Haaren und haselnussbraunen Augen. „Wer sind diese Typen?" Er wich instinktiv zurück. Jeder dieser Fremden konnte ihn überwältigen und sein Labor verwüsten. Was wollten sie?

Byron ließ Edwins Hand los und legte einen starken Arm um seine Taille. Der Wolfswandler zog ihn gegen seine Seite. Edwin sah überrascht auf. Byron lächelte zu ihm hinunter, und die Wärme in seinen Augen überraschte ihn.

„Dies sind Nick Greely und sein Gefährte, Miach Coleman", stellte Byron vor und zeigte zuerst auf den kleineren Mann, dann auf den größeren der beiden. Byron hob die freie Hand und umfasste Edwins Kiefer. Mit etwas Druck drehte er Edwins Kopf und drängte ihn, seinen Blick zu treffen. „Ich entschuldige mich dafür, dass meine Vorurteile zwischen uns geraten sind. Ich hätte gerne die Gelegenheit, dich kennenzulernen."

Edwin gefiel das. Alles, was sein Pate über die Anziehungskraft zwischen Gefährten gesagt hatte, war definitiv wahr. Hoffentlich würden sich ihre Persönlichkeiten nicht gegenseitig in den Wahnsinn treiben, wenn sie mehr über einander herausgefunden hatten. Er freute sich wirklich darauf herauszufinden, wie die Chemie im Bett aussehen würde.

Aber was hatten diese Männer damit zu tun?

„Und die da?" Edwin winkte Miach und Nick zu.

Byron grinste und zeigte gleichmäßige weiße Zähne. „Um meine Aufrichtigkeit zu beweisen, möchte ich mein Blut für deine Forschung spenden. Ich bin ein Wolfswandler, Nick auch. Ich mag gestern vielleicht etwas ausgeflippt sein, aber ich habe bemerkt, wie aufgewühlt du warst, weil du nur in begrenztem Umfang Zugang zu Marlows Unterlagen bekommst." Er ließ Edwins Kinn los und zeigte auf Miach. „Vor einiger Zeit war Miach Soldat bei Marlow. Er hat den Prozess durchlaufen, den Marlow mit seinen Experimenten durchgeführt hat, also solltest du sein Blut sehr … interessant finden."

Edwins Brauen schossen in die Höhe. Hatte Byron ihm gerade gesagt, was er glaubte? Er starrte Miach an. Der große Mann hob eine Braue und forderte ihn lautlos heraus, etwas zu sagen. Edwin war noch nie jemand gewesen, der seine Fragen zurückhielt, also fragte er: „Sie sind einer der Veränderten?"

Miach grinste. „Das bin ich. Und wir können uns duzen."

„Wow!", murmelte Edwin. Er warf einen Blick zwischen den Männern hin und her. „Und ich kann dir Blut abnehmen?"

Miachs Kiefer spannte sich für eine Sekunde, dann nickte er knapp.

Wenn Edwin raten müsste, mochte der Mann wahrscheinlich keine Nadeln mehr …, wenn sie ihn überhaupt je nicht gekümmert hatten. „Danke", sagte er und warf einen Blick zwischen den Neuankömmlingen hin und her. Er sah zu Byron auf und lächelte zögernd. „Entschuldigung angenommen."

Byron grinste und zeigte ebenmäßige weiße Zähne. „Bedeutet das, dass du mit mir zu Abend essen wirst, nachdem du uns Blut abgenommen hast? Oder muss ich warten, bis du dir alle Proben angeschaut hast?"

Edwin kicherte. „Vielleicht nur, bis ich mir Miachs angesehen habe. Ich glaube nicht, dass ich diesem Angebot widerstehen kann", gab er zu. Edwin zog sich zurück und ging zur anderen Seite des Raumes. Er nahm nicht oft jemandem Blut ab, aber gelegentlich nahm er sein eigenes oder Tobys, um es mit dem seines Paten zu vergleichen. „Es wird interessant sein zu sehen, ob sich Wolfswandler-Blut von Pumawandler-Blut unterscheidet", stellte er abwesend fest und zog einzeln verpackte Spritzen heraus. „Nimm Platz", wies er an und deutete auf einen Hocker in der Nähe.

Byron fing den Hocker mit der Schuhspitze ein, zog ihn zu sich und setzte sich.

Nachdem er Byrons Ellenbeugen abgewischt hatte, hielt er die Nadel hoch. „Bereit?“

„Mach es“, befahl Byron schroff.

„Ich bin gut darin“, versicherte Edwin. „Es sollte nicht zu sehr weh tun.“

Als er die Nadel vorsichtig einführte, bemerkte Edwin, dass Byron in die andere Richtung schaute, während er leise murmelte: „Ich war einige Jahre beim Militär. Du würdest nicht glauben, wie viele Tricks wir verwenden, um zu verhindern, dass wir unser Blut tatsächlich an Ärzte abgeben.“

„Ich kann verstehen, warum das so ist“, antwortete Edwin leise. Sobald die Phiole gefüllt war, klemmte er den Schlauch fest. Edwin zog das Fläschchen ab und seine Hand schwebte über dem Behälter mit Tupfern. „Ähm.“ Er warf Byron einen Blick zu und bemerkte, dass der Gestaltwandler ihn mit einem stetigen Blick beobachtete. Er nahm eine zweite leere Phiole und fragte vorsichtig: „Würde es dir etwas ausmachen?“

Byron lächelte. „Die Nadel ist schon drin. Mach nur.“

Edwin lächelte zurück. „Vielen Dank.“

Byron nickte nur.

Nachdem er die zweite Flasche gefüllt hatte, schnappte sich Edwin ein kleines Viereckchen Mull und drückte es auf die Stelle, wo die Nadel in die Haut eindrang. Er zog die Nadel heraus und sagte zu Byron: „Halte das da fest. Ich werde Pflaster holen.“

„Mach dir keine Gedanken deswegen“, sagte Byron zu ihm. „In zwei Minuten wird dies nur noch ein rosa Punkt sein.“

„Oh. Natürlich." Edwin nickte. Richtig, beschleunigte Heilung. Für einen Moment hatte er es vergessen, was seltsam war, denn das war der Sinn seiner Experimente. Verdammt, Byron hatte seinen Kopf gehörig durcheinandergebracht.

Nachdem er die Nadel entsorgt und die Fläschchen sorgfältig etikettiert hatte, bereitete er sich darauf vor, die Prozedur zu wiederholen. Er drehte sich um und fand Nick auf dem Hocker sitzend. Miach stand mit der Hand auf der Schulter neben ihm. Byron lehnte seine Hüfte gegen den Tisch in der Nähe.

Byron lächelte. „Wo hast du das gelernt? Ist es normal, dass ein Gentechniker weiß, wie man Blut abnimmt?"

Edwin widerstand dem Drang, die Achseln zu zucken, da er gerade angefangen hatte, Nicks Arm abzuwischen. „Mein Pate hat es mir beigebracht", gab er zu. „Ich wusste schon immer, was ich werden wollte, wenn ich groß bin, und so baute er im Keller ein Labor." Wenn er an Dillan dachte, wurde er immer etwas melancholisch. „Er erlaubte mir, an ihm zu üben."

„Wow, das ist … ungewöhnlich", stieß Nick hervor.

Edwin warf einen Blick auf das Gesicht des Wandlers, den er gerade gestochen hatte, und sagte: „Er hat immer alles in seiner Macht Stehende getan, um meine Träume zu ermutigen. Dillan war ein großartiger Mann."

„War? Lebt er nicht mehr?", fragte Byron und berührte leicht seine Schulter, um seine Aufmerksamkeit zu erlangen … oder vielleicht nur, weil er ihn berühren wollte.

Edwin war sich nicht sicher.

Edwin tauschte die Fläschchen aus und schluckte

schwer. Dann sah er Byron in die Augen und sagte: „Nein."

„Du weißt, dass wir Lügen riechen können, richtig?", kommentierte Miach milde.

Edwin hielt Byrons Blick einige Sekunden länger, dann konzentrierte er sich wieder darauf, Nicks Blut abzunehmen. Er sagte nichts, bis er die Nadel herausgezogen hatte. Dann lächelte er Miach an und sah zu, wie die beiden Männer den Platz wechselten. „Ich frage mich immer, ob hier Aufnahmegeräte sind, wisst ihr?" Er zuckte die Achseln. „Wir sind in einem Regierungsgebäude.

Byron legte eine Hand auf seine Schulter und sagte: „Einen geliebten Menschen zu verlieren ist immer schwierig. Es tut mir Leid."

Edwin lächelte Byron zu, erleichtert, dass der Wandler verstanden hatte … zumindest genug, um ihn nicht weiter zu befragen.

KAPITEL 4

Als Edwin Miach Blut abgenommen hatte, wechselte Byron Blicke mit Nick und Miach. Sie alle wussten, dass der Mensch gelogen hatte, als er behauptete, dass sein Pate Dillan tot sei. Als sein Gefährte ihm jedoch in die Augen schaute und ihm einen solchen flehenden Blick zuwarf, war ihm klar geworden, dass es zu diesem Zeitpunkt nicht richtig gewesen war, den Mann zu befragen.

Byron schätzte es, dass auch Nick und Miach das verstehen konnten. Als er das Paar am Abend zuvor angerufen hatte, musste er alles zweimal erklären, um sie zu überzeugen. Nick hatte seinen Gefährten nicht in der Nähe der Regierung gewollt.

Erstaunlicherweise war Miach derjenige gewesen, der sich durchgesetzt hatte. Der Mann hatte mehrere Jahre für Sampson Marlow gearbeitet. Byron konnte praktisch die Schuldgefühle in seiner Stimme hören, als er im Hintergrund des Anrufs murmelte und seinen Gefährten dazu drängte, zuzustimmen. Er hatte gehört, wie Miach Nick erzählt hatte, dass ihm die Idee gefiel, dass sein Blut für einen guten Zweck benutzt wurde.

Byron nahm die blutige Gaze ab und steckte sie in die Tasche. Er würde sich später um die Beseitigung Gedanken machen. Es war nicht so, als könnte sich daran irgendjemand anstecken.

„Oh, hier. Gib mir das.“ Edwin hielt eine spezielle Plastiktüte für die Entsorgung von organischem Material auf.

Byron grinste, tat aber wie angewiesen. Er zog die Gaze aus der Tasche und warf sie in die Tüte. Dann sah er zu, wie die beiden anderen Männer auch ihre eigenen kleinen Tupfer in die Tüte fallen ließen, und Edwin entsorgte sie.

Byron beobachtete, wie sein Gefährte alles weglegte und aufräumte, während seine Finger danach juckten, ihn zu packen und fest zu umarmen. Er wollte den Mann festhalten, ihn berühren, seinen Mund erobern und alles tun, was er sich am Tag zuvor verweigert hatte. Schließlich, nachdem Edwin den Bereich abgewischt hatte, konnte Byron nicht länger warten.

Sobald Edwin die schmutzigen Reinigungsutensilien weggeworfen hatte, packte Byron seine Hand und drehte ihn zu sich um. Er lächelte, als er Edwins überraschten Blick wahrnahm und benutzte seinen Griff, um den Menschen näher zu ziehen. Byron legte seinen freien Arm um seine Taille und kuschelte ihn fest an seine Brust.

Byron ließ Edwins Hand los, damit er das Genick seines Gefährten umfassen konnte. Er starrte Edwin in die Augen und sah hinter der Brille eine stürmische graue Farbe. Er lächelte den etwas kleineren Mann an.

„Danke, dass du mir eine weitere Chance gibst, dies zu tun“, erklärte Byron aufrichtig.

Ohne auf eine Antwort zu warten, senkte er den Kopf und drückte seine Lippen auf Edwins. Sein Gefährte quietschte überrascht und gewährte Byron Zugang zu seinem Mund. Er nutzte die Gelegenheit. Byron glitt mit seiner Zunge über Edwins Lippen und in seinen Mund. Als er an Edwins Zunge entlangglitt, explodierte der Geschmack seines Gefährten über seine Geschmacksknospen … maskulin und kräftig mit Spuren gesüßten Kaffees.

Er wollte mehr.

Byron verstärkte den Griff seiner Hand in Edwins Nacken, um den Kopf seines Gefährten ein wenig zu neigen. Er schob seine Zunge tiefer hinein, leckte und zeichnete den Mund des Mannes nach, suchte nach mehr von Edwins berauschender Süße.

Edwin schloss seine Arme um Byron und packte sein Shirt über seinen Schulterblättern. Er fütterte Byron mehrere Atemzüge und drückte seine Lust aus, indem er sich noch näher an ihn schob und seinen Körper von der Brust bis zum Oberschenkel an Byron rieb.

Knurrend vor Wohlgefallen antwortete Byron mit eigenen Lustlauten, während er hungrig den Mund seines Gefährten vernaschte. Er beknabberte die Lippe seines zukünftigen Geliebten, steckte seine Zunge tief hinein, um seine Zähne und sein Zahnfleisch zu streicheln, und um zuletzt an Edwins Zunge zu saugen.

Ein lautes Räuspern drang durch Byrons Leidenschaft und er merkte, dass er das Geräusch nicht zum ersten Mal gehört hatte. Byron erinnerte sich, wo sie waren, und ließ den Kuss enden. So sehr Byron Edwins protestierendes Wimmern mochte, als er seine Lippen wegzog, wollte er nicht, dass der Mann verlegen wurde oder verunsichert.

Byron positionierte die Hand um Edwins Taille neu, streichelte über den Rücken des Menschen und beruhigte ihn. Er ließ seine Schläfe an Edwins ruhen, schmiegte sich an den Mann und atmete seinen Duft ein.

„Ruhig, Baby", murmelte er. „Musst du noch bleiben? Kann ich dich vielleicht zu einem frühen Abendessen überreden? Ich würde gerne etwas Zeit mit dir verbringen."

Dabei schien Edwin wieder zu sich zu kommen. Byron konnte es fühlen, als er sich in seinen Armen versteifte. Edwin ließ Byrons Shirt los und lehnte sich von ihm weg. Byron wollte ihn nicht gehen lassen, aber er musste die Wünsche seines Gefährten respektieren. Zur Hölle, sie waren an seinem Arbeitsplatz.

Edwin schluckte schwer und sah sich um. Seine Wangen wurden rosafarben, seine Verlegenheit war offensichtlich.

Das war das Letzte, was Byron wollte. „Entspann dich", drängte er und rieb über Edwins Rücken auf und ab. Er neigte den Kopf, spähte über den Kopf seines Gefährten und entdeckte Miach, der sich mit Nick in seinen Armen an einen Tisch lehnte. Die Männer blickten nicht in ihre Richtung, aber ein sechster Sinn sagte ihm, dass es Miach gewesen war, der sich geräuspert hatte. Der Mann hatte recht … es war nicht die richtige Zeit oder der richtige Ort.

„Wenn du dich dabei wohler fühlst, Nick und Miach sind Gefährten", sagte Byron zu Edwin. „Sie verstehen nur zu gut, wie stark man sich zu seinem Gefährten hingezogen fühlt."

Edwins Kinn hob sich und zeigte überraschte graue Augen. „Wirklich?" Er sah zu den anderen Männern und

Byron folgte seinem Blick. Obwohl sie schief grinsten, nickten beide Männer.

„Oh, richtig. Ich erinnere mich, dass du das erwähnt hast", sagte Edwin abwesend, als würde er sich gerade erst an ihre Einführung erinnern. „Ich hätte das nie gedacht."

„Nun, jedenfalls nicht, bis sie die Arme umeinander gelegt haben, oder?", neckte Byron und zwinkerte den anderen Männern zu.

„Hey, Edwin, ich weiß, dass du immer vergisst zu essen, also habe ich dir etwas mitgebracht –" Edwins Assistent blieb direkt vor der Tür stehen und sein Mund klappte auf, als er sie alle schockiert ansah. Seine Augen schafften es, hinter seiner schwarz umrandeten Brille noch größer zu werden, als er Byron sah, der Edwin hielt. „W-was ist los?"

Da roch Byron es. *Angst.* Edwins Assistent hatte Angst vor ihnen … na ja, wahrscheinlich nur vor ihm, da er nicht wusste, dass Nick auch ein Wandler war. Byron drückte Edwin einen kurzen Kuss auf die Schläfe und ließ den Mann los.

Byron drehte sich um und lächelte den Neuankömmling an. „Ich bitte um Entschuldigung. Ich habe Ihren Namen gestern nicht verstanden", sagte er und ging langsam auf den offensichtlich nervösen, kräftig gebauten jungen Mann zu, der ein Tablett hielt. Er streckte die Hand aus. „Ich bin Byron Ziegler."

Vorsichtig stellte der andere Mann das Tablett auf einen Tisch. Byron prägte sich die Worte des Assistenten ein und warf einen Blick auf die Dinge auf dem Tablett, ein eingewickeltes Sandwich, eine Packung Äpfel in Scheiben und eine Dose Orangensaft. Es schien, dass der Assistent sicherstellte, dass sein Gefährte gelegentlich aß. Das Auslassen von Mahlzeiten würde Edwins extrem schlanke Form erklären.

„Ich bin Toby Dallow", antwortete der Mann und nahm zögernd Byrons Hand.

Byron stellte sicher, dass sein Griff fest bleibt, aber leicht. Er hatte keine Lust, den Menschen weiter nervös zu machen. Schnell ließ er Tobys Hand wieder los und schwang seinen Arm, um auf seine Freunde zu deuten. „Der kleinere Mann ist Nick Greely, ein Rudelkamerad, und das ist Nicks Gefährte, Miach Coleman. Sie erklärten sich damit einverstanden, mich dabei zu unterstützen, Edwin um Verzeihung zu bitten, weil ich falsche Annahmen über seine Forschung gemacht hatte."

Toby nickte den anderen Männern zu und murmelte: „Freut mich, Sie beide kennenzulernen." Dann zog er die Brauen zusammen. „Warum müssen Sie sich entschuldigen?"

Byron trat von Toby zurück und wandte sich wieder Edwin zu. Er musterte Edwins magere Gestalt und nahm wieder die hohen Wangenknochen, die grauen Augen hinter der Brille und die dünne Gestalt in sich auf. Götter, er wollte unbedingt die blasse Haut erforschen, die er unter der schlabbrigen Kleidung und dem Laborkittel zu finden erwartete.

„Weil Edwin mein Gefährte ist", erklärte Byron und hielt den Blick seines Menschen. „Ich hätte ihm eine Chance geben sollen."

Edwin seufzte, senkte den Kopf und starrte an die Decke. „Hör mal, ich weiß, dass du und dein Rudel viel durchgemacht habt. Du hattest einen Grund, mir nicht zu vertrauen.“ Er neigte sein Kinn wieder nach unten und verzog das Gesicht. „So frustrierend die letzte Nacht für mich war, ich verstehe, warum du Zeit brauchtest“, sagte er und sein Gesicht wurde wieder rot.

Eine frustrierende Nacht?

Byrons Augen weiteten sich etwas, dann verzog ein Grinsen seine Wangen. Sein Blut rauschte durch seine Adern, als er daran dachte, dass sein Gefährte geil und voller Verlangen war. Byrons Schwanz wurde dicker und drückte beharrlich gegen den Reißverschluss seiner Jeans. Nach dieser Aussage konnte er sich nicht mehr zurückhalten, er trat an ihn heran, packte Edwins Handgelenk und zog ihn zurück in seine Arme. Er fing sich gerade noch, bevor er den Mund seines Gefährten eroberte. Wenn er damit noch einmal anfangen würde, könnte er diesmal wahrscheinlich nicht aufhören.

Byron senkte den Kopf und flüsterte heiser: „Es tut mir leid, dass ich dich verlassen habe.“

Edwin sah ihn durch seine dicken, dunklen Wimpern an. Er leckte sich über die Lippen. Seine rosa Zunge glitt über seine volle Unterlippe. „Das wirst du heute Abend nicht tun, oder?“

„Oh, verdammt noch mal, nein“, schwor Byron knurrend.

Byron mochte das verruchte Grinsen auf dem Gesicht seines Wissenschaftlers wirklich. Es bezeugte, dass sein Gefährte wusste, was er wollte, und sich nicht zu scheuen schien, sich darauf einzulassen.

„Gut.“ Edwin löste sich aus seinem Griff und zog seine Brieftasche aus der Tasche. Er zog einen Zehner heraus und reichte ihn dem sichtlich verblüfften Toby. „Ich mache Schluss für heute. Behalte das Essen. Stell nichts mit den neuen Proben an. Gib die Reaktionen der Ratte auf die letzte Gabe des Serums ein, und ich werde sie morgen überprüfen."

Toby verzog das Gesicht. „Ja. Okay." Er warf einen Blick auf die Reihe von Käfigen, die durch große Fenster auf der anderen Seite des Raums sichtbar waren. „Könntest du, ähm, nur noch die Ergebnisse bei Nummer 16 ablesen, bevor du gehst? Er beißt mich immer."

Edwin zog sich aus Byrons Umarmung und nickte. „Ja. Der ist immer böse."

Edwin ging voran zu der Tür am anderen Ende des Labors. Er zog zuerst Gummihandschuhe an, dann Lederhandschuhe. Edwin verzog das Gesicht und erklärte: „Wir haben diese eine Ratte, die wie ein Pitbull von der Größe eines Halbliter-Kruges ist, aber ich behalte ihn hier, weil er besser auf das Serum reagiert als die anderen. Ich versuche immer noch herauszufinden, warum das so ist", fügte er hinzu, als er die Tür öffnete und in den kleineren Raum ging.

Der Geruch von Rattenfell und Kot stieg Byron in die Nase … und darunter befand sich etwas anderes. Byron warf einen Blick über seine Schulter und bedeutete Nick, zu ihm zu kommen. Der andere Wolf kam zu ihm an die Tür, eine klare Frage in seinen Augen.

Byron legte den Kopf schief. „Riechst du das?"

Nick runzelte die Nase. „Äh, sicher. Und ich hätte darauf verzichten kö –" Er stoppte mitten im Satz, und seine Augen weiteten sich. „Oh, Scheiße."

„Genau", knurrte Byron. Seine Augen verengten sich,

als er in den Raum trat und versuchte, seine wachsende Wut unter Kontrolle zu halten. Hatte sein Gefährte ihn angelogen? Er bemühte sich, seine Neigung zu kontrollieren, Schlüsse zu ziehen. Das hatte ihn schon einmal in Schwierigkeiten gebracht. Er musste dem Mann eine Chance geben, es zu erklären. „Edwin, Toby, bitte kommt hier raus."

Offensichtlich erregte sein kühler Ton die Aufmerksamkeit beider Männer. Sie drehten sich beide um und kamen auf sie zu. Byron verschränkte die Arme vor der Brust und trat einen Schritt zurück, um sie passieren zu lassen. Das brachte ihm einen verwirrten Blick von Edwin ein.

Sobald sie den Raum verlassen hatten, gingen Byron und Nick hinein. Sofort begannen Dutzende Ratten zu schreien. Byron verstand warum. Die Tiere konnten an den beiden etwas anderes riechen, nämlich Raubtiere. Byron wechselte einen Blick mit Nick, dann gingen sie langsam in entgegengesetzte Richtungen.

Byron durchsuchte jeden Käfig visuell. Er schaute die darin sitzende Ratte an und musterte ihre Augen, während sie aufgeregt herumflitzte und in ihrem Käfig schrie. Es gab wahrscheinlich zwei Dutzend Käfige. Als er auf halbem Weg den Gang hinunter war, rief Nick vom anderen Ende aus. „Byron, komm hier rüber."

Nachdem er sich gemerkt hatte, welchen Käfig er gerade überprüft hatte, drehte sich Byron um und ging an Nicks Seite. „Was hast du gefunden?"

Nick antwortete nicht, nickte nur zu dem unteren Käfig vor ihm. Byron fiel auf ein Knie und spähte in den Käfig. Der Unterschied war eklatant. Diese Ratte war groß und braun.

Anstatt vor Angst zu schreien, hakte das Tier seine vorderen Krallen in die Käfigtür und streckte sich zu ihnen hin. Intelligenz zeigte sich in den Augen der Ratte.

„Du bist ein Wandler, nicht wahr?“

Die Ratte nickte einmal.

Byron schloss die Augen und senkte den Kopf, um seine Enttäuschung unter Kontrolle zu bekommen. „Überprüfe die anderen Käfige. Die letzten vier am anderen Ende auch.“

Alle seine Zweifel an Edwin und den Wissenschaftlern im Allgemeinen kehrten mit voller Kraft zurück. Er dachte an Edwins Worte. Hatte der Mann ihn angelogen? Byrons Wolf winselte in seinem Kopf.

„Der Rest sind normale Ratten.“

Nicks Ruf riss Byron aus seinen Zweifeln. Er stand auf und ging zur Tür. Nick begegnete ihm im Gang, packte ihn am Arm und hielt ihn fest. Er funkelte und knurrte den anderen Gestaltwandler an, aber Nick blieb stehen.

„Nimm nicht gleich wieder irgendwas an“, warnte Nick. „Gib ihm die Chance, die du ihm beim letzten Mal verweigert hast.“

Byron spannte sein Kinn und schluckte schwer. Er holte tief Luft und bereute *diese* Aktion, da er eine Nase voll Rattengestank bekam. In mancher Hinsicht hatten die Menschen Glück, da ihr Geruchssinn nicht so scharf war wie der eines Wandlers. Er würde niemals längere Zeit in dieser Umgebung arbeiten können.

Zumindest half ihm dieser Gedanke, den Kopf aus seinem Arsch zu kriegen. Es gab eine einfache Möglichkeit zu erkennen, ob Edwin es wusste. Er wusste bereits, wie sein Gefährte gerochen hatte, als er gelogen hatte. „Hilf dem Gestaltwandler“, flüsterte er und begegnete Nicks Blick.

Offensichtlich löschte seine entspanntere Haltung Nicks Bedenken aus, denn er Mann nickte und ging zurück zu dem Rattenwandler im Käfig. Byron wünschte, er könnte sich hinsichtlich seines Gefährten so sicher sein. Er verließ den kleinen Raum und schloss die Tür hinter sich. Dann ging zu dem verwirrt aussehenden Edwin, Miach, der die Stirn runzelte, und einem nervösen Toby.

In diesem Moment ging Byron auf, dass es vielleicht nicht Edwin war, der die Experimente mit Wandlern begonnen hatte. Byron verengte die Augen, blieb stehen und verschränkte die Arme vor der Brust.

Edwin trat einen Schritt auf ihn zu, bevor er innehielt. Er spannte die Finger vor sich. „Was ist los?“

Byron konzentrierte sich nur auf seinen Gefährten und streckte die Hand aus. „Komm her“, drängte er und bemühte sich, seinen Ton zu kontrollieren.

Er wollte – noch nicht – zugeben, welche Erleichterung er empfand, als Edwin zu ihm eilte und seine Hand nahm. Edwin drückte sie und fragte erneut: „Was ist los? Was stimmt nicht? Ich weiß, dass ihr Jungs Krankheit riechen könnt. Habe ich sie verletzt? Ich wollte es nicht!“

Byron schlang seine Arme um Edwin und hielt ihn fest. Er murmelte: „Den Ratten geht es gut, Baby.“ Unfähig, länger zu warten, und ohne zu wissen, wie er seine nächste Frage netter formulieren sollte, fragte er leise: „Experimentierst du wissentlich mit Wandlern?“

Edwin versteifte sich in seinen Armen. Aus dem Augenwinkel sah er Toby erbleichen, was eigentlich beeindruckend war, wenn man bedachte, dass der Mensch bereits einen ziemlich fahlen Teint hatte. Edwin hob den Kopf und starrte ihn an. „Nein. Noch nie. Ich experimentiere nicht mit Wandlern. Ich habe dir das schon gesagt."

Byron lächelte leicht und war über jede Vernunft hinaus erleichtert. Er hasste es dennoch, den nächsten Teil sagen zu müssen. So heftig wie Edwin darauf beharrt hatte, wusste Byron, dass ihn dies aufregen würde. „Eigentlich tust du es aber, Baby. Vielleicht nicht wissentlich, aber du tust es." Edwin versuchte sich zurückzuziehen. Er öffnete den Mund, wahrscheinlich, um Byrons Vorwurf erneut zurückzuweisen. Byron beeilte sich und fragte rasch: „Woher bekommst du deine Ratten?"

Edwin warf einen Blick in den anderen Raum, als er antwortete: „Einige von ihnen kaufte ich in einem Zoogeschäft und einige von ihnen hat der Direktor bestellt, nachdem ich vor zwei Jahren mit der Zusammenarbeit angefangen habe. Warum?"

„Weil Testobjekt Nummer 16", begann Nick, der den Raum mit der besagten Ratte auf der Schulter verließ und auf sie zu ging, „ein Wandler ist."

KAPITEL 5

Edwin spürte, wie das Blut aus seinem Gesicht wich. „Nein!“, keuchte er.

Nein, nein, nein. Nein!

„Das ist nicht möglich! Ich hätte es gewusst!“ Edwin versuchte, sich von Byron abzuwenden, aber der Wandler ließ ihn nicht los. Er schauderte, als die Angst die Erregung ersetzte, die vorhin durch die erstaunlichen Küsse des Wolfswandlers verursacht worden war. *Das kann nicht passieren!* „Ich hätte es gewusst!“, wiederholte er. „Ich würde es in seinem Blut sehen!“ Byron hatte gerade erst angefangen, überhaupt wieder mit ihm zu sprechen. Wenn diese Ratte wirklich ein Wandler war, würde Byron sicher wieder weggehen!

„Shhh, Baby“, befahl Byron, obwohl sein Ton ruhig blieb. „Ich glaube dir.“

Edwin erstarrte. Er neigte seinen Kopf und sah ihn an. „Du glaubst mir?“ Sein Herz schlug heftig in seiner Brust, und Hoffnung erfüllte ihn.

Byron nickte, obwohl sein Lächeln eher wie eine Grimasse wirkte. „Ja.“ Byron richtete seine Aufmerksamkeit auf Toby. „Was ist mit dir, Toby? Wusstest du, dass die Ratte Nummer 16 ein Wandler ist?“

„N-nein“, stotterte Toby sofort.

„Er sagt die Wahrheit“, sagte Miach, der direkt hinter Toby stand.

Als hätte er nicht gewusst, dass der Mann dort stand, sprang Toby zur Seite und wirbelte herum. Seine Augen wurden rund, als er Miach anblickte. „N-natürlich sage ich die Wahrheit. Ich würde Sie nicht anlügen.“

Miach schnaubte und schüttelte den Kopf. „Du würdest es, wenn du denken würdest, du könntest damit durchkommen“, sagte er. Er entfernte sich von dem jungen Mann und ging auf Nick zu. „Was werden wir machen?“

Byron lockerte seinen Griff um Edwin, legte einen Arm um seine Taille und drehte sich zu seinen Freunden um. „Wir müssen herausfinden, wer die Ratte hergebracht hat. Kannst du dich verwandeln?“

Als die Ratte den Kopf schüttelte, musste Edwin die Tränen zurückzwingen. „Warum hat er es mir nicht gesagt?“

„Du bist ein Mensch“, sagte Byron leise und drückte sanft seine Taille. „Er war in einem Käfig eingesperrt. Er hatte keinen Grund, darauf zu vertrauen, dass du anders bist als derjenige, der ihn in seiner Rattenform gefangen und in diesen Käfig gesteckt hat.“

„Wenn er eingesperrt ist, muss er regelmäßig etwas bekommen, damit er eingesperrt bleibt“, warf Nick ein.

„Gibt es hier Überwachungskameras?“, fragte Miach.

Mit seinen Gedanken so in Aufruhr brauchte Edwin einen Moment, um zu realisieren, dass die Frage an ihn gerichtet war. Er nickte und zeigte auf die nächste, ein kleines schwarzes Gerät, das an der Decke in der Ecke befestigt war.

„Und in diesem Sinne denke ich, wir sollten dieses Gespräch woanders fortsetzen", sagte Byron. Er sah Edwin in die Augen. „Ich denke, du und Toby solltet jetzt mit uns kommen. Können deine Ratten warten?"

Edwin verzog das Gesicht. Er schüttelte den Kopf. „Ich muss wirklich die Aufzeichnungen ablesen oder ich muss diesen Test erneut beginnen. Ich und Toby brauchen nur fünfzehn Minuten, um alles aufzuschreiben. Wir können die Informationen später in den Computer eingeben."

Byron nickte. „Beeilt euch."

Zu Edwins Überraschung und Freude beugte der große Afroamerikaner sich herunter, ehe er ihn losließ, und drückte einige weiche Schmetterlingsküsse auf seine Lippen. Lächelnd drängte der Wolfswandler: „Los jetzt."

Edwin bewegte sich schnell und bedeutete Toby, ihm zu helfen. Toby warf einen verstohlenen Blick über seine Schulter, als sie jede Ratte herausnahmen, Blut abnahmen und die Vitalwerte überprüften. Edwin fragte sich, wie lange es dauern würde, bis sein Assistent fragte, was auch immer in seinem Kopf vor sich ging. Er konnte wahrschcinlich erraten, worum es ging.

„Gehst du wirklich mit dem Wolf aus?", zischte Toby schließlich seine Frage.

Edwin konnte sich nicht helfen und grinste den viel jüngeren Mann an. „Ich glaube nicht, dass ausgehen das ist, worauf ich hoffe."

Tobys Brauen zogen sich für eine Sekunde zusammen, dann klappte sein Mund fast komisch auf.

Edwin schüttelte den Kopf und tätschelte seine

Schulter. „Ich muss dir irgendwann mal die Sache mit Gefährten erklären, Toby.“ In diesem Moment hatte er keine Zeit. „Nimm dieses Tablett mit Blutproben“, befahl er. „Wir müssen sie einlagern. Komm schon.“ Edwin nahm das andere Tablett und ging voraus aus dem Raum.

Nachdem er das Blut im Kühlschrank verstaut hatte, steckte Edwin die Akten in seine Tasche. Er ging zu seinem Schreibtisch. Byron traf ihn dort und nahm die Tasche von seiner Schulter. Den Riemen über seine eigene Schulter gezogen, sagte Byron leise: „Die wirst du heute Abend nicht mehr brauchen. Du wirst zu beschäftigt sein.“

Edwin leckte sich über die Lippen und sah zu dem Wolfswandler, der ihn in der Nacht zuvor um den Schlaf gebracht hatte. „Nun, ich hatte sowieso schon vorgehabt, heute früh ins Bett zu gehen.“ Er verzog seine Lippen zu einem verlockenden Lächeln, als er murmelte: „Es sei denn, du hast etwas anderes im Sinn.“

Byron grinste und seine dunklen Augen glitzerten. Er senkte seinen Kopf, bis sich seine Lippen nur eine Haaresbreite von Edwins Ohr entfernt befanden, und flüsterte: „Oh, ins Bett gehen klingt nach einem guten Plan, aber du wirst nicht schlafen.“

„Ach nein?“ Edwin beäugte den Gestaltwandler aus dem Augenwinkel. „Ist das nicht das, wofür ein Bett da ist?“ Verdammt, wann hatte er je so viel Spaß beim Necken gehabt? Als Byron gestern gegangen war, hätte Edwin sicher nicht gedacht, dass sich der nächste Tag so entwickeln würde.

„Manchmal“, gab Byron zu. Er hob seine freie Hand, schob sie in Edwins Labormantel und drückte seinen Hintern.

Edwin schmiegte sich in die Berührung des Wolfswandlers und hielt nur schwer ein lustvolles Stöhnen zurück, als Byron seine Pobacke knetete. Edwin hob die Hände und packte den Kragen von Byrons schwarzer Lederjacke. „Was hast du sonst noch vor?", fragte er atemlos. Edwin starrte zu Byrons dunklen Lippen auf, hob die linke Hand höher und legte die Spitzen seiner Zeigefinger auf die pralle Lippe, die er gekostet hatte. Edwin gefiel die Art und Weise, wie Byron seinen Mund öffnete, als er mit den Fingerspitzen hin und her rieb und dabei leicht zu keuchen schien.

„Willst du etwas mit denen machen?", fragte Edwin.

Byrons Lippen verzogen sich zu einem sinnlichen Lächeln. Seine dunklen Augen glühten, als er antwortete: „Ja." Er schob seine Zunge heraus und leckte Edwins Finger ab, bevor er seine Lippen um sie legte und leicht saugte.

„Oh", keuchte Edwin. Jetzt war es an ihm zu glühen. Erregung überflutete ihn, sein verdickter Ständer drückte sich beharrlich gegen seine Boxershorts. Er wollte wirklich wissen, wie sich diese Lippen um seinen Schwanz anfühlen würden.

„Tut mir leid, Leute. Ihr müsst später ficken", unterbrach Nicks amüsierte Stimme den Moment. „Wir müssen das Hotel aufsuchen und ein wenig mit unseren Freunden plaudern."

Byron ließ Edwins Finger los. „Leider ruft die Pflicht." Er ließ Edwins Hintern los und benutzte die Hand, um seine Finger zu ergreifen. „Komm schon, Baby. Kümmern wir uns darum." Er zwinkerte, seine Erregung immer noch offensichtlich, und fügte hinzu: „Dann reden wir über uns.

Hmm?“

„Klingt nach einem großartigen Plan“, antwortete Edwin und das tat es auch. Er wusste Byrons Bereitschaft zu schätzen, ihm zu glauben, dass er nicht gewusst hatte, dass die Ratte ein Wandler war. Vielleicht war es ja die Wahrheit, dass Wandler in der Lage waren, Lügen zu riechen. „Ich helfe auf jede mögliche Weise“, versprach er, drehte sich um und folgte den anderen Männern zur Tür hinaus.

Edwin bemerkte, dass die Ratte in Nicks Jacke gekrochen war. Hatte der Mann eine Innentasche oder etwas? So oder so, es war gut, dass er es getan hatte, denn Edwin erkannte die Agenten Haroldson und Craigson, als sie um die letzte Ecke bogen, bevor sie die Lobby erreichten.

Agent Haroldson sah die Gruppe stirnrunzelnd an, sein Blick verengte sich, als er seinen Blick schnell über jeden von ihnen schweifen ließ. Er stand in der Mitte des Korridors, seine Hände in die Taschen gesteckt, als er Byron finster anstarrte. „Nun, nun. Ich habe nicht erwartet, dich wieder hier zu sehen. Hat dein Schwanz dir über deine Angst vor Wissenschaftlern hinweggeholfen?“, höhnte er bissig.

Byrons Augen verengten sich ein wenig, während sich seine Lippen verzogen. „Nun, du kennst uns Schwule. Wir würden alles rammeln, was sich bewegt, richtig?“

Agent Craigson hob eine dunkelblonde Braue. Es war der einzige Hinweis, dass er dem Austausch tatsächlich Beachtung geschenkt hat. Der Mann schien sein Bestes zu geben, um die Unhöflichkeit seines Gefährten zu ignorieren.

Haroldsons Lippe kräuselte sich. „Ihr Perversen solltet alle aufgespürt und gehängt werden“, knurrte er.

„Ja. Gut, dass es nicht von deinem beschränkten Verstand abhängt“, antwortete Nick mild. „Kommt schon, Jungs. Verschwinden wir aus dem Umfeld dieses minderbemittelten, miesepetrigen Maulesels.“

„Oooh, nette Wortwahl“, antwortete Miach, legte seinen Arm um Nicks Taille und drückte einen Kuss auf seine Schläfe.

Nick drehte sich um und akzeptierte Miachs nächsten Kuss auf seine Lippen. „Vielen Dank.“

Miachs Augen funkelten, und man musste kein Genie sein – obwohl Edwin eins war –, um zu erkennen, dass Miach und Nick Haroldson absichtlich anstachelten. „Halten wir noch immer bei Doktor Carmichael an? Er soll uns doch noch den Kontakt einer Leihmutter geben, damit wir das Baby haben können, über das wir gesprochen haben.“

„Ihr plant was?“, brüllte Haroldson praktisch. „Ihr Schwuchteln solltet euch nicht vermehren!“

Der Lärm zog die Aufmerksamkeit einiger Leute auf sich, die durch den Flur gingen. Offensichtlich war das genug, um Craigson einzubeziehen. Der blonde Agent richtete kalte blaue Augen auf seinen Kollegen und legte eine Hand auf dessen Arm. „Wir haben ein Meeting, zu dem wir gehen müssen. Wenn du nicht den Kopf aus deinem Arsch ziehst und dich in Bewegung setzt, kommen wir zu spät.“

Haroldson grinste seinen Partner abfällig an, aber wenigstens bewegte er sich. Als er vorbeiging, stieß er mit seiner Schulter gegen Miachs. Edwin unterdrückte ein belustigtes Schnauben, als er sah, dass der CIA-Agent fast von dem genmanipulierten Menschen abprallte, der sich kaum bewegte. Als Gruppe drehten sie sich um und sahen zu, wie

Haroldson den Flur entlangging.

Craigson beobachtete ebenfalls einige Sekunden, wie er ging, bevor er ihnen zunickte und sagte: „Doktor Aldridge, meine Herren“, dann ging er seinem Partner nach.

„Verdammt, mit diesem Kerl zusammen zu arbeiten, muss beschissen sein“, murmelte Toby.

Edwin summte seine Zustimmung.

„Lasst uns gehen“, drängte Byron. Er ließ Edwins Hand los, legte seine freie Hand auf den Rücken des Mannes und drückte leicht.

Edwin lächelte ihn an und fand es wirklich gut, dass der Wandler Körperkontakt so sehr mochte. Er hatte noch nie einen festen Freund gehabt, und nachdem sein Patenonkel weiterziehen musste, hatte er den regelmäßigen Körperkontakt mit einer anderen Person vermisst.

„Also, was für ein Auto fährst du?“, fragte Byron, als er dem Wachmann zunickte.

„Einen Prius“, gab Edwin zu. „Er war ein Geschenk.“

Byron runzelte die Stirn. „Von wem? Deinen Eltern?“

Edwin schüttelte den Kopf. „Meinem Paten. Bevor er …“ Er unterbrach sich, wollte so nahe an einem Regierungsgebäude nicht von dem Wandler sprechen, der ihn aufgezogen hatte. Als er angefangen hatte, mit der CIA zusammenzuarbeiten, hatte er die Information zurückgehalten, woher er das Blut des Wandlers erhielt, und sagte nur, dass es von Freunden gespendet worden war.

„Ah“, murmelte Byron. Er zuckte mit den Schultern. „Es tut mir leid. Ich denke, ich werde ein eifersüchtiger Bastard sein.“

Seine Augenbrauen schossen in die Höhe, und Edwin spürte, wie sein Mund offenstand. „Ach wirklich?"

Nick lachte. „So sind wir eben."

„Ihr?", fragte Toby. „Du meinst, weil ihr –"

„Schwul sind", unterbrach Miach. „Weil wir schwul sind." Er tätschelte Tobys Schulter. „Komm mit mir, Junge."

„Aber ich fahre normalerweise mit Edwin."

„*Ich* fahre mit Edwin", sagte Byron, und sein Ton ließ keinen Raum für Widerspruch. „Wir treffen uns alle im Hotel."

„Richtig", stimmte Nick zu.

Edwin sah amüsiert zu, wie Byron und seine Freunde einfach übernahmen. Miach steuerte Toby weg, wobei die kurzen Beine des jungen Mannes schnell arbeiteten, um mit dem Tempo der größeren Männer Schritt zu halten.

„Ihr übernehmt einfach die Führung, oder?", fragte Edwin.

Byron grinste und zeigte perlweiße Zähne. „Wir wurden dessen schon ein oder zwei Mal beschuldigt, ja." Er rieb Edwins Rücken leicht und fragte: „Wo ist dein Auto, Baby?"

Edwin drehte sich nach links und ging den Bürgersteig hinunter. Als er über den Zebrastreifen zur anderen Seite des Kurzzeithaltebereichs ging, bemerkte er einen belustigten Ausdruck in Byrons Gesicht.

„Was?", fragte Edwin, als sie die andere Seite erreicht hatten.

„Ich bin nur überrascht", gab Byron zu. „Die meisten Leute gehen nicht zum Fußgängerüberweg."

Edwin zuckte mit den Schultern und sagte: „Ich bin nicht die meisten Leute."

Byron legte seinen Arm um ihn und drückte. „Und ich schätze das."

„Außerdem", sagte er, „habe ich gesehen, wie die Cops an Regierungsangestellte für das Überqueren der Straße Strafzettel verteilen."

„Wirklich?" Byrons Ton brachte seine Überraschung zum Ausdruck.

Edwin grinste und blickte rechtzeitig auf, um den überraschten Ausdruck des anderen Mannes zu sehen. „Ja. Sie machen sich einen Spaß daraus."

„Nun, ich bin froh, dass du ihnen keinen Grund dazu gibst", sagte Byron.

„Ja, es brauchte nur zwei Verwarnungen, um mich auch dazu zu bringen, den Zebrastreifen zu benutzen", sagte Edwin.

„Was?"

Edwin konnte sich nicht helfen und brach in ein Lachen aus. „Ich scherze nur! Ich habe noch nie in meinem Leben einen Strafzettel bekommen", erklärte er und kramte den Schlüssel seines Autos aus seiner Tasche.

Byron lachte. „Sehr lustig."

„Das war es, stimmt's?" Edwin kicherte und griff nach der Autotür.

Byron kam ihm zuvor. Er öffnete die Tür und hielt sie für ihn auf. „Normalerweise fahre ich gerne selbst", neckte Byron, „aber da es dein Fahrzeug ist und so …" Er zwinkerte.

Edwin leckte sich über die Lippen und genoss die Art, wie Byron seinen intensiven, dunklen Blick auf seinen Mund richtete. „Ich hoffe, du glaubst nicht, dass du die ganze Zeit fahren wirst. Ich wechsle ab und zu gerne mal die Plätze."

Byrons Augen verdunkelten sich ein wenig, während sie sich leicht weiteten. „Ich verstehe", antwortete er leise, dann erschien langsam ein Lächeln auf seinen Lippen. „Dem kann ich mich unterwerfen."

Erleichterung erfüllte Edwin und er war überrascht, welche Sorge er empfunden hatte, immer der Bottom sein zu müssen. Hölle, welcher Kerl wollte seinen Schwanz nicht in ein enges, heißes Loch versenken? Er mochte es genauso zu toppen, wie er es gerne fühlte, wenn ein harter Schaft ihn aufspießte.

„Dann lass uns dieses kleine Treffen zu Ende bringen, damit wir uns gegenseitig durch die Matratze ficken können", sagte Edwin, und Verlangen und Hitze schossen gleichermaßen durch seinen Körper. Verdammt, er konnte sich nicht erinnern, wann er das letzte Mal so geil gewesen war.

„Steig ein", knurrte Byron, und seine eigene Erregung blitzte in seinen dunklen Augen auf.

„Ja", antwortete Edwin atemlos und kletterte in seinen Prius.

Bevor Edwin seine Tür geschlossen und den Sicherheitsgurt angelegt hatte, stieg Byron schon auf der anderen Seite ein. Er startete sein Fahrzeug, und nachdem er den Wolfswandler mit einem Grinsen angestrahlt hatte, schaute er in seinen Rückspiegel und setzte aus der Parklücke zurück.

Etwas fiel Edwin ein, und während er fuhr, warf er einen Blick auf Byron. „Kann ein Gestaltwandler *wirklich* erkennen, ob ihn jemand belügt? Und hast du mir deshalb geglaubt?", fragte er leise. Er wollte einem geschenkten Pferd nicht ins Maul schauen, aber er wollte es wirklich wissen.

Byron starrte ihn an.

Edwin konnte fast die Hitze seines Blicks spüren, als er ihn aus dem Augenwinkel sah.

Lächelnd antwortete Byron: „Ja. Wandler können riechen, wenn jemand sie belügt. Die meisten Paranormalen können das."

Edwins Augen weiteten sich. „Hurensohn", flüsterte er. „Daher wusste er es immer!"

„Wer?"

„Mein Patenonkel, Dillan", antwortete er automatisch. „Er wusste immer, ob ich etwas vor ihm versteckte. Wie dieses eine Mal, als ich aus Versehen die Haare am Schwanz der Katze verbrannt habe. Ich sollte sie nicht ins Labor lassen, aber ich habe es trotzdem getan", erklärte er. „Sie sprang auf den Tisch und schlug ein paar Phiolen um. Der Inhalt vermischte sich und verursachte eine kleine Explosion und verbrannte so den Schwanz der Katze."

„Verdammt, die arme Katze", murmelte Byron, obwohl er amüsiert klang.

„Nun, ich sagte ihm, dass ich nicht wüsste, wie es passiert ist, und er wusste, dass ich lüge." Edwin runzelte die Stirn, als ihm noch etwas anderes einfiel. „Warte mal, du wusstest nicht, dass ich vorhin einen Scherz gemacht habe … im Prinzip wegen der Strafzettel gelogen habe. Warum das?"

„Ich habe nicht an dir gerochen", gab Byron zu.

„Was hat das damit zu tun?"

Byron lachte leise und tätschelte sein Bein. „Ein Wandler muss wirklich auf den Geruch des Sprechers achten."

Er beugte sich vor, drückte das Bein, das er gerade geklopft hatte, und schob seine Hand an Edwins Oberschenkel entlang. „In deinem Fall war ich zu beschäftigt, über das hier nachzudenken."

Byron drückte Edwins Schritt und umfasste seine Erektion. Er schnaubte und zuckte, so dass das Auto schlingerte, bevor er es wieder richtig unter Kontrolle hatte. „Fuck!"

Byron lachte leise, drückte noch einmal zu, zog dann seine Hand zurück und lehnte sich in seinem Sitz zurück. „Das werden wir, Baby. Mach dir keine Sorgen."

Edwin stöhnte, unsicher, ob er die fehlende Stimulation seines harten Schwanzes bedauerte oder dankbar war, weil er auf keinen Fall sicher fahren konnte, wenn Byron ihn streichelte. Er mochte keine der beiden Optionen.

Schließlich konzentrierte er sich wieder auf die Straße, folgte Byrons Anweisungen und brachte sie ins Hotel.

KAPITEL 6

Byron wollte seinen Gefährten wirklich gerne weiter streicheln. Die Wölbung von Edwins schlankem Schaft in seiner Hand hatte sich selbst in seiner Hose fantastisch angefühlt. Er liebte es, die Reaktionen seines Gefährten zu sehen und wollte unbedingt mehr sehen.

Zunächst mussten sie sich jedoch leider mit dem Problem auseinandersetzen, wie der Rattenwandler zwischen die Labortiere seines Gefährten geraten war.

Edwin lenkte den Wagen auf den Parkplatz und fand eine Parklücke. Nachdem er seinem Gefährten auf das Bein geklopft hatte, stieg Byron aus dem Wagen. Edwin umrundete das Fahrzeug, und er ging voraus ins Hotel zum Aufzug. Wie immer in eng umschlossenen Räumen, bekam Byron Gänsehaut.

Edwin legte seine Hand auf Byrons Oberarm und fragte: „Bist du okay?“

Byrons Brauen schossen in die Höhe, als er seinen Gefährten ansah, überrascht, dass Edwin sein Unbehagen wahrgenommen hatte. Er zwang sich zu einem Lächeln. „Bin kein Fan von geschlossenen Räumen wie diesem“, gab er zu und bewegte die Hand, um auf den Aufzug zu zeigen. Er hoffte, keine Geheimnisse vor seinem Gefährten zu haben, also begann er, indem er ehrlich war.

„Lass es mich wissen, wenn ich jemals etwas tun kann, um zu helfen“, bot Edwin an.

Grinsend wandte sich Byron an den Mann. Er schob seine Arme in Edwins Jacke und um seinen Gefährten. Byron zog Edwin eng an seinen Körper und grinste über den überraschten Blick seines Gefährten. Dann senkte er den Kopf die wenigen Zentimeter, die nötig waren, damit er direkt über Edwins Mund schwebte, und war erfreut, dass sie von ähnlicher Körpergröße waren und gut zusammenpassten.

„Ich weiß, was du tun könnest, um mich von einem geschlossenen Raum abzulenken“, murmelte Byron.

Er schloss seinen Mund über Edwins. Sein Gefährte öffnete sich eifrig für ihn und Byron drang in den Mund des anderen Mannes. Er stöhnte erfreut über Edwins Reaktion, wie er an ihn schmolz und seine Arme um Byron legte, wie er sich an ihn klammerte.

Byron bewegte seine Zunge in Edwins Mund und genoss den berauschenden, maskulinen Geschmack seines Gefährten. Er schob seine rechte Hand unter Edwins Jacke nach oben, breitete eine Hand aus und spürte die knöchernen Erhebungen der Wirbelsäule seines Gefährten unter seiner Handfläche. Byron glitt mit der anderen Hand nach unten, drückte fest gegen den unteren Rücken des Mannes, presste ihre Leisten zusammen und drückte die Erektion seines Gefährten gegen seine eigene.

Byron knurrte als Reaktion auf die Funken, die durch sein Blut strömten, und ließ seine Hüften ein wenig schaukeln. Langsam rieb er sich, jagte damit Lust durch seine schmerzende Erektion und brachte seine Eier zum Prickeln. Er genoss die Geräusche, die Edwin ihm schenkte, leises Grunzen, sanftes Wimmern und wimmerndes Murmeln.

So verdammt sexy.

Leises Kichern, schwärmerisches Seufzen und das Flüstern weiblicher Stimmen riss Byron schließlich aus dem intensiven Kuss. Er nahm sich ein paar Sekunden, um noch ein paar Küsse von Edwins Lippen zu stehlen. Er saugte leicht an der vollen Unterlippe des Menschen, bevor er den Kuss zu Ende brachte. Schließlich warf er einen Blick auf das Publikum.

Schnaubend schüttelte Byron den Kopf.

Anstelle von Frauen, wie er ursprünglich aufgrund der Laute angenommen hatte, starrten drei kleine, schlanke Männer sie an. Die Männer – die meisten Leute würden sie wohl als Twinks bezeichnen, ein blonder, ein rotblonder und ein schwarzhaariger Kerl – standen mit beinahe schmachtenden Gesichtern vor den Aufzugstüren und hielten sie offen, während sie ihn und Edwin beobachteten.

Alle hatten verschiedene Ausdrucksformen der Lust auf ihren Gesichtern. Der rotblonde Mann stand am nächsten. In der Aufzugskabine lehnte er sich gegen die Wand und drückte leise stöhnend seinen Schritt.

„Oh verdammt, hört nicht auf", jammerte der schwarzhaarige Mann. „Macht weiter."

„Verdammt, ja", drängte der Blonde, dessen Gloss-glänzende Lippen zu einem Lächeln verzogen waren. „Wir waren zu einem Club unterwegs, aber das ist *so* viel besser. Wer hätte gedacht, dass Denver so fortschrittlich ist!"

Byron lachte. „Tut mir leid, Leute. Wir müssen noch irgendwo hin“, murmelte er. Er drängte seinen rotgesichtigen Gefährten mit etwas Druck auf seinen Rücken von der Wand weg. Als er Edwin an den jammernden Männern vorbeischob, lachte Byron und fügte hinzu: „Außerdem möchte ich euch nicht die Augen aus den Schädeln kratzen müssen, weil ihr meinen heißen Liebhaber nackt gesehen habt.“ Er blickte Edwin anzüglich an, schaute dann zu den noch immer schmachtenden Männern und sagte: „Ich bin ein besitzergreifender Bastard. Was soll ich sagen?“

Der schwarzhaarige Kerl rief: „Wir werden um die Ecke gucken!“

Byron lachte wieder, obwohl der Gedanke, dass andere seinen Gefährten nackt sahen, ihn nervös machte und seine Belustigung wurde schnell durch Eifersucht ersetzt. Er winkte, zog seine Schlüsselkarte durch das Schloss, drehte den Griff und stieß die Tür auf.

Byron drückte Edwin mit seinem größeren Körper in den Raum vor ihm. Er hielt seinen Arm um die Taille seines Mannes und legte die Hand auf die magere Brust seines Gefährten. Sobald die Tür geschlossen war, drehte Byron Edwin herum. Er drückte den Rücken seines Menschen an die Tür und bedeckte ihn mit seinem Körper, so dass er ihn von Schulter bis Oberschenkel berührte.

Edwins Erektion drückte sich gegen Byrons. Byron fand die Hände seines Geliebten, verschränkte ihre Finger, hob ihre Hände und bewegte sie zu beiden Seiten von Edwins Kopf. Mit mehr Selbstkontrolle, als er für möglich hielt, begann Byron ein langsames Schaukeln seiner Hüften.

„Schau mich an“, forderte Byron.

Edwins Augenlider öffneten sich bis auf Halbmast und er schaute ihn durch seine Wimpern an. „Byron“, flüsterte er und traf Byrons Hüfte. „W-werde kommen.“

Lächelnd nickte Byron. „Wir nehmen uns später mehr Zeit“, versprach er. „Nach dem Meeting. Im Moment kann ich nur daran denken, dich in meine Arme zu nehmen und deinen Schwanz in meinem Mund oder in meinen Händen abspritzen zu spüren. Bist du damit einverstanden?“, fragte er, denn er musste sicherstellen, dass Edwin dasselbe wollte. Er wollte, dass sein Mensch wusste, dass er eine Wahl hatte.

„Ja, bitte“, drängte Edwin und schob seine Hüften fester gegen Byrons. „Ich dachte, ich hätte dich verloren, unsere Chance zur Paarung verloren. Will dich sehen, anfassen.“

Byron lächelte durch den scharfen Schmerz, den die Worte seines Gefährten verursacht hatten. Er hatte diese Verzweiflung in der Stimme seines Gefährten verursacht. Byron würde einen Weg finden, um es wieder gut zu machen … jetzt gleich.

„Ruhig, Baby“, beruhigte er. Byrons Eier waren schon eng an seinen Körper gezogen und sein Schwanz schmerzte, bettelte um Aufmerksamkeit. Der starke Geruch der Erregung seines Gefährten erfüllte die Luft um ihn herum, ein Geruch wie der berauschendste Duft. Trotzdem wollte er nicht, dass sie in ihre Hosen kamen. „Komm her.“

Byron ließ eine Hand los, wandte sich ab und zog seinen zukünftigen Liebhaber mit dem Griff, den er noch immer mit der linken Hand hatte, hinter sich her. Edwin kam bereitwillig mit, und sein leiser, keuchender Atem ertönte laut hinter ihm.

Byron blieb neben dem Bett stehen. Er ließ Edwins andere Hand los, packte das Revers seiner Jacke und zog sie über seine Armen hinunter. Nachdem er die Jacke beiseite geworfen hatte, umfasste Byron Edwins Kinn, lehnte sich hinunter und knabberte sanft am Mund seines Gefährten. Er mochte die Art, wie sich der keuchende Atem des Mannes an seinen Lippen anfühlte.

Byron nickte zum Bett und drängte: „Leg dich hin, mein Gefährte. Erlaube mir, dir Lust zu bereiten."

Hinter seiner Brille wurden Edwins Augen rund. Er nickte und zog sich dann zurück. Byron ließ ihn gehen und sah zu, wie er sich auf das Bett legte. Dankbar summend folgte Byron seinem Mann auf das Bett.

Byron ließ sich neben ihm nieder, legte seine Hand auf Edwins Bauch und rieb ihn leicht. „Ich hatte vor, jeden Zentimeter von dir heute Abend zu erkunden und unser erstes gemeinsames Erlebnis unvergesslich zu machen", gab er zu.

Zu seiner Überraschung kicherte Edwin. „Ich bin ein Mann, Byron. Es sind keine blumigen Worte nötig." Er zwinkerte und deutete auf seinen Schritt. „Lutsch meinen Schwanz, Geliebter. Ich bin scharf."

Byrons Brauen schossen in die Höhe und ein Grinsen umspielte seine Lippen. „Das werde ich sehr gerne tun."

Byron ließ die Hand sinken und machte kurzen Prozess mit Edwins Hose. Er öffnete sie und zog sie dann ein wenig herunter, unterstützt von Edwin, der seine Hüften hob. Sobald er aus der Enge der Boxershorts befreit war, ragte der Schwanz des Mannes hoch und stolz aus einem dünnen, dunklen

Lockennest auf.

Byron legte seine Hand um Edwins gerötete, pralle Erektion. Der schlanke Umfang fühlte sich gut in seiner Hand an, und die etwa neunzehn Zentimeter Länge würden seinen Mund perfekt ausfüllen. Byron leckte sich über die Lippen und beugte sich vor, um die Perle von Flüssigkeit aus dem Schlitz des Mannes zu schlecken.

Byron streckte die Zunge heraus und ließ sie um Edwins Eichel gleiten. Er genoss das Stöhnen, das sich anhörte, als wäre es aus der Kehle seines Geliebten gepresst worden.

„Warte, warte!"

Byron hob den Kopf und grinste Edwin an. „Was denn, Baby?"

„Beweg deinen Arsch hierher", forderte Edwin. „Ich will es dir auch machen."

Grunzend ließ Byron eine Hand auf seinen Schritt sinken und drückte fest gegen die Basis seiner Erektion. Verdammt, bei diesem Tempo, dachte Byron, würde es, wenn er seine Jeans geöffnet hatte, nur ein einziges Mal Saugen erfordern, um ihn explodieren zu lassen.

Trotzdem war Byron nicht in der Lage, so einem Angebot zu widerstehen, und drehte seinen Körper. Ein Knie auf jede Seite von Edwins Kopf platziert sah er zu, wie Edwin seine Hose aufknöpfte. Edwin blickte zu ihm hoch, umfasste ihn durch seine Jeans und massierte ihn. Byron schauderte vor Erregung und schaffte es kaum, sich nicht in den exquisiten Griff seines Gefährten zu drängen.

„Fang an, meinen Schwanz zu lutschen, Byron", befahl Edwin und massierte ihn weiter. „Ich will deinen Mund auf mir spüren."

Byron stöhnte. Er gehorchte und stellte überrascht fest, dass es ihm gefiel, Befehle von seinem Gefährten zu bekommen. Byron richtete seine Aufmerksamkeit auf den langen, schlanken Ständer, der unter seinem Kinn wippte, legte eine Hand um Edwins Schaft und rieb ihn leicht. Nur weil sein Gefährte ihm gesagt hatte, dass er ihn lutschen sollte, bedeutete das nicht, dass er ihn nicht auch ein bisschen necken konnte. Er neigte seinen Kopf, damit er Edwins Gesicht beobachten konnte, streckte die Zunge heraus und leckte an der Eichel.

Für eine Sekunde genoss Byron den Geschmack des Vorspermas. Als er Edwins Zischen hörte, sah, wie das Kinn seines Gefährten angespannt war und spürte, wie sich seine Hand an seiner Hüfte verkrampfte, wusste Byron, dass der Mann nicht nur die Aussicht genoss. Byron öffnete den Mund und ließ sich auf die tropfende Erektion seines Gefährten sinken.

„Oh, fuck, ja!", stöhnte Edwin und seine Hüften bockten. „Lutsch meinen Schwanz!"

Byrons Brauen schossen in die Höhe, überrascht, als er herausfand, dass sein Gefährte ganz schön rangehen konnte. Das hätte er nie gedacht, in Anbetracht dessen, wie milde, fast schüchtern, er im Labor wirkte. Byron grinste um seinen Mund voll Schwanz und freute sich über diese neue Erkenntnis.

Byron legte seine freie Hand auf Edwins Leiste, spreizte seine Finger und schob sie durch Edwins Schamhaare. Als er die empfindliche Haut um Edwins Schaft massierte, schluckte er den Schwanz seines Gefährten tiefer. Byron bewegte seinen

Kopf auf und ab und massierte mit seinen Lippen und der Zunge die seidige, gespannte Haut am Ständer seines Mannes und saugte kräftig.

„Oh, fuck, fuck, fuck“, plapperte Edwin. „So gut.“

Als Byron die Bewegungen seines Kopfes stoppte, um seine Zunge unter Edwins Eichel zu schieben, schien Edwin sich genug zu sammeln, um Byrons Reißverschluss zu öffnen. Da Byron keine Unterwäsche trug, erlaubte ihm ein Blick an seinem Körper entlang zu sehen, wie sein Schwanz aus der Hose hervorschnellte.

Edwin begegnete seinem Blick. Ähnlich wie Byron es bei ihm angetan hatte, streckte sein Gefährte seine Zunge heraus und leckte über Byrons triefende Schwanzspitze, während er ihm ein aufreizendes Lächeln schenkte.

Byron schauderte bei dem Gefühl, als die Zunge seines Gefährten über seine empfindliche Eichel strich und eine Speichelspur hinterließ, die sich in der Luft des Hotelzimmers rasch abkühlte. Sein Schwanz zuckte, als ein Kribbeln ihn durchlief, sich in seinen Eiern festsetzte und sie sich eng zusammenzogen.

Byron versuchte sich davon abzulenken, wie dicht dran er sich schon fühlte, und konzentrierte sich wieder auf Edwins Schwanz. Er zog leicht an den Schamhaaren des Mannes, veranlasste Edwin damit, sich zu winden, dann massierte er das Brennen weg. Er lutschte Edwins Schwanz und genoss den moschusartigen Geschmack und das Gefühl seines Schwanzes, die Freiheit, zu berühren und zu erkunden.

Als Byron spürte, wie Edwin nun ebenfalls kräftig an seiner Eichel saugte, stöhnte er. Seine Schenkel spannten sich an, als er gegen den Wunsch ankämpfte, zu stoßen und seinen Schwanz tiefer in den Mund seines Geliebten zu versenken. Edwin umfasste seinen Hintern, drückte und zog an seinen Hinterbacken und drückte seine Finger in Byrons Spalte, als er seinen Schwanz leckte und lutschte.

Byron spürte, wie seine Eier in ihrem Sack rollten. Das verräterische Kribbeln an der Basis seines Rückens verriet ihm, dass er nahe dran war. Er saugte hart an Edwins Schaft und massierte mit der Zunge die faltige Haut unter der Spitze seines Schwanzes. Sich verzweifelt wünschend, dass sein Gefährte gleichzeitig mit ihm kam, ließ Byron Edwins Schaft los und drückte die Eier seines Gefährten, rollte sie in seiner Handfläche, während er seinen Mittelfinger nach hinten bewegte und die empfindliche Stelle direkt hinter ihnen massierte.

Das lieferte das gewünschte Ergebnis. Edwin stöhnte um Byrons Schwanz. Die Hoden seines Geliebten zogen sich in seiner Hand zusammen, der Schwanz schwoll in seinem Mund an. Warmer Samen spritzte in Byrons Mund. Er saugte gierig, schluckte jeden salzigen, spritzigen Schuss und wollte seinem Gefährten so viel Lust wie möglich bereiten.

Edwin schob einen Finger in sein Loch, dehnte ihn und traf seine Drüse mit erstaunlicher Genauigkeit. Byrons Hüften bockten und versenkten seinen Schwanz tiefer in den Mund seines Geliebten. Seine Eier entluden sich. Er zuckte zusammen, ein Orgasmus explodierte in ihm und ließ Wellen der Glückseligkeit durch seinen Körper rasen.

Byron gab Edwins erschlaffenden Schaft frei und stöhnte vor Ekstase, als Edwin seinen Lustknopf weiter betätigte und seinen Schwanz lutschte, um sein Vergnügen auszudehnen. Schließlich, als sein Schwanz weich und zu empfindlich wurde, um den Kontakt fortzusetzen, schauderte Byron und zuckte vor Unbehagen.

Edwin zog seinen Finger heraus und ließ seinen Schwanz schmatzend los.

Seine Gliedmaßen fühlten sich wie nasse Nudeln an und Byron ließ sich zur Seite fallen. Er starrte an die Zimmerdecke und murmelte: „Heilige Scheiße, Baby. Wie hast du das gemacht? Ich kann mich nicht erinnern, jemals so heftig gekommen zu sein."

Edwin drehte sich herum und veränderte die Position auf dem Bett, so dass ihre Köpfe wieder beieinander waren. Er verharrte an Byrons Seite und auf ihn hinunter. „Ich bin froh, dass es dir gefallen hat."

Byron sah die Ungewissheit erneut in seinem Gefährten aufkommen und den dominanten Mann verscheuchen, der mit seiner Geilheit übernommen hatte. Er fand diese Zwiespältigkeit des Mannes interessant, ein Rätsel, das gelöst werden wollte. In diesem Moment wollte er jedoch nur seinen Gefährten halten.

„Komm her", drängte Byron und öffnete seine Arme.

Erleichterung erfüllte Edwins Augen und er legte sich halb neben Byron, halb auf ihn, seinen Kopf auf Byrons Brust. Byron schloss seine Arme um Edwin und kuschelte ihn an sich. Immer noch neugierig fragte er erneut: „Also, nicht, dass ich von deinen früheren Liebhabern hören *möchte,* aber –" Er machte eine Pause und versuchte herauszufinden, wie er fragen konnte, wo sein Gefährte gelernt hatte, so mit den Genitalien eines Mannes zu spielen.

„Ich habe noch nicht so viel Erfahrung", gab Edwin leise zu. Er neigte seinen Kopf und begegnete Byrons Blick. „Ich hatte nur ein paar wenige Liebhaber, aber ich habe viel gelesen." Er lächelte leicht. „Du wärst überrascht, was man so alles online lernen kann." Er zuckte die Achseln. „Eines der größten Dinge ist die Erwartung. Das bringt einen wirklich auf Hochtouren."

„Da hast du recht", stimmte Byron zu … und sie hatten gut vierundzwanzig Stunden gehabt, um Spannung und Erwartung aufzubauen. Er hob seinen Kopf und drückte Edwin einen kurzen Kuss auf die Lippen, bevor er sagte: „So sehr ich dich auch so festhalten möchte, bis ich mich genug erholt habe, um dich auszuziehen und jeden Zentimeter deines Körpers zu erkunden, wir haben noch etwas vor."

Edwin nickte, obwohl er sich nicht bewegte.

Byron drückte seinen Geliebten und mochte, wie seine Worte einen rosigen Schimmer verursachten, der die Wangen und den Hals seines Gefährten bedeckte. Es stand so im Widerspruch zu dem geilen Hengst, zu dem sein Gefährte geworden war, während sie sich gegenseitig einen geblasen hatten. Er konnte es kaum erwarten zu hören, wie sich Edwin beim Ficken anhörte. Byrons Rosette zog sich zusammen, als er sich an Edwins Kommentare vorhin und seinen Finger in ihm erinnerte. Es war Jahrzehnte her, seit er jemandem erlaubt hatte, ihn zu besteigen, aber für seinen Gefährten würde er es tun. Verdammt, er würde sich am Ende wahrscheinlich danach sehnen, den letzten zehn Minuten nach zu urteilen.

„Komm schon, Baby", drängte Byron.

Er küsste Edwins Schläfe noch einmal und half ihm auf die Beine.

KAPITEL 7

Edwin folgte Byron aus dem Raum und den Flur entlang. Er wusste, dass sein Gesicht ein bisschen gerötet war – ob vom Orgasmus oder Verlegenheit, war er sich nicht sicher. Er war schon immer sehr forsch geworden, wenn er geil war. Es hatte ein paar potenzielle Liebhaber vertrieben, bevor der Spaß erst richtig losging. Edwin war jedenfalls erleichtert, dass dies bei Byron nicht der Fall gewesen war. In der Tat schien der Wolfswandler es zu genießen.

Er hoffte, dass sich das nicht ändern würde. Er freute sich wirklich darauf, den großen, breitschultrigen schwarzen Mann zu erkunden, dem er gerade in ein anderes Hotelzimmer folgte. Als Edwin den festen Hintern ansah, mit dem er vor kurzem die zu kurze Gelegenheit gehabt hatte, zu spielen, spürte er, wie sein Schwanz in seiner Jeans zuckte.

Verdammt, mein Pate hat nicht gescherzt! Wenn man seinen Gefährten findet, wird man zu einem sexuellen Nimmersatt!

Byron blieb vor einer Tür stehen, hob eine Hand und klopfte. Er beugte sich vor und flüsterte: „Was auch immer du denkst, hör auf damit." Er zwinkerte und milderte seine Ermahnung. „Ich kann deine Erregung riechen, und so sehr ich auch liebe, wie du riechst, es ist sehr ablenkend."

Edwins Kiefer sackte nach unten. „Du kannst riechen,

wenn ich …“

Byron lächelte breit. „Oh ja, Baby. Moschusartige, männliche Köstlichkeit, das bist du“, sagte er. Er leckte und knabberte an Edwins Lippen.

Köstliches Kribbeln breitete sich von Edwins Mund über seinen Nacken und durch seine Brust aus, so dass seine Brustwarzen steif wurden.

Edwin murmelte zwischen kleinen Küssen: „Du hilfst nicht.“

Kichernd zog Byron sich zurück, als sich die Tür öffnete.

Edwin erkannte den Mann mit den braunen Augen als Jared. Der Typ lehnte sich gegen den Türrahmen, und ein Grinsen umspielte seine Lippen. „Wir haben auf euch gewartet“, sagte er. „Nick und Miach haben die Lage erklärt, während ihr beide …“ Anstatt zu Ende zu kommen, wackelte Jared mit seinen Augenbrauen.

Sein Mund klappte auf und Edwin keuchte. „Woher wusstest du das?“

Jared grinste breit. „Ich habe es nicht gewusst … bis jetzt.“ Er drückte sich von der Tür weg und winkte sie nach vorne. „Kommt rein. Ich habe etwas, das ihr sicher sehen wollt.“

Edwin sah zu Byron und wunderte sich über diesen Wortwechsel. Sein Geliebter zuckte nur mit den Schultern, dann legte er seine Hand auf Edwins unteren Rücken und schob ihn vorwärts. Edwin betrat den Raum und sah sich um. Wenn das Zimmer nicht von so vielen Männern eingenommen wäre, hätte es wahrscheinlich geräumig gewirkt. Mit sechs anderen Männern dort fühlte sich Edwin eingeengt.

Jared ging zu einem Couchtisch und dem offenen Laptop darauf und krümmte den Zeigefinger einer Hand, während er mit der anderen den Laptop herumdrehte, um ihn anzusehen. „Schaut euch das an“, befahl er, drückte auf die Enter-Taste und trat zurück.

Edwin blieb vor dem Laptopbildschirm stehen, als das angehaltene Bild zum Leben erweckt wurde. Er erkannte sein Labor und realisierte, dass das Bild von einer der Überwachungskameras kam. „Ich möchte gar nicht wissen, wie du das hinbekommen hast“, sagte er, und Unbehagen überflutete ihn. Er verschränkte die Arme abwehrend.

„Wahrscheinlich auch besser so“, antwortete Jared kühl. „Pass auf.“

Edwin richtete sich wie angewiesen auf den Bildschirm. „Wonach suche ich?“

Jareds Kichern jagte Edwin tatsächlich einen Schauer über den Rücken. „Oh, du wirst es sehen.“

Edwin riskierte einen Blick zu Byron, der seinen Blick auf den Laptop gerichtet hatte. Offensichtlich nahm der Mann den Rat seines Freundes ernst. Er musste bemerkt haben, dass Edwin ihn ebenfalls ansah, denn er lächelte ihn beruhigend an, bevor er sich wieder auf den Laptop konzentrierte.

Edwin starrte auf den Bildschirm. Das Bild hatte sich nicht verändert. Sein leeres Labor blieb einige Sekunden lang weiterhin leer. Schließlich öffnete sich die Tür und jemand trat ein. „Heilige Scheiße“, zischte Edwin und lehnte sich näher an den Bildschirm. Sein Kiefer klappte erschrocken auf, als er den tadellos gekleideten Mann sah, der sich schnell umsah, und dann auf den Raum zuging, in dem die Laborratten gehalten wurden. Während er sich bewegte, zog er eine Spritze aus seinem Jackett und bereitete sie vor.

Sobald er sich im Raum befand, wechselte das Bild zu der Kamera in der Ecke seines Rattenraums. Galle stieg in Edwins Hals auf, als er zusah, wie die Lippen des Agenten schmal wurden. Der Mann sah die Ratte in Käfig 16 an, zog die Tür auf, griff hinein, griff nach dem armen Nagetier und drückte die kleine Nadel in dessen Rücken. Edwin zuckte zusammen und stellte sich den Schmerz vor … zur Hölle, die *Angst*, die diese Nadel im Rücken begleiten musste.

„Hurensohn“, knurrte Edwin. Er blinzelte schnell und wehrte sich gegen die Tränen, die in seinen Augen brannten.

Die Übertragung wurde angehalten.

„Wer ist er?'

Edwin schluckte schwer. „Ich habe ihn zweimal getroffen. Er wurde beide Male als Agent Craigson vorgestellt.“

„Wir haben ihn getroffen“, sagte Carson. „Wir wollten nur sicherstellen, dass wir uns auf derselben Seite befinden.“

Edwin nickte abwesend und erinnerte sich an das Zusammentreffen am Vortag, während er weiter auf den Bildschirm starrte und das Bild von Craigson sah, der direkt in die Kamera blickte, während er die Nadel aus der Haut der Ratte zog.

„Warum starrt er in die Kamera?“ Edwin fand das äußerst seltsam. „Sollte er nicht versuchen, sein Gesicht zu verbergen?“

„Du meinst wie dieser Kerl hier?“, fragte Jared.

Wieder einmal tippte Jared ein paar Tasten und rief ein neues Video auf. Diesmal schritt ein dunkelhaariger Mann durch das Labor. Er hielt den Kopf vorsichtig so, dass sein Gesicht nie vor der Kamera erschien.

„Heißt das, dieser Typ ist Agent Haroldson?“, fragte Miach.

„Ich würde sagen, davon können wir ausgehen“, sagte Carson.

„Bist du sicher?“, fragte Nick und beugte sich auf seinem Sofa neben Miach vor. Er starrte stirnrunzelnd auf den Bildschirm. „Er hat sein Gesicht sehr gut versteckt, und mit dem typischen schwarzen Anzug könnte es sich um einen x-beliebigen dunkelhaarigen Agenten dort handeln.“

Jared richtete sich auf und zeigte auf den Bildschirm. „Wir haben nur ein paar Wochen an Material durchgesehen, aber dieser Typ ist derjenige, der meistens die Ratte spritzt. Craigson ist nur zweimal hier zu sehen, und jedes Mal legt er Wert darauf, direkt in die Kamera zu schauen.“

„Fast so, als möchte er erkannt werden“, sagte Miach.

Edwin beobachtete, wie Carson sich zu Jareds Rücken bewegte und seine Arme von hinten um ihn schlang. Für einen Moment versteifte sich der Mann, bevor er sich wieder in die Umarmung drückte. Carson flüsterte etwas in Jareds Ohr, und der Mann neigte seinen Kopf und grinste den größeren Mann an.

Während Edwin sich eingestehen konnte, dass er sich über die Dynamik des Paares wunderte, würde er nie fragen.

„Also, was machen wir?“, fragte Nick.

Edwin wandte den Blick von dem Paar ab und

konzentrierte sich wieder auf das anstehende Problem. „Wissen die nicht, dass etwas los ist, da Ratte Nummer 16 weg ist?“, fragte er.

Ein empörtes Quietschen ertönte von links und zog Edwins Aufmerksamkeit auf sich. Er schaute in die Richtung und sah die Ratte auf der Armlehne des Sofas sitzen. Er zuckte zusammen und korrigierte sich schnell: „Wandler. Tut mir leid.“

„Edwin hat recht“, sagte Byron. Er schlang seinen Arm um Edwins Taille, und sein Gesicht war besorgt. „Sie werden wissen, dass sie erwischt wurden. Sie werden entweder weiterziehen oder dir nachjagen.“

„Nicht, wenn wir ihnen zuerst nachjagen“, antwortete Jared.

„Was hast du im Sinn?“, fragte Carson.

Jareds Grinsen sah Edwins Meinung nach *sehr* raubtierhaft aus. Außerhalb von Filmen glaubte er nicht, dass er jemals etwas Ähnliches gesehen hatte. Er zitterte, als Jared sprach, so kalt war die Stimme des Mannes.

„Wir kidnappen sie und fragen, warum sie einen Gestaltwandler in Edwins Käfig gesteckt haben. Was sie zu erreichen hofften. Und ob sie noch mehr festhalten.“

„Glaubst du wirklich, dass sie uns das einfach erzählen?“ Edwin brachte die Frage heraus, bevor er sich selbst zensieren konnte.

Ja, definitiv ein gruseliges Lächeln. Edwin mochte es wirklich nicht, als es auf ihn gerichtet wurde.

„Ich bin mir sicher, ich kann sie überzeugen, es mir zu sagen.“

Edwins Kiefer sackte bei Jareds Worten nach unten. Sicher meinte er nicht …

„Und die Leute denken, dass Wandler blutrünstig sind“, murmelte Nick kopfschüttelnd.

Carson knurrte tief in seinem Hals.

Nick neigte den Kopf. „Entschuldigung.“

„Lass es, Injun“, schnurrte Jared geradezu und schaute über seine Schulter zu seinem Liebhaber. „Nick hat recht. Ich bin ein Arschloch.“ Er drehte sich in Carsons Armen um, so dass er seinem Geliebten gegenüberstand. „Aber du liebst mich trotzdem.“

„Kein Arschloch“, widersprach Carson und umfasste Jareds Kiefer. „Ein bisschen verrückt allerdings“, sagte er, bevor er seine Lippen eroberte.

Edwins Augenbrauen schossen hoch, als er zusah, wie das Paar leidenschaftlich herumknutschte. Eine Bewegung in seinem peripheren Blickfeld zog Edwins Aufmerksamkeit von dem Anblick weg. Die anderen Männer standen auf.

„Das ist unser Stichwort, zu gehen“, erklärte Byron und zog Edwin zur Tür. „Sobald sie loslegen, hören sie nicht auf.“

„Komm schon, kleiner Kerl“, sagte Nick und streckte die Hand nach der Ratte aus.

Der Gestaltwandler bewegte sich am Arm des Wolfs hinauf und zu seiner Schulter.

„Lass uns gehen.“ Miach drängte den blassen und sichtlich erschütterten Toby auf die Füße.

Als Byron Edwin zur Tür lenkte, warf Edwin einen Blick über die Schulter. Neugier, die nicht gezügelt werden konnte, ließ ihn fragen: „Warum kann er sich nicht verwandeln?“

„Die Spritzen, die sie ihm gaben, unterdrückten seine Fähigkeit, in die menschliche Form zurückzukehren“, erklärte Byron. „Die Medikamente werden in wenigen Tagen nachlassen. Deshalb mussten sie sich ständig in dein Labor schleichen.“

Edwin nickte. „Das ist schrecklich.“ Er drehte sich um und sah Nick und die Ratte an. Er sagte: „Es tut mir so leid. Ich wünschte, ich hätte es gewusst.“

„Ich bin neugierig, warum du nichts in seinem Blut bemerkt hast“, kommentierte Miach.

Edwin spürte, wie das Blut aus seinem Gesicht floss, und schluckte schwer. „Du hast recht. Ich hätte es merken sollen.“ Er drehte sich um und sah Byron an. „Ich muss ins Labor zurückkehren. Ich muss wissen, was ich übersehen habe!“

Byrons Brauen zogen sich zusammen. „Jetzt?“

Edwin nickte. „Ja. Ja, bitte.“ Er starrte den Fußboden an, während er ging, und versuchte bereits herauszufinden, wie er etwas übersehen haben konnte, das offensichtlich hätte sein müssen. Er hatte fast zehn Jahre lang mit Wandlerblut gearbeitet. Wie konnte er es übersehen haben?

„Okay, okay, Baby“, beruhigte Byron. „Wir gehen zurück ins Labor. Ich bin mir sicher, dass es eine Erklärung gibt.“ Byron küsste seine Schläfe und tauschte dann einen Blick mit Nick und Miach aus. „Ich werde ihn zurück ins Labor bringen.“

„Weißt du, das ist eine gute Idee“, sagte Nick. Er tätschelte Miachs Bauch. „Wir werden unterwegs was zu essen holen und dich dort treffen."

Miach seufzte, die Linien um seinen Mund wurden straffer, aber er nickte.

„Was ist mit dir, kleiner Kerl?", fragte Nick und schaute den Wandler auf seiner Schulter an. „Willst du Auswahl eins oder zwei? Eins, du bleibst in meinem Zimmer oder zwei, du kommst mit uns ins Labor zurück."

Die Ratte quietschte einmal und Nick nickte. „Ich verstehe." Er drehte sich zu den anderen um, hob seine Hand und winkte ihnen, weiterzugehen. „Ich werde unseren Freund in unser Zimmer bringen, dann treffen wir uns dort."

Miach löste sich von ihnen und folgte Nick.

Edwin konzentrierte sich schließlich auf Toby. Der junge Mann stand nervös im Hotelflur und bewegte sich von Fuß zu Fuß. „Du kannst nach Hause gehen, wenn du willst, Toby", sagte Edwin.

Toby leckte sich über die Lippen, sein Blick aus braunen Augen huschte in eine Richtung und dann in eine andere. Schließlich schüttelte er kurz den Kopf. „Nein, ich werde helfen."

„Bist du sicher?", fragte Edwin. Sein Assistent sah aus, als wäre er bereit, sich in die Hose zu pissen.

Byrons Brauen hoben sich und sein Mund verzog sich zu einem Grinsen. „Was stört dich mehr?", fragte er. „Dass wir Wandler sind oder dass wir schwul sind?"

Toby erbleichte, hob die Hände und streckte sie aus. „Oh, oh nein. Ich bin nicht … ähm."

Glucksend tätschelte Byron Tobys Schulter mit seiner freien Hand. „Entspann dich. Ich necke dich nur. Es gibt viel gefährlicheren Scheiß auf der Welt als uns."

„Ja, ich weiß", murmelte Toby.

Byron ließ Tobys Schulter los und legte den Arm um Edwin. „Lass uns gehen und dich beruhigen, Baby."

Edwin nickte und hoffte, dass es so einfach sein würde.

„Komm schon, Toby", winkte Byron und ging den Flur entlang. „Du bleibst bei uns."

Dieses Mal fuhr Byron. Edwin konnte einfach nicht stillsitzen, zappelte in seinem Sitz und fühlte sich unruhig. Frustration erfüllte ihn. Was hatte er übersehen?

Byron legte seine Hand auf Edwins Bein. „Entspann dich, Baby. Ich kann die Schuldgefühle riechen, die du verströmst."

„Ich habe mit einem Gestaltwandler experimentiert", grummelte er und versuchte, seine innere Qual zu verbergen.

„Du wolltest es nicht", versicherte Byron. „Hör auf, dir Vorwürfe zu machen."

Edwin drehte sich auf seinem Sitz um. Er runzelte die Stirn, als er sagte: „Ich verstehe nicht. Du warst bereit wegzugehen, als du auch nur *gedacht* hast, ich würde Experimente an Wandlern machen. Jetzt ist es bewiesen, dass ich *tatsächlich* mit einem experimentiert habe." Edwin packte Byrons Hand, wo sie auf seinem Oberschenkel ruhte. „Ich mache mir Sorgen, dass du weggehen wirst."

„Gefährten gehen nicht weg", sagte Byron schroff. „Ich habe gestern einen Fehler gemacht, als ich wegging, und ich werde es nicht noch einmal tun." Er drehte seine Hand um und schob ihre Finger ineinander. „Ich hoffe, dass ich dir das eines Tages beweisen kann."

Selbst als ihn Erleichterung erfüllte, als er die Worte hörte, erfüllte ihn auch Verlegenheit. „Tut mir leid, dass ich so verunsichert bin", murmelte er.

„Ich habe den Eindruck, dass du schon seit einiger Zeit über Wandler Bescheid weißt", entgegnete Byron. „Da dein Pate ein Wandler ist und du mit ihm zusammen gelebt hast, wann hast du es herausgefunden?"

Edwin war sich nicht sicher, ob Byron das Thema absichtlich gewechselt hatte oder nur mehr über ihn erfahren wollte, doch nach einem Blick über die Schulter erklärte er: „Meine Eltern starben bei einem Autounfall, als ich sieben Jahre alt war. Mit vierzehn sah ich ihn zum ersten Mal, wie er sich verwandelte."

Edwin lächelte über die Erinnerung und fuhr fort: „Ich sollte in der Bibliothek sein, um für eine Prüfung zu lernen." Er kicherte ein wenig. „Ich hatte mein Notizbuch vergessen. Ich mache mir gerne meine eigenen Notizen", gab er zu. „Es hilft mir, mich besser an historische Fakten zu erinnern. Jedenfalls bin ich nach Hause gekommen und habe im Hinterhof ein Tier gefunden, das herumlief und mit dem Hund meines Paten, Pongo, spielte. Das hat mich verdammt noch mal zum Ausflippen gebracht. Ich hatte noch nie eine so große Katze außerhalb eines Zoos gesehen."

„Du hast Puma gesagt, richtig?", erinnerte Byron ihn.

Edwin nickte und sagte: „Als Dillan erkannte, dass ich dort war, verwandelte er sich." Schnaubend schüttelte er den Kopf. „Ich hatte nie wirklich viel Fantasie, also bin ich ziemlich ausgeflippt. Er brauchte ein paar Tage, um mich zu beruhigen. Ich habe meinen Test verbockt.“

KAPITEL 8

Byron drückte die Hand mit seiner. „Und Gefährten? Hat Dillan dir davon erzählt?"

Edwin nickte einmal. „Ja. Er erklärte mir die Sache mit Gefährten. Er sagte, er suche immer noch nach seinem."

„Wann hat er dich verlassen?"

„Er musste vor etwas mehr als vier Jahren weiterziehen", erklärte Edwin. „Ich hatte gerade mein erstes Stipendium von einem Pharmaunternehmen erhalten. Es war nicht meine erste Wahl, aber damit konnte ich die Rechnungen bezahlen." Seine Hand, die auf Byrons lag, zog sich nur ein wenig zusammen. „Zwei Monate nachdem ich im Sattel saß, brachte Dillan mir Abendessen zum Mitnehmen von meinem Lieblingsrestaurant mit. Er erzählte mir, dass er tatsächlich fast dreihundert Jahre alt war und er war zu lange an einem Ort geblieben und musste sterben und weiterziehen." Edwin beendete mit einem Flüstern: „Er starb zwei Tage später. Sein Haus explodierte … es wurde auf ein Gasleck geschoben."

„Verdammt", murmelte Byron. „Es tut mir leid."

Edwin zuckte die Achseln und spähte aus dem Fenster, als sein Griff um Byrons Hand fester wurde. „Ich weiß, dass er noch lebt. Er schickt mir monatlich sein Blut. Ich kann ihn nur nicht sehen."

„Es ist jedoch nicht das Gleiche.“ Byron hob seine Hand und drückte einen Kuss auf die Finger, die mit seinen verbunden waren.

Byron wusste nicht, ob er sich erleichtert fühlte, dass er Edwin nicht erklären musste, was es mit Gefährten auf sich hatte, oder ob er von dieser Tatsache enttäuscht war. Verdammt noch mal, es könnte sogar der Grund sein, warum sein Gefährte Angst hatte, er würde wieder weggehen. Wenn er von Gefährten wusste und Byron gegangen war, und seine Eltern ihn verlassen hatten und sein Pate ihn verlassen hatte, machte er sich jetzt sicher Sorgen, dass Byron ihn auch verlassen würde.

Verdammt! Ich kenne den Mann kaum, und ich habe es schon gestern vermasselt, weil ich weggelaufen bin.

Byron steuerte das Auto auf den Parkplatz und fand einen Platz. Er musste die Hand seines Geliebten loslassen, um das Fahrzeug abzustellen. Sobald der Motor ausgeschaltet war, drehte er sich zu Edwin um.

Byron ignorierte die Tatsache, dass sie nicht alleine waren, und nahm die Hand seines Gefährten in beide Hände. „Du bist mein Gefährte, Edwin. Ich werde dich beanspruchen, und wir werden einen Weg finden, uns ein gemeinsames Leben aufzubauen. Ich weiß, dass du hier in Denver wohnst und ich wohne in Stone Ridge.“ Er zuckte die Achseln. „Ich muss auch an eine Schwester denken, aber du bist mein Gefährte. Wir werden das hinkriegen.“

„Und in über fünfzig Jahren, in denen du keinen Tag gealtert bist und ich graue Haare bekommen habe? Wirst du dich dann immer noch um mich kümmern?“

Seine Augenbrauen schossen bei Edwins Frage hoch. Es schien, als hätte Dillan seinem Patensohn nicht alles erzählt. Zumindest konnte Byron in dieser Hinsicht Edwin gute Nachrichten verkünden. Nun, Byron hoffte, dass Edwin es als eine gute Nachricht betrachten würde.

Byron ließ Edwins Hand mit seiner rechten Hand los und umfasste den Kiefer seines Geliebten. „Dein Leben wird sich an mein Leben anpassen, Edwin. Ich bin achtundneunzig. Ich hoffe, es macht dir nichts aus, noch drei oder vier Jahrhunderte zu leben."

Edwins Mund klappte auf.

Byron benutzte seinen Griff, um den Mund des Mannes sanft zu schließen. „Das wusstest du nicht, oder?"

Edwin schüttelte den Kopf und murmelte: „Nein. Warum hat er es mir nicht erzählt?"

Byron konnte es sich vorstellen, aber er wollte nicht schlecht von Edwins Patenonkel sprechen. Selbstsucht, rein und einfach. Er wollte nicht das Risiko eingehen, dass Edwin sich mit Dillan verbinden wollte, nur um länger zu leben und zusammen zu bleiben. Oder man könnte es auch als Selbstlosigkeit bezeichnen, wenn er wollte, dass sein Patensohn ein erfülltes Leben alleine führte, anstatt ihn an jemanden zu binden, der ihn niemals wirklich als Gefährten lieben würde.

„Ich bin sicher, er hatte seine Gründe", sagte Byron stattdessen. Er beugte sich nach vorne und drückte Edwin einen sanften Schmetterlingskuss auf die Lippen. Dann zog er sich zurück und schlug vor: „Warum gehen wir nicht rein und beruhigen dein Gewissen, hmm?"

„Ja, okay", antwortete Edwin fast abwesend. „Das klingt

gut."

Byron nickte und zog sich zurück. Er stieß die Autotür auf und trat heraus. Zu seiner Überraschung saß Toby auf dem Kofferraum und ließ eine Münze über seine Finger wandern, hin und her, hin und her. Byron erkannte, dass er nicht einmal wusste, wann der junge Mann aus dem Auto gestiegen war.

Als Byron die Tür zuknallte, sah Toby auf. Er lächelte schnell, bevor er seine Aufmerksamkeit wieder auf seine Münze richtete. „Ich … ich dachte, ihr zwei braucht vielleicht etwas Zeit alleine."

„Danke", antwortete Byron. „Edwin und ich haben viel zu besprechen."

Toby nickte. „Also, ähm, Gefährten …"

„Hast du schon mal von Liebe auf den ersten Blick gehört?", fragte Byron und unterbrach Toby, bevor er offen über Wandler sprechen konnte. Verdammt noch mal, ein Parkplatz war kein Ort, um über die Existenz von Wandlern zu diskutieren.

Toby verdrehte die Augen. „Das gibt es nicht."

„Sei nicht so sicher. In Geschichten ist das total angesagt", antwortete Byron grinsend. „Außerdem, Toby", fügte er hinzu und klopfte dem Teenager auf die Schulter. Er beugte sich vor und murmelte: „Paranormale wie ich suchen nach der anderen Hälfte unserer Seele. Eine besondere Person, die das Schicksal für uns bereitstellt, um uns zu vervollständigen. Das nennen Wandler einen Gefährten. Nicht nur die Liebe unseres Lebens, sondern die Person, die zu unserem Partner wird, jemand, der die Einsamkeit vertreibt, die unser langes Leben manchmal ausmacht."

Während Byron gesprochen hatte, waren Tobys Augen immer größer geworden. „Wow, wirklich? Glaubst du, ich habe auch so einen Kerl da draußen?“

Byron hob eine Braue. Es war also die Tatsache, dass er sich in einem Raum voll mit Wandlern befand, wegen der der junge Mann sich zuvor unwohl gefühlt hatte. Gut zu wissen. „Ein *Liebe auf den ersten Blick*-Kerl? Oder die andere Art?“

Toby zuckte mit den Schultern und verzog geringschätzig die Lippe, als er auf sich selbst blickte. „Hey, ich bin keine Trophäe. Ich weiß das. Ich bin fett und beziehe mein Wissen und ich komme mit all dem sozialen Zeug nicht klar. Ich will nur jemanden, der …“ Er zuckte erneut die Achseln. „Du weißt schon.“

Byron nickte; er wusste es. „Du möchtest, dass jemandem was an dir liegt. Dass jemand dich, trotz deiner Mängel, um deiner selbst willen zu schätzen weiß.“ Er lächelte. „Das ist kein Verbrechen.“ Über Tobys Schulter sah Byron, wie Edwin aus dem Fahrzeug stieg. Er konzentrierte sich wieder auf Toby. Lächelnd sagte er: „Ich suchte über fünfzig Jahren lang nach dieser besonderen Person. Gib niemals die Hoffnung auf.“

Tobys Augen weiteten sich. Sein Mund öffnete sich und formte ein *Oh*.

Byron zwinkerte, begab sich dann um das Fahrzeugheck herum und blieb neben Edwin stehen – der ein bisschen gefasster zu sein schien, als er ihn vorhin zurückgelassen hatte – legte einen Arm um seinen Liebhaber und drückte ihn leicht.

„Komm schon, Baby. Lass uns das Blut überprüfen.“

Byron beobachtete, wie Edwin nickte. Er konnte sehen, dass die Augen seines Gefährten immer noch ein wenig geweitet waren. Er hasste es, dass er für diesen schockierten Ausdruck in den Augen seines Geliebten verantwortlich war, aber es hatte kein Weg darum herumgeführt. Er hatte Edwin versichern müssen, dass er nirgendwo hingehen würde, und zu sagen, dass sie jahrhundertelang zusammen sein würden, schien eine großartige Strategie zu sein. Byron hatte einfach nicht damit gerechnet, dass Edwin sich von seinem Paten verraten fühlte, weil er diese wichtige Information nicht preisgegeben hatte.

Verdammt.

„Ich gebe zu, es ist schon eine Weile her, seit ich Biologie oder Chemie in der Schule belegt habe. Warum gibst du mir nicht einen Hinweis darauf, wonach du suchen wirst?“, fragte Byron und hoffte, dass das Thema Blut seinen Gefährten dazu bringen würde, sich auf etwas anderes zu konzentrieren.

Es funktionierte.

Während Byron sich anmeldete, einen Besucherausweis erhielt und zurück in Edwins Labor ging, hörte er seinem Gefährten zu, wie er über Blutanalysen und DNA-Sequenzen plapperte. Byron würde der Erste sein, der zugab, dass er nichts davon verstand, aber da über den wissenschaftlichen Hintergrund zu sprechen seinen Gefährten zu beruhigen schien, würde Byron bis zum Ende aller Tage zuhören.

Byron lächelte schief. Nun, er würde zuhören, bis sie irgendwo alleine waren. Dann würde er so viele andere Einsatzmöglichkeiten für den Mund seines Gefährten finden.

Die Labortür schloss sich und Byron beobachtete, wie sein Gefährte in Aktion trat. Byron lächelte über die Begeisterung seines Geliebten für seine Arbeit – oder in diesem Fall, weil er herausfinden musste, was er übersehen hatte – und setzte sich auf einen rollenden Hocker, dann rollte er über den Boden in eine Ecke. Er nahm an, dass seine Freunde bald mit dem Abendessen da sein würden, aber bis dahin wollte er an einer Stelle sein, von wo aus er alle Türen beobachten konnte.

Die beiden CIA-Agenten würden irgendwann darüber stolpern, dass der Rattenwandler entdeckt worden war, und Byron wollte nicht, dass sein Gefährte in der Schusslinie landete. Sein Handy klingelte, und er zog es aus der Tasche. Als er auf das Display sah, grinste er und größte: „Hallo, kleine Schwester. Was verdanke ich dieses Vergnügen?"

„Hast du schon einen Punkt gemacht?"

Byrons Augen weiteten sich. „Verdammt, was zur Hölle?"

„Ts, ts. Achte auf deine Worte, großer Bruder!", tadelte Diana. „Du bist achtundvierzig Stunden von mir weg und redest schon so derbe."

„Nun, wenn du mir nicht so eine Sch –" Byron unterbrach sich und rieb mit zwei Fingern über seinen Nasenrücken. Er seufzte und murmelte dann: „Nicht nett, Diana. Deinen Bruder so anzustacheln."

Diana kicherte.

Unter anderen Umständen hätte Byron den Laut wirklich zu schätzen gewusst, da sie *ihn* jedoch gerade ärgerte, nicht so sehr. „Was verdanke ich also diesen Ärger?", fragte er spitz.

„Meine Güte, ich gehe davon aus, dass deine schlechte Laune daran liegt, dass du es nicht geschafft hast, die Sache mit dem geilen Geek-Boy voranzutreiben“, grummelte Diana. „Was ist passiert? Hat er dich abgeschossen?“

Byron knurrte und schüttelte leicht den Kopf. „Nein, und nenn ihn nicht so.“

„Es tut mir leid“, antwortete Diana sofort. „Das war gemein. Ähm, was … was ist passiert?“

Reue dafür, dass er seine Schwester angefaucht hatte, überrollte ihn. Byron seufzte. „Entschuldigung, Diana. Nur …“ Er seufzte erneut und rieb mit einer Handfläche über seine rasierte Kopfhaut. „Nenn meinen Gefährten nicht Geek-Boy, oder? Nicht nett“, murmelte er und warf Edwin einen Blick zu, der anscheinend vollständig in die Blutprobe vertieft war, die er gerade durch das Mikroskop betrachtete.

„Ja. Sicher. Natürlich!“, antwortete Diana. „Also, ähm … wie läuft es?“, fragte sie vorsichtig. „Ich habe mir Sorgen gemacht.“

Byron warf einen Blick auf seine Uhr. Er hatte vor fast vierundzwanzig Stunden zuletzt mit ihr gesprochen. Natürlich würde sie sich fragen, was los war. „In den letzten vierundzwanzig Stunden ist viel passiert“, sagte er leise. „Mein Gefährte hat meine Entschuldigung akzeptiert, aber wir haben eine Ratte in der Regierung gefunden.“ Er verzog das Gesicht bei dem unbeabsichtigten Wortspiel. „Wir versuchen, alles wieder in Ordnung zu bringen.“

„Oh … oh! Du bist vorsichtig, richtig?“

„Das bin ich, kleine Schwester“, versicherte Byron. „Ich

kann nicht sagen, wann wir zurückkommen werden."

„Mach dir keine Sorgen um mich", versicherte Diana. „Mir geht es gut. Konzentriere du dich einfach auf das, was da draußen vor sich geht, und bring deinen Hintern sicher zu mir zurück. Du hast eine Woche."

Byron konnte hören, dass Diana lächelte, auch wenn er das Zittern in der Stimme seiner Schwester hörte. Sie machte sich Sorgen, während sie versuchte, eine tapfere Miene aufzusetzen. „Das werde ich. Wir sehen uns bald wieder."

„Ist das deine Schwester?"

Byron sah auf und sah Edwin vor sich stehen. „Warte, Diana." Er entfernte das Telefon von seinem Gesicht und schüttelte es ein wenig. „Ja, sie hat sich gefragt, wie es zwischen uns läuft."

Das Blut floss aus Edwins Gesicht. „Du hast doch nicht, ähm …" Er winkte etwas ungelenk mit der Hand in der Luft. „Du erzählst ihr nicht von … du weißt schon … oder?"

Byron lachte schnaubend und schüttelte heftig den Kopf. „Natürlich nicht. Sie versucht nur, neugierig zu sein!" Byron wusste, dass sie jedes Wort hörte, und hob das Telefon an sein Ohr. Er hielt den Blick seines Gefährten und sagte: „Schwestern sind einfach so."

„Das gilt auch für Brüder!", antwortete sie schnell in einem Singsang. „Wenn du deinen Mist in Ordnung gebracht hast", fuhr sie schnell fort, „und weißt, wann du nach Hause kommst, dann ruf mich an. In der Zwischenzeit werde ich mich hier abrackern, um einen High-School-Abschluss zu machen." Nach einer kurzen Pause fügte sie jovial hinzu: „Viel Spaß beim Vögeln!"

Byrons Kiefer klappte nach unten, als es in der Leitung klickte. Er nahm das Gerät von seinem Gesicht und starrte es an. „Also dieses kleine …“ Er schüttelte den Kopf und zwang sich zu einem Lächeln, als er Edwin besorgt dreinschauen sah. „Ich war nicht zu laut, oder? Habe ich dich unterbrochen?“

Edwin schüttelte schnell den Kopf. „Ich glaube, ich habe herausgefunden, was ich übersehen habe. Wandler-DNA sieht an der Oberfläche sehr ähnlich aus wie menschliche DNA. In den Chromosomen sieht man Unterschiede, aber die eigentlichen Identifikatoren liegen tiefer in der Mitochondrien-DNA und was auch immer diese Agenten ihm gegeben haben, unterdrückt bestimmte Faktoren. Deshalb habe ich es nicht gesehen!“

Byron hörte zu, aber er verstand nicht. Er wusste, dass Menschen dreiundzwanzig Chromosomenpaare in einer normalen, gesunden Zelle hatten, aber danach ließen ihn seine begrenzten Biologiekenntnisse im Stich.

Nachdem er einige Minuten lang zugehört hatte, hob Byron seine Hand. „Baby?“

Edwin stoppte mitten im Satz. „Ja?“

„Babe, ich bin wirklich froh zu hören, dass du denkst, dass du herausgefunden hast, was du übersehen hast und dass es dich beruhigt“, versicherte Byron. „Es tut mir leid. Ich verstehe es einfach nicht.“

„Oh, richtig, mir tut es leid“, antwortete Edwin sofort und errötete ein wenig. „Ich lasse mich hinreißen.“

Byron lächelte Edwin an, ergriff seine Hand und drückte seine Finger. „Wie wäre es damit: Normalerweise lasse ich dich nach Herzenslust reden. Erwarte nur nicht, dass ich es wiederhole."

Edwin schien wirklich verwirrt, als er fragte: „Warum solltest du das tun?"

„Ich mag den Klang deiner Stimme", gab Byron zu.

„Oh." Edwin lächelte. „Okay, und wenn ich dich langweile oder zu ausschweifend werde, wirst du es mich wissen lassen?"

„Deal", stimmte Byron zu.

„Also, was hat deine Schwester gesagt?", fragte Edwin und kehrte zu dem zurück, was sein ursprünglicher Grund gewesen sein musste, zu ihm zu kommen. „Ist alles in Ordnung?"

„Hallo! Sorry, dass wir so lange gebraucht haben. Ihr würdet nicht glauben, wie lang die Schlange in diesem chinesischen Restaurant war. Die Frühlingsrollen dort müssen aus Gold sein!", rief Nick, als er ins Labor schlenderte und eine Tüte mit Essen hochhielt. „Wo ist der beste Ort, um unsere leckeren Köstlichkeiten abzulegen?"

Byron roch das wohlriechende chinesische Essen und öffnete den Mund, um seinen Gefährten zu fragen, ob er Hunger hatte, aber Edwin schüttelte ihre vereinten Finger und hakte nach: „Also, was hat sie gesagt? Geht es ihr gut? Ist alles in Ordnung?"

„Ja", bestätigte Byron. „Alles ist gut. Sie fragte sich nur, ob ich es geschafft habe, genug auf Knien vor dir zu rutschen, um eine zweite Chance zu erhalten, und wann ich h –" Er unterbrach sich, als er begriff, was er sagte.

Edwin schüttelte den Kopf und zog sich zurück. „Wenn du heim kommen würdest. Ja … nach Stone Ridge. Über dreihundertsiebzig Kilometer von hier entfernt."

„Hey. *Hey*!", bellte Byron. Er ergriff die Oberarme seines Gefährten und hinderte ihn daran, sich abzuwenden. „Pass auf, Edwin. Ich verlasse dich nicht. Ich bin nicht wie die anderen, verstehst du das?" Als er den Unglauben in Edwins Gesicht sah, wusste Byron, dass er brutal direkt werden musste.

Byron schüttelte Edwin einmal. „Du hörst mir jetzt zu, Gefährte", forderte er, zog seinen Liebhaber näher und beugte sich ein wenig vor, so dass ihre Gesichter nur wenige Zentimeter voneinander entfernt waren. „Hörst du zu?"

Als Edwin nickte, waren seine Augen hinter seiner Brille geweitet, und Byron wollte das Hindernis nicht.

Byron ließ den Oberarm seines Geliebten mit der rechten Hand los und griff nach Edwins Brille. Er zog vorsichtig an dem schmalen Rahmen und nahm sie vom Gesicht seines Geliebten. Er legte sie beiseite und widmete sich wieder Edwin.

Byron senkte seine Hände auf Edwins Taille. Er packte und zerrte und zog seinen Gefährten auf seinen Schoß. Sobald Edwin sich auf seine Schenkel gesetzt hatte, legte Byron seine Arme um den Menschen, einen um seinen Oberkörper und einen um seinen unteren Rücken, wo seine Hüften auf seinen Hintern trafen. Byron drückte ihn an sich.

Mit seinem Oberarm schob er seine Hand entlang Edwins Wirbelsäule nach oben und umfasste den Nacken seines Geliebten. Er zwang Edwin, seinen Kopf zu neigen, und brachte ihre Stirnen zusammen. Byron blickte in Edwins stürmische, graue Augen und nahm die lebhaften Farben der

Iris seines Gefährten wahr.

„Du hast die letzten paar Male, als ich das gesagt habe, nicht zugehört“, grummelte Byron und suchte im Gesicht seines Gefährten nach Konzentration und Verständnis. „Hörst du jetzt zu?“

Nach einigen Sekunden nickte Edwin langsam. „Ich höre.“

Bei Edwins geflüsterten Worten lächelte Byron. „Gut, weil du mich jetzt am Hals hast. Sicher, mein Zuhause ist über dreihundert Kilometer von hier entfernt. Das bedeutet nicht, dass wir keinen Weg finden werden, um ein Leben zusammen zu führen.“ Er verengte seine Augen und verstärkte seinen Griff. „Denn das werden wir!“

KAPITEL 9

Etwas tief in Edwins Brust – ein Knoten, von dem er nicht einmal gewusst hatte, dass er da war – begann sich zu lockern. Er war so lange allein gewesen und hatte sich nur auf sich selbst verlassen. Er wusste nicht, wann er angefangen hatte, alle auf Distanz zu halten.

Dieser Mann würde ihn jedoch nie verlassen.

Edwins Herz stolperte in seiner Brust. Aufregung einer anderen Art drang durch ihn hindurch. „Okay."

Byrons dunkle Gesichtszüge verzogen sich zu einem Grinsen. „Gut."

So gehalten zu werden und die Arme seines neuen Geliebten um sich zu haben, gefiel Edwin, und er setzte sich bequemer auf den Schoß des größeren Mannes. Er lehnte sein Gesicht an die Beuge von Byrons Hals und atmete den natürlichen Moschusduft des Wandlers ein. Edwin mochte auch die Art und Weise, wie Byron ihn mit seinem Arm um die Hüften festhielt und wie er mit der anderen Hand über seinen Rücken auf und ab rieb.

„Fühlt sich gut an", murmelte Edwin gegen die Haut unter seinen Lippen, bevor er die Stelle leckte und an ihr saugte.

Byron summte und schmiegte seine Schläfe an Edwins

Haar. „Was meinst du, Edwin?"

Edwin lächelte, als sein Name von Byrons Zunge rollte. „Das hier. Sitzen und festhalten. Gehalten werden. Kein Zwang, mehr zu tun." Er kuschelte sich tiefer in Byrons Umarmung und war erfreut darüber, dass der Wolfswandler überhaupt nichts dagegen hatte, die Umarmung fortzusetzen. „Ich hatte das noch nie zuvor", gab er zu.

„Ich werde dich jederzeit festhalten", versicherte Byron.

„Es ist verdammt nochmal Zeit, dass Sie wieder aufgetaucht sind. Sie haben den Gestaltwandler also gefunden?", knurrte eine tiefe, heisere Stimme von der Tür aus. „Warum zur Hölle haben Sie so lange gebraucht?"

Edwin hob den Kopf. Er sah Agent Craigson direkt in der Tür stehen. Seine Augen waren verengt und seine Arme waren über seiner Brust gekreuzt. Der Agent warf einen Blick über die Gruppe, sah Miach, Nick und Toby, die sich um das auf dem gegenüberliegenden Tisch stehende Essen versammelt hatten. Dann sah er Edwin an, der auf Byrons Schoß saß und sich an ihn schmiegte.

Nachdem er leicht seine Schläfe geküsst hatte, schob Byron Edwin sanft von seinem Schoß und stellte sich neben ihn. Er hielt seinen Arm besitzergreifend oder vielleicht schützend um seine Taille. Edwin war sich nicht sicher.

„Und es ist interessant, dass Sie aufgetaucht sind, Agent Craigson", knurrte Nick. „Hier, um der Ratte die nächste Dosis der Droge zu geben?"

Zu Edwins Überraschung senkte Craigson die Arme, ließ den Kopf hängen und stieß einen tiefen Seufzer aus. Er schüttelte den Kopf. „Ich hasste es, das mit dem kleinen Kerl machen zu müssen“, gab er schroff zu. Er hob den Kopf und begegnete Nicks schmaläugigem Blick. „Aber ich musste Haroldson dazu bringen, mir zu vertrauen. Ich brauchte ihn, um mich zu seinen anderen Wandlern zu führen. Ich weiß, dass er irgendwo mehr eingesperrt hat.“ Er leckte sich die Lippen und knurrte. „Er hat Marlow mit ihnen versorgt. Als euer Rudel anfing, die Einrichtungen dieses Arschlochs lahmzulegen, begann er, auf der anderen Seite zu arbeiten.“

Craigson schnaubte kalt. „Er wollte mit diesem sinkenden Schiff nicht untergehen, sagte er. Dass es immer jemanden gibt, der einen Freak haben will.“ Er hob schnell eine Hand, um stumm zu beschwichtigen. „Nichts für ungut. Seine Worte. Er beharrt in seiner Bigotterie auf Chancengleichheit … wie Sie gesehen haben.“

„Also gut“, murmelte Byron. „Das ist das meiste, was ich Sie je am Stück sagen gehört habe. Warum erzählen Sie uns das?“

Craigson hob eine blasse Braue und sah Byron scharf an. „Weil ich weiß, dass ihr Wandler die Fähigkeit habt, eine Lüge zu riechen. Ich sage euch die Wahrheit, damit ihr mir vertraut.“

„Warum?“, fragte Nick.

Craigson drehte den Kopf und sah Nick finster an. „Weil ich eure Hilfe brauche.“

Edwin vermutete, dass der Agent nicht besonders gern um Hilfe bat.

Miach neigte den Kopf, als er einen Arm über Nicks Schultern legte. „Was brauchen Sie?“, fragte er unverblümt.

Craigson konzentrierte sich auf Miach. „Ich werde

Haroldson sagen, dass der Rattenwandler bemerkt wurde und ihr alle ihm auf der Spur seid. Ich werde ihn davon überzeugen, dass er alle Beweise loswerden muss, dass er Wandler an Dritte geliefert hat. Dazu gehören auch die Wandler, die er derzeit in seinem Besitz hat." Seine Augen verengten sich, als er weitersprach. „Ich brauche euch, um ihm zu folgen und ihn daran zu hindern, weitere Unschuldige zu töten."

Nicks Augen verengten sich. „Und was werden *Sie* tun?"

„Die Kopien seiner Aufzeichnungen stehlen und sie zu Direktor Jeffries bringen. Er mag ein Arschloch sein, aber er ist der Boss", antwortete Craigson.

„Abgemacht", sagte Byron. Mit dem Arm um Edwins Schultern zog er ihn zu dem mit chinesischem Essen beladenen Tisch. „Wollen Sie was essen? Ich habe Hunger."

Edwins Augenbrauen schossen hoch, überrascht von dem Angebot.

Offensichtlich erwischte das Angebot auch Craigson unvorbereitet, denn er platzte heraus: „Sie wollen, dass ich mit esse?"

„Wir brauchen ein paar Minuten, um mit unserem Vollstrecker Kontakt aufzunehmen", sagte Byron. „So wie ihr eine Befehlskette habt, tun wir das auch. Er muss darüber informiert werden, was los ist."

Nick kicherte. „Denkst du, er und Jared sind fertig?"

Craigson runzelte die Stirn. „Mit was fertig?"

„Ficken", antwortete Byron unverblümt.

Seine Augenbrauen schossen in die Höhe, als Craigson murmelte: „Sie sind ein Paar?"

„Verpaart, ja“, antwortete Nick und wählte sein Telefon.

Edwin nahm den Teller mit Essen, den Byron ihm reichte, und aß schweigend. Er hörte den Wolfswandlern, Miach und Craigson zu, die Pläne mit Jared und Carson machten, die sie auf Lautsprecher gestellt hatten. Wie eine gut geölte Maschine … oder ein Rudel, schmiedeten sie ihre Pläne, um Haroldson zu Fall zu bringen.

„Ich werde nicht mitkommen.“

Byrons Aussage riss Edwin aus seiner beeindruckten Starre. „Was? Du gehst nicht?“

Lachend legte Byron seine Essstäbchen hin und griff nach Edwins Hand. „Babe, du und ich haben noch unvollendete Angelegenheiten, die Vorrang haben. Mein Rudel braucht meine Hilfe nicht, um Haroldson zu erledigen.“ Er brachte Edwins Finger an seine Lippen und küsste sie sanft. „Wir, hingegen, sind etwas, woran ich arbeiten muss.“

„Was zum Teufel ist hier los?“

Edwin riss beinahe vor Überraschung seine Hand von Byrons weg, aber sein Liebhaber hielt ihn fest. Edwin drehte sich auf seinen Hocker und sah Direktor Jeffries in der Tür stehen, der sie alle anstarrte.

„Meine Güte, ist ja plötzlich wie auf dem Hauptbahnhof hier“, murmelte Toby.

„Allerdings“, flüsterte Edwin.

Edwin stellte seinen Teller ab, zog sanft seine Hand aus Byrons Griff und trat dem Direktor gegenüber. „Wie kann ich Ihnen helfen?“

„Sie können mir sagen, was zum Teufel hier los ist“,

forderte Direktor Jeffries ihn auf. „Ich bekomme einen Anruf von der Sicherheit, dass heute schon zweimal Wandler hier ein- und ausgehen.“ Er winkte zu der Gruppe, die am Tisch aß. „Jetzt finde ich Sie hier mit diesen … Männern zusammen.“

Edwin richtete sich zu seiner vollen Größe auf, was ihn auf etwa einen Zentimeter unter die eins achtzig des Direktors brachte, und antwortete ruhig: „Ich wurde unter Vertrag genommen, um herauszufinden, ob das Blut eines Wandlers verwendet werden kann, um ein sicheres Heilmittel für Menschen herzustellen.“ Er drehte sich um und winkte der Gruppe vage zu. „Die Wandler erklärten sich bereit, Blut zu spenden.“

„Und dazu müssen sie was zu essen kriegen?“, fragte der Direktor und verschränkte die Arme vor der Brust. „An der Hand gehalten werden?“

Edwin schaffte es gerade so, den Mann nicht ebenfalls gereizt anzustarren. Stattdessen behielt er seine Gesichtszüge neutral, als er antwortete: „Mit wem ich Beziehungen pflege, ist nicht Ihr Anliegen.“

„Beziehungen zwischen einem Angestellten und denen, die in Verhandlungen mit der Regierung stehen, sind gegen die Politik“, schnappte der Direktor.

Diesmal konnte er den erbosten Blick nicht zurückhalten. Wut brannte langsam in seinem Bauch. „Ich bin kein Regierungsangestellter“, antwortete er kalt.

„Sie wurden von dieser Behörde unter Vertrag genommen, daher gelten für Sie dieselben Richtlinien. Kein Fraternisieren mit Vertretern einer Organisation, die sich derzeit in Vertragsverhandlungen mit unserer Behörde befindet."

Der triumphierende Ausdruck auf dem Gesicht des Direktors machte Edwin wirklich richtig sauer. Wie hatte er die Mobbingmethoden des Mannes so lange tolerieren können? Er hasste Tyrannen! Er knirschte mit den Zähnen und knurrte: „Wenn ich hier arbeite, kommt es also nicht in Frage, dass ich mit Byron zusammen bin? Oder mit Wolfswandlern im Allgemeinen?"

Edwin sah aus dem Augenwinkel, wie Byron sich anspannte und ein Muskel in seinem Kiefer zuckte.

Direktor Jeffries grinste. „Das ist richtig." Er sah zu Byron. „Entschuldigung, Jungs. Sie müssen Ihre Schwänze für sich behalten."

„Ich berufe mich auf Klausel 6 B meines Vertrages", sagte Edwin und verschränkte die Arme vor der Brust.

Für einen Moment wurde der Direktor blass und schnappte dann: „Das können Sie nicht tun."

Edwin hob eine Braue und antwortete: „Tatsächlich kann ich das." Er lächelte wild und sagte: „Wenn meine Arbeit für die Regierung gesundheitsschädlich für mich wird, kann ich den Vertrag kündigen."

„Wie zur Hölle ist die Arbeit für die Regierung zu einer Gefahr für Ihre Gesundheit geworden?" Der Direktor schrie seine Worte fast.

„Ich habe Byron getroffen", sagte Edwin mit einem Schulterzucken. „Er ist mein Gefährte. Von seinem Gefährten getrennt zu sein, ist körperlich schmerzhaft. Wenn ich nicht mit ihm zusammen sein kann, weil ich für Sie arbeite, dann kündige ich."

Der Direktor hob eine Hand und zeigte auf Edwin. „Das ist Schwachsinn und Sie wissen es.“

Überraschenderweise mischte sich Agent Craigson ein. Er hob beschwichtigend die Hand und sagte: „Eigentlich, Direktor Jeffries, ist es das nicht. Es ist körperlich schmerzhaft, wenn ein Wandler und sein menschlicher Gefährte getrennt werden.“ Er zuckte die Achseln. „Es ist eine Eigenart der paranormalen Biologie, an die wir uns gewöhnen müssen, während wir mehr Kenntnisse über die *anderen,* die unsere Welt bewohnen, gewinnen.“

Direktor Jeffries knurrte Edwin mit verzogenen Lippen an: „Kündigung akzeptiert. Sie haben zweiundsiebzig Stunden Zeit, um alle persönlichen Forschungsmaterialien aus dieser Einrichtung zu entfernen. Alles, was die Regierung zur Verfügung gestellt hat, bleibt.“ Der Direktor drehte sich um und stapfte aus dem Raum.

„Babe“, rief Byron, ergriff Edwins Hand und zog seine Aufmerksamkeit auf sich. „Du hast gerade für mich gekündigt.“

Edwin seufzte und das Adrenalin, das seinen Körper verließ, ließ ihn sich leer fühlen. Er lächelte Byron an und schüttelte dann den Kopf. „Nein, Wolf“, konterte er. „Ich habe es für mich getan.“ Edwin trat näher an seinen Liebhaber heran und legte seine freie Hand auf Byrons Brust. „Es mag egoistisch klingen, aber das ist für mich.“

Byrons Lippen verzogen sich zu einem Lächeln und dann zu einem Grinsen. „Überhaupt nicht egoistisch.“ Er zwinkerte und sah sich dann um. „Brauchst du Hilfe beim Packen?“

Der Schock seiner vorschnellen Entscheidung begann sich einzustellen. „N-nein, ich glaube, ich werde mich morgen darum kümmern“, entschied er.

Byron nickte und zog ihn in eine feste Umarmung. „In der Zwischenzeit bringen wir dich nach Hause“, murmelte er in sein Ohr. „Ich habe heute Nacht Pläne für dich.“

Edwin hob den Kopf und grinste. „Pläne, die mit mehr Versprechen für die Zukunft zu tun haben?“

„Verdammt, ja“, knurrte Byron und seine dunklen Augen glitzerten. Er drückte seine Hüften gegen Edwins und enthüllte, dass er einen harten Schaft hatte, der seine Jeans füllte. „Eine sehr angenehme Zukunft.“

„Und wir haben unsere eigenen Aufgaben zu erledigen“, sagte Nick.

Der Klang der Stimme des anderen Wandlers erinnerte Edwin daran, dass sie nicht alleine waren. Und obwohl er wusste, dass es ihm Spaß machen würde, das Bedürfnis, das sich schnell in seinem Körper ausbreitete, zu befriedigen, hatte er nicht den Wunsch, einen Moment länger an seinem Arbeitsplatz – ehemaligen Arbeitsplatz – zu bleiben.

„Lass uns hier verschwinden“, drängte Edwin. Er schaute zu seinem Assistenten und fragte: „Brauchst du eine Mitfahrgelegenheit nach Hause?“ Er bemerkte Tobys Gesichtsausdruck und sein blasses Gesicht. „Oh.“ *Oh Scheiße, was habe ich getan?* „Es tut mir leid.“

Toby zuckte die Achseln. „Ich denke, ich brauche mich jetzt nicht mehr von dir mitnehmen zu lassen.“

Verdammt, warum hatte er nicht daran gedacht, dass seine Entscheidung auch Toby beeinflussen würde? Er hatte seinen Assistenten gerade seinen Job gekostet.

Es sei denn …

„Ich denke nicht, dass ich dich überreden kann, nach Stone Ridge zu ziehen, oder? Ich habe viel Geld gespart. Ich könnte dich selbst bezahlen, bis ich ein weiteres Stipendium bekomme“, bot Edwin an.

„Das Rudel wird auch helfen“, fügte Byron hinzu.

Nick, der gerade zur Tür ging, blieb stehen und winkte. „Er hat recht. Sobald wir uns um unser neues Problem gekümmert haben, gibt es eine Menge Wandler, die helfen werden, ein neues Labor in Gang zu bringen.“ Mit dieser Versicherung zum Abschied ging Nick zur Tür, gefolgt von Miach und Agent Craigson.

Byron bedeutete Toby, ihnen zu folgen, als er Edwin zur Tür führte. „Lass uns hier verschwinden“, sagte Byron.

Nachdem Edwin das Labor verlassen hatte, hielt er inne und sperrte ab. Das Trio verließ das Gebäude. Dieses Mal nahm Edwin den Fahrersitz und Byron war der Beifahrer. Nachdem Toby sich auf dem Rücksitz angeschnallt hatte, beugte er sich vor. „Also, wie viele dieser Regierungsangestellten da drinnen wissen tatsächlich von Wandlern, was denkt ihr?“

Edwin zuckte die Achseln. „Du hast ja gehört, wie Leute über wilde Wölfe sprachen. Sag du es mir“, kommentierte er, als er das Auto startete und losfuhr.

„Wilde Wölfe.“ Byron blickte zwischen ihnen hin und her und drehte sich halb in seinem Sitz. „Ihr habt ein Problem mit wilden, rudellosen Wölfen hier?“

Edwin warf einen Blick in den Rückspiegel und sah,

dass Tobys Gesicht rot wurde. Er unterdrückte ein Kichern, als sein Assistent wie ein Fisch den Mund auf und zu klappte und offensichtlich einen Weg finden wollte, wie er aus dieser Grube wieder rauskommen konnte. Schließlich hatte Edwin Mitleid mit ihm.

Edwin griff nach Byrons Oberschenkel und drückte leicht. „Offensichtlich gibt es einige Agenten, die über Wandler gesprochen haben. Sie nennen euch alle Wilde." Er verzog das Gesicht und fügte hinzu: „Ich erklärte Toby, dass die meisten Wandler meinen, als Wilder bezeichnet zu werden sei eine Beleidigung."

„Oder es bedeutet, dass man gefährlich ist", antwortete Byron leise.

„Was meinst du damit?", fragte Toby und runzelte die Stirn.

„Nun", grollte Byron. „Es ist möglich, dass ein Wandler seine Menschlichkeit an sein Tier verliert", gab er zu. „Wenn das passiert, wird er zu einer Gefahr für sich und andere." Er machte eine Pause und fuhr dann fort: „Ihr Menschen hört von Serienmördern und Mördern. Das ist es, was wir als einen wilden Wolf – oder anderen Wandler – betrachten."

„Oh", murmelte Toby. „Wow, das ist … es tut mir leid. Ich habe es nicht als Beleidigung gemeint!"

Byron nickte. Er lächelte. „Schon in Ordnung. Sei nur vorsichtig, wie du diesen Begriff in Gegenwart von Paranormalen verwendest", warnte er.

Tobys Augen wurden rund. „Oh, das werde ich nicht", versicherte er. „Es benutzen, meine ich … Ähm, ja, ich werde vorsichtig sein."

In den nächsten fünfzehn Minuten fuhr Edwin. Er hielt schließlich vor Tobys Wohnung an. „Geht es dir gut?“, fragte Edwin, als er den Rückspiegel benutzte, um zu sehen, wie sein junger Assistent seinen Sicherheitsgurt löste und zur Seite rutschte.

Toby hielt inne und begegnete seinem Blick im Spiegel. Er zuckte mit den Schultern. „Ja. Hol mich wie üblich um acht ab und ich helfe dir, im Labor zusammenzupacken.“

„Wirklich?“ Edwin legte den Kopf schief. „Ich weiß, dass ich dich irgendwie in die Sache reingerissen habe. Ich verstehe, wenn du die nächsten paar Tage für die Suche nach einer neuen Beschäftigung nutzen möchtest.“

Toby neigte sein pausbäckiges Gesicht ein wenig zur Seite und runzelte die Stirn. „Du meintest es nicht ernst, dass ich mit nach Stone Ridge kommen kann? Du mich bezahlen wirst?“

Edwins Mund stand auf. „Wirklich? Du willst mitkommen?“

Toby sah in Richtung der Wohnung, von der Edwin wusste, dass er sie sich mit zwei anderen Männern teilte. „Ich habe keine Familie … zumindest keine, die sich für mich interessiert. Das weißt du doch.“ Er drehte sich um und sah Edwin wieder an. „Was hält mich also hier?“

Edwin konnte seine Erleichterung nicht verbergen und grinste. „Danke, Toby. Ich weiß das zu schätzen. Wir sehen uns um acht. Ich werde sogar die Scones mitbringen. Mit Apfelgeschmack“, fügte er hinzu in dem Wissen, dass dies die Lieblingssorte des jungen Mannes war.

Tobys Grinsen beherrschte sein Gesicht. „Genial!“

Als Edwin beobachtete, wie Toby aus dem Fahrzeug stieg und mit weit mehr Sprungkraft die Treppe hinaufging, als die meisten Leute bei seinem Gewicht hätten, lächelte er. *Nichts ist vergleichbar mit jugendlicher Begeisterung, etwas Neues zu beginnen.* Er war dankbar, dass sein Freund mit ihm kam.

Edwin lenkte sein Auto erneut auf die Straße und brachte diesmal seinen Gefährten zu sich nach Hause. Je näher sie seinem Häuschen kamen, desto stärker wurde seine Nervosität. Er wusste, was passieren würde, wenn sie dort ankamen. Byron würde ihn beanspruchen. Sie wären verpaart und er würde diesen Gestaltwandler, den er kaum kannte, nie mehr verlassen können.

Edwin erinnerte sich daran, dass Byron ihn umworben hatte, zu ihm zurückgekehrt war und geschworen hatte, ihn niemals zu verlassen. Er hatte ihm gesagt, dass Byron ihn aufgrund seiner Bindung nicht überleben würde. Stattdessen würde Byron sein verlängertes Leben mit ihm teilen. Als er in seine Einfahrt bog und im Carport parkte, spürte Edwin, wie etwas seine Nervosität verdrängte.

Freudige Erwartung.

KAPITEL 10

Byron ließ seinen Blick über Edwins Haus schweifen. Er hatte sich während der ganzen Heimfahrt sehr angestrengt, um seine Hände bei sich zu behalten. Jetzt wollte er nur noch seinen Gefährten aus dem Auto zerren, ins Haus schleppen und ihn ausziehen. Dem folgten natürlich mehrere Runden leidenschaftlicher Sex, bei denen ihre verschwitzten Körper bis zum Höhepunkt aneinander rieben.

Stattdessen hielt Byron sich zurück. Er betrachtete das Bungalowhäuschen, vor dem sein Gefährte angehalten hatte. Er konnte nicht umhin zu bemerken, dass sein eigenes Haus etwas größer war, während das Äußere den gleichen rustikalen Charme hatte. An Byrons Haus gab es eine riesige Veranda, die perfekt für Versammlungen mit dem Rudel und Freunden war. Byron schätzte die Offenheit von Declans Rudel und war dankbar, dass eine Reihe der örtlichen Wandler ihn zu ihren monatlichen Pokerspielen eingeladen hatte.

„Spielst du Poker?", fragte Byron neugierig. Er hoffte, dass sein Geliebter mit seinen Freunden auskommen würde … oder sie zumindest akzeptieren würde?

„Äh, na ja …" Edwin lief knallrot an, als er aus dem Wagen stieg und den Weg zur Haustür entlangging.

Byron war von der Antwort überrascht und lief ihm

nach. Er packte seinen Arm und stoppte seinen Gefährten, der sich rasch zur Haustür bewegte. „Hey, was ist los? Habe ich etwas Falsches gesagt?"

Edwin verzog das Gesicht und sein Kiefer spannte sich für ein paar Sekunden. Er seufzte. „Ich kann Karten zählen. Die meisten Leute spielen nicht gern mit mir, wenn sie das merken."

„Verdammt, wirklich?" Byron konnte sein Grinsen nicht verbergen.

„Ja." Edwin zuckte die Achseln. „Ich bin ein Kartenhai."

Byron spürte, dass sein Grinsen breiter wurde. „Sehr nett." Er beugte sich zu seinem Gefährten und flüsterte: „Fürs Erste wird dieses kleine Gespräch zwischen uns bleiben."

Edwins Brauen schossen in die Höhe. „Ach wirklich? Warum?"

Byron schaute den verwirrten und ungläubigen Gesichtsausdruck seines Gefährten an und zwinkerte. „Weil ich es nicht erwarten kann, die Gesichter meiner Freunde zu sehen, wenn du sie zum ersten Mal so richtig abzockst." Er kicherte tief in der Kehle, amüsiert von dieser Aussicht. Die MacDougal-Wolfswandler-Brüder hielten sich beide für begnadete Kartenspieler. Byron konnte es nicht erwarten, dass sein Gefährte sie besiegte … mehrmals.

In diesem Moment hatte Byron jedoch andere Pläne. Nachdem er wieder an Edwins Lippen geknabbert hatte, hob er den Kopf und sagte: „Bekomme ich eine Tour?"

„Nein", antwortete Edwin und überraschte Byron damit. Er grinste. „Aber ich zeige dir das Schlafzimmer. Ich könnte wirklich einen guten Fick gebrauchen.“

Eine Woge von Erregung schoss durch Byron. Sein harter Schwanz pochte in seiner Jeans, und er spürte, wie Feuchtigkeit aus seiner Eichel strömte. „Zeig mir den Weg“, stimmte er zu.

Edwin drehte sich um und öffnete die Tür. Er ging voran und schnell weiter durch den Eingangsbereich, am Wohnzimmer vorbei und bog dann in einen kurzen Flur ein. Edwin öffnete die Tür am Ende des Flurs und warf einen Blick zu ihm zurück, als er in sein Schlafzimmer ging. Seine Augen funkelten verschmitzt hinter seiner Brille.

Edwin drehte sich um und umfasste seinen eigenen Hintern, als er sich etwas bückte. „Bereit dafür?“

Byron knurrte leise, als sein Gefährte ihn so neckte. Er trat hinter Edwin und stieß die Hände seines Gefährten von seinen Backen, damit er seinen Schwanz über den mit Stoff bedeckten Arsch reiben konnte. „Fühlst du, wie bereit ich bin?“ Ohne auf eine Antwort zu warten, befahl er: „Hände aufs Bett, Edwin.“

Edwin bückte sich ein wenig und legte seine Handflächen auf die graue Bettdecke.

In Anbetracht seines prompten Gehorsams knurrte Byrons Wolf in seinem Kopf. Verlangen traf ihn hart und er drapierte sich über seinen Liebhaber. Er ließ Edwins Hüften los und legte die Hände um den Körper seines Geliebten. Mit einer Hand berührte Byron die Brust seines Mannes. Er benutzte die andere, um die Leistengegend seines Gefährten zu umfassen, streichelte seinen Schwanz durch die Hose und massierte die verborgene Länge.

„Letztes Mal hattest du das Kommando“, grollte Byron. „Jetzt bin ich dran.“

Edwin schauderte bei seiner Berührung und schaffte es immer noch, mit seinen Hüften zu wackeln und seinen Arsch gegen Byrons Schwanz zu reiben. „Bist du dir da sicher?“, fragte er keuchend.

Byrons Wolf heulte in seinem Kopf. Die Herausforderung in Edwins Ton und seinen Handlungen führte dazu, dass ihn das Verlangen überrollte, die Unterwerfung seines Gefährten zu sehen. „Oh, ja, Gefährte“, knurrte Byron. „Du wirst mich um meinen Schwanz bitten, nicht wahr, Edwin?“

Während er sprach, knöpfte Byron Edwins Hose auf und öffnete den Reißverschluss. Er ließ seine Hand unter den dünnen Stoff der Unterwäsche seines Gefährten gleiten, drückte sie nach unten und schob den elastischen Saum unter Edwins Eier. Er wusste, das würde sie nach vorne schieben und Druck auf die Kugeln ausüben, von denen er wusste, dass sie empfindlich waren.

Byron glitt mit den Zeigefingern an der Unterseite von Edwins Schaft entlang, bis er die Spitze erreichte. Er hielt den Schaft zwischen Daumen und Zeigefinger und massierte sanft die faltige Haut unter der Eichel. Er schob seine andere Hand unter Edwins Hemd und legte sie auf seine Bauchmuskeln, hielt Edwin mit dem Griff fest.

Edwins Kopf neigte sich nach vorne und er starrte offensichtlich an sich selbst herunter. „Verdammt. Schau dir deine dunkle Hand auf meinem geröteten Schwanz an. Gott, das ist so verdammt sexy. Fühlt sich auch toll an. Ich kann es kaum erwarten, zu fühlen, wie du meinen Arsch rannimmst. Ich will es so sehr, Byron. Mein Arsch fühlt sich leer an. Du musst ihn ausfüllen."

Stöhnend schauderte Byron. Verdammt, sein Gefährte sagte die heißesten Sachen. „Du bettelst so hübsch", stellte er rau fest. „Ich werde dich sehr hart ficken, mein Gefährte. Mach dir keine Sorgen."

Byron ließ Edwins Bauch los und griff nach seiner eigenen Hose. Er schob seine Jeans gerade so weit über die Hüften, dass er seinen eigenen Schwanz herauslassen konnte. Sein Schaft klatschte gegen Edwins stoffbedeckten Hintern, so dass er als nächstes Edwins Hose und Unterwäsche nach unten schob.

Mit einer Vermutung ließ Byron seinen Geliebten los, knurrte „Bleib dort" und griff nach der Nachttischschublade. Er riss sie auf und fand die Tube mit Gleitmittel ganz oben. Es erinnerte ihn an Edwins Worte, dass er sich in der Nacht zuvor mehrmals einen runtergeholt hatte. Er grinste und schnappte sich die Tube.

Byron nahm seine Position hinter Edwin wieder ein, erfreut über die Tatsache, dass sein Gefährte sich überhaupt nicht bewegt hatte. Dass Edwin ihn genauso wollte, begeisterte Byron, und gleichzeitig fühlte er sich geehrt. Er schlang seine Arme um seinen Gefährten und rieb seinen schmerzenden Schwanz in der Ritze seines Gefährten.

Byron summte vor Lust und legte sein Kinn auf Edwins Schulter. Er atmete den berauschenden Geruch seines Gefährten ein und lauschte auf das frustrierte Wimmern seines Menschen, während er versuchte, sich in seinem Griff zu bewegen. Byron grinste, als er sich an Edwins Schläfe schmiegte.

„B-bitte, tu was“, bettelte Edwin. „Füll mich. Mach mich zu deinem.“

„Liebe es, wie du bettelst“, gab Byron zu und schaffte es, ein bisschen von seiner Selbstbeherrschung wiederzugewinnen. „Ich liebe es, wie du redest. Ich werde dich zu meinem machen.“

„Ja. Oh ja.“

„Öffne das“, befahl Byron und hielt das Gleitmittel in die Nähe seiner rechten Hand.

Edwin gehorchte und öffnete den Verschluss.

Byron goss einen großen Klecks auf die Finger seiner linken Hand und griff dann zwischen sie. Er legte seinen Zeigefinger gegen Edwins Öffnung, rieb und drückte leicht.

Edwin neigte seine Hüften. „Ja, ja, steck ihn rein.“

„Mein eifriger Gefährte.“ Byron rieb etwas mehr. „So ungeduldig.“ Er drückte fester und schob seinen Finger tief in seinen Liebhaber. Sofort zog er seinen Finger heraus und führte zwei in Edwins Kanal ein. „Ist das, was du brauchst, Baby?“

„Oh, verdammt, ja. Fick mich mit deinen Fingern. Öffne mich, Byron.“

„Wie wäre es, wenn ich ausprobiere, wie oft ich dich kommen lassen kann?“, bot Byron an. Er umfasste Edwins Eier und rollte die Kugeln in seiner Hand, während er Edwin mit seinen Fingern fickte. „Bist du bereit für einen Orgasmus?“

Edwins Körper schauderte unter ihm. „Ja, bitte. Liebe deine magischen Hände. Sie fühlen sich auf meinen Eiern so gut an. Ja, roll sie. Ich liebe es, wenn man mit meinen Eiern spielt."

Byron kicherte leise, als er gehorchte. Er massierte die Kugeln in seiner Handfläche, während er seine Finger in Edwins Kanal bewegte und suchte. Als Edwin stöhnte und Gänsehaut über seinem Körper ausbrach, wusste Byron, dass er die Stelle gefunden hatte. Er rieb über Edwins schwammige Drüse und bearbeitete die kleine Wölbung.

„Oh Gott, oh Gott, B-Byron", jammerte Edwin. „Werde kommen."

„Darum geht es ja", antwortete Byron leise. Er knabberte und saugte an Edwins Ohr. „Komm für mich, Gefährte."

Edwins Eier zogen sich an seinem Körper zusammen, als er in Byrons Griff bockte. Er heulte, seine Lust war klar zu erkennen.

„Ja", murmelte Byron und liebte die Geräusche, die Edwin machte, und den Duft seines Samens.

Nachdem er seinen Griff zu Edwins Schaft bewegt hatte, streichelte Byron ihn langsam und lockte einen weiteren Sperma-Schuss aus dem zuckenden Schwanz seines Gefährten. Der Mann schauderte unter ihm. Byron zog sein Ohrläppchen zwischen seine Lippen und saugte ein wenig, als er seine Finger noch ein paar Mal in Edwins zuckendem Kanal vor und zurück schob, bevor er einen dritten hinzufügte. Den erschlaffenden Schaft in seiner Handfläche haltend, begann Byron, ihn langsam zu wichsen.

Edwin stöhnte und schüttelte sich und begann, seine Hüften zu wiegen. Er neigte seinen Kopf und zog sein Ohr von Byrons Mund. Byron bemerkte, dass sein Gefährte seine Leiste anstarrte und beobachtete, wie Byrons Hand ihn bearbeitete.

Byron lächelte und sah in seiner Zukunft viel Vergnügen dabei, mit diesem Fetisch zu spielen.

Der Schwanz in seiner Handfläche wurde fester.

Erfreut summend fragte Byron: „Bist du bereit für meinen Schwanz, Baby? Bist du bereit zu fühlen, wie ich in dich hinein und wieder raus gleite?

„Bitte“, bettelte Edwin und wand sich unter ihm. „Ja, bitte.“

Verzweifelt wollte Byron die Hitze seines Gefährten um seinen Schwanz haben und zog seine Finger schnell heraus. Er packte seinen Schwanz und rieb ihn ein paar Mal, wobei er sich mit dem restlichen Gleitmittel einschmierte. Er führte seine Eichel zu Edwins zuckendem Loch und drückte. Der Muskel gab nach.

Byron sah zu, wie sein Schwanz in seinen Gefährten sank. Als er spürte, wie der enge Druck ihn umhüllte, zogen sich seine Eier an seinem Körper zusammen. Er erstarrte und versuchte, sich wieder unter Kontrolle zu bringen. Da er seinen Gefährten noch mindestens einmal kommen lassen wollte, bevor er seinen Liebhaber füllte, ergriff Byron die Basis seines Schwanzes fest und unterdrückte seinen Drang, zu kommen.

Langsam wiegte Byron seine Hüften vor und zurück und drang tiefer in Edwins Körper ein. Er biss die Zähne zusammen, sein Blick konzentrierte sich auf seinen schwarzen Schwanz, der das enge Loch seines Gefährten dehnte.

Gänsehaut brach über seine Oberschenkel aus, als er schließlich ganz hinein sank, sein Becken an Edwins Arsch presste, und die enge Hitze seine Länge umklammerte.

„Ah, Baby“, stöhnte Byron. „Verdammt, du fühlst dich gut an um mich herum.“

Edwin stöhnte und spannte seine inneren Muskeln. „Zur Hölle, ja. Du fühlst dich gut an, füllst mich so gut und dehnst mich genau richtig.“

Byron riss seinen Blick von der Stelle weg, an der er mit Edwin verbunden war, und legte sich wieder über den Rücken seines Gefährten. Seine rechte Hand neben seinen Gefährten gestützt, griff er mit der anderen unter seinen Geliebten und packte den Schwanz seines Mannes. Die Reste von Gleitmittel an seinen Fingern machten den Schwanz seines Geliebten flutschig und er begann einen langsamen Rhythmus.

Zur gleichen Zeit bewegte Byron seine Hüften zurück und zog seinen Schaft fast ganz nach draußen. Er spürte, wie Edwins innere Muskeln sich um ihn herum spannten und ihn massierten, als wollte er ihn in seinem Inneren halten. Byron zischte anerkennend bei der Empfindung. Hitze breitete sich in seiner Leistengegend aus, seine Eier spannten sich an und erschwerten ihm die Zurückhaltung.

„Edwin“, knurrte Byron. „Mein Gefährte.“

„Dein Gefährte“, antwortete Edwin mit atemlosen Worten. „Ich mag, wie das klingt.“

„Ich werde dich oft als meinen bezeichnen“, schwor Byron. „Dich daran erinnern, wer dein Geliebter ist.“

„Und du bist meiner.“

Byrons Blut rauschte durch seine Adern. Bei Edwins

Worten nahm seine Erregung noch zu. Er beschleunigte die Stöße seiner Hüften und rammte immer wieder in seinen Gefährten hinein. „Ich gehöre dir“, bestätigte er. „Fühle, wie ich dich nehme.“

Edwin neigte seine Hüften und schaukelte hin und her, traf Byron Stoß um Stoß und stieß seinen Schwanz durch Byrons Faust. Byron korrigierte den Winkel seines Eindringens und hörte, wie Edwin wimmerte und ächzte, während sein Anus ihn umklammerte. Die Klänge vermischten sich mit dem *Klatsch, Klatsch* ihres Körpers. Schweißperlen standen auf ihrer Haut, während sie sich zum Höhepunkt bewegten, so dass feuchte Haut auf feuchter Haut gleiten konnte. Für Byron erzeugten die Düfte und Klänge das beste Aphrodisiakum, ließen Lustlaute zwischen seinen zusammengebissenen Zähnen hervordringen.

„So nah“, keuchte Edwin.

„Ja, tu es“, befahl Byron. Er war gefährlich nahe daran, den Kampf mit seinem eigenen Körper zu verlieren. „Lass mich spüren, wie du meinen Schwanz umklammerst. Melk meinen Schaft, Edwin“, ermutigte er, rieb den Schwanz seines Gefährten und fuhr bei jeder Aufwärtsbewegung mit dem Daumen über Edwins Eichel.

Nachdem er seinen Schwanz noch zwei weitere Male in seinen Gefährten versenkt hatte, spürte er, wie sein Liebhaber sich versteifte. Edwin stöhnte laut und schüttelte sich unter ihm. Der Schwanz seines Geliebten zuckte und spritzte. Byron stöhnte über den Duft des Samens seines Gefährten, das Gefühl, als sein warmes Sperma seine Hand füllte, und die enge Höhle, die sich rhythmisch um seinen Schaft zusammenzog.

Er konnte sein eigenes Vergnügen nicht länger aufschieben. Sein Schwanz schwoll an und spritzte ab, das Rektum seines Gefährten wurde von seinem Samen bedeckt, während sein Orgasmus durch seinen Körper rollte und seine Sinne in Glückseligkeit ertranken. Seine Eckzähne traten heraus und er versenkte sie tief in das Fleisch am Hals seines Gefährten. Byron hörte Edwins Heulen, als Blut über seine Zunge floss. Vor Ekstase summend, schluckte Byron ein paar Mundvoll der metallisch schmeckenden Flüssigkeit.

Vorsichtig zog Byron seine Eckzähne aus dem Hals seines Gefährten, leckte über die Wunde und versiegelte sie. Er schmiegte das Gesicht an den Hals seines Geliebten, während er den Mann festhielt, im Nachglühen schwelgte und auf die Atemzüge seines Gefährten lauschte.

Nach ein paar Minuten murmelte Edwin: „Wow. Das war … das war unbeschreiblich. Ich hatte noch nie drei Orgasmen hintereinander."

Byron lachte, von Stolz erfüllt. „Ich bin froh, dass es dir gefallen hat."

Edwin neigte seinen Kopf und sah ihn über die Schulter an. „Oh, es hat mir sehr gefallen."

„Gut", antwortete Byron. Er spürte, wie sein erweichender Penis aus Edwins Kanal rutschte und ein Grunzen aus der Kehle seines Geliebten drang. „Komm schon", drängte er, ergriff die Hüften seines Geliebten und half ihm auf das Bett.

Edwin rollte sich auf den Rücken und streckte sich aus.

Byron grinste bei dem lasziven Bild, das er bot. Die

Haut an Hals und Gesicht war immer noch schön gerötet, seine Brust hob und senkte sich schnell, und seine Hose hing um seine Oberschenkel und zeigten seinen größtenteils weichen Schwanz, auf dem Kleckse von Sperma und Gleitmittel glänzten.

„Verdammt, du bist sexy“, knurrte Byron.

Edwin strahlte ihn an, warf einen Blick auf sich und dann zurück auf Byron. „Glaubst du, eines Tages werden wir ohne unsere Klamotten ficken?“

Byron lachte und griff dann nach den Knöpfen des Hemdes seines Geliebten. „Erlaube mir, es dir bequemer zu machen.“ Zu Byrons Vergnügen tat Edwin genau das. Er lag ausgestreckt auf dem Bett, ließ ihn sein Hemd aufknöpfen und half ihm dann, es von seinen Armen zu streifen. Als nächstes zog er Edwins weißes T-Shirt über den Kopf, enthüllte eine blasse, dünne Brust und verschob die Brille auf Edwins Gesicht.

Byron richtete sich auf und rückte sanft das dünne Brillengestell seines Geliebten gerade. „Weißt du, die Bindung mit mir könnte dein Sehvermögen verbessern. Das wäre interessant zu beobachten.“

„Ach wirklich? Ich habe eine Brille, seit ich zwei Jahre alt war“, gab Edwin zu.

„Ich mag dich auf jede Weise, wie ich dich kriegen kann“, sagte Byron zu ihm und lehnte sich hinunter, um seine Lippen für einen schnellen Zungenfick einzufangen. Er zog sich zurück und sagte: „Machen wir es dir noch etwas bequemer. Ich schnappe mir einen Waschlappen und säubere dich.“

Byron richtete seine Aufmerksamkeit auf die untere Hälfte seines Geliebten. Er hatte Edwins zweiten Schuh gerade ausgezogen, als Edwin fragte: „Warum bin ich gekommen, als du mich gebissen hast?"

Byron warf einen Blick auf Edwins Gesicht, sah seine zusammengezogenen Brauen und zwinkerte, bevor er den Hosenbund seines Gefährten packte. „Es ist so eine paranormale Sache", erklärte er. „Kein Wandler möchte seinen Gefährten dazu zwingen, Schmerzen zu ertragen, nur um sich zu verbinden. Wir möchten unsere Gefährten zu sehr erfreuen." Er zuckte die Achseln. „Das Schicksal hat unseren Biss also angenehm gemacht."

„Nun, ich würde mich jederzeit gerne wieder beißen lassen."

Byron blickte wieder auf und sah, dass Edwin mit den Brauen wackelte. Beim ersten Anblick seines völlig nackten Gefährten erfüllte ihn Lust. „Gut, mein sexy Gefährte", sagte Byron. „Sehr gut." Er beugte sich vor und biss sachte in Edwins Unterlippe. Er hob den Kopf und fuhr mit den Fingern über den Brustkorb seines Gefährten. „Ich bin gleich zurück, dann erkunde ich jeden Zentimeter dieses sexy Körpers."

Er zog schnell seine eigene Kleidung aus und sah über die Schulter, als er das leise Stöhnen hinter sich hörte. Als er Edwins große graue Augen und seinen anerkennenden Ausdruck sah, zwinkerte er und verließ den Raum. Er zuckte übertrieben mit den Arschbacken, nur um Edwin wieder stöhnen zu hören.

Byron ging ins Bad und säuberte sich. Sein Schwanz

schwoll unter seiner Berührung an, als er an Edwins blasse, schlanke Gestalt und seine Pläne dachte, jeden Zentimeter von ihm zu küssen. Lächelnd ging Byron zurück zu seinem Gefährten.

KAPITEL 11

Edwin räkelte sich müde und genoss die Wärme der Sonne, die vom Fenster auf ihn schien. Er hatte den Morgen schon immer geliebt, und der Schmerz in seinem Rektum erinnerte ihn daran, warum dieser Morgen so viel besser war … genau wie die große, dunkelhäutige Hand, die Edwins Bauch rieb.

Der Mund, der an seinem Schwanz saugte, fühlte sich noch besser an.

Stöhnend blinzelte Edwin und versuchte, seine Sicht klar zu bekommen. Als er begriff, dass er keine Brille trug und dies nicht verpassen wollte, streckte er einen Arm nach links zum Nachttisch. Der warme, saugende Druck auf seinen Schwanz machte es schwer, sich auf etwas anderes als auf das angenehme Kribbeln zu konzentrieren, das entlang der Haut seiner Leiste tanzte.

Edwin ertastete schließlich seine Brille mit den Fingerspitzen, aber er konnte sie nicht erwischen. Frustriert knurrte er, was seinem Liebhaber von seiner Notlage erzählt haben musste. Byron ließ von Edwins Schwanz ab und gab ihn mit einem anrüchigen Ploppen frei. „Ruhig, Baby“, drängte Byron. „Entspann dich. Ich gehe nirgendwohin.“

„Ich will dich sehen.“ Edwin wusste, dass er jammerte,

aber er konnte nicht anders.

Edwin beobachtete die dunkle Gestalt, als sie näher kam. Sobald Byron sich über ihn beugte, sein Gesicht nur wenige Zentimeter von Edwins Gesicht entfernt, wurde sein Geliebter endlich scharf. Ein Lächeln umspielte Byrons dunkle, speichelfeuchte Lippen. „Ich will auch, dass *du* siehst, wie du *mich* nimmst."

Byron senkte den Mund zu Edwins. Er schob seine Zunge zwischen Edwins Lippen. Edwin öffnete den Mund weiter und erlaubte ihm, tiefer einzudringen. Die Zunge mit Byrons vereint, erkannte Edwin, dass er sich auf der Zunge seines Geliebten schmecken konnte. Er schlang seine Arme um den Mann, senkte den Kopf und vertiefte den Kuss, so gut er konnte.

Als Edwins Lungen brannten und Atmen zur Notwendigkeit wurde, drehte er den Kopf und beendete den Kuss. Byron grinste ihn an, senkte die Hüften und drückte seine eigene Erektion gegen Edwins. Da Edwins Schwanz von Spucke glitschig war, glitt Byrons Schaft mühelos daran entlang und schickte ein köstliches Prickeln über die Haut seiner Leistengegend.

„Guten Morgen, Edwin", schnurrte Byron. „Hast du gut geschlafen?"

Edwin grinste. Er mochte diese verspielte Seite seines Geliebten. „Das habe ich getan, außer dass ich einmal vom Schnarchen geweckt wurde." Er grinste. „Keine Sorge, ein Ellbogen in die Rippen hat das Geräusch beendet."

Byrons dunkle Augen verengten sich. „Ich. Schnarche. Nicht." Er unterstrich jedes Wort mit einem harten Stoß seiner

Hüften und rieb ihre empfindlichen Erektionen zusammen.

Stöhnend bockte Edwin und traf die kraftvollen Stöße. „Nein“, keuchte er. „Tust du nicht.“

„Unartiger Gefährte“, flüsterte Byron in sein Ohr, bevor er fest in sein Ohrläppchen biss.

Edwin zischte, unsicher, warum er das so mochte, aber Gänsehaut brach über seinen Hals und über seine Brust aus.

Byron hob den Kopf und sah nach rechts. Er griff nach etwas und kam mit Edwins Brille zurück. „Hier, Geliebter“, sagte er und bot ihm die Brille an.

„Vielen Dank.“

Sobald Edwin das Gestell genommen hatte, setzte sich Byron auf und setzte sich mit gespreizten Beinen auf seinen Schoß. Edwins Erektion glitt in die Spalte seines Geliebten. Als Byron seine Hüften wiegte und ihn durch das Tal gleiten ließ, stöhnte Edwin bei der Empfindung.

Nachdem er seine Brille aufgesetzt hatte, sah Edwin seinen Geliebten an. Byron grinste zu ihm hinunter, schaukelte weiter und trieb Edwin in den Wahnsinn. „W-was machst du?“

„Dich reiten“, grollte Byron, und seine Stimme war von allen möglichen obszönen Versprechen erfüllt.

Stöhnend griff Edwin nach Byrons wippendem Schaft, um die Folter zu erwidern. „Dann mach schon. Reite meinen Pogo-Stick.“

Byron erstarrte. Seine Augen weiteten sich.

Als er erkannte, was er gerade losgelassen hatte, errötete Edwin aus einem anderen Grund als aus Lust. Er schluckte schwer und wusste, dass sein Ständer dahingewelkt wäre, wenn Byron nicht diese Sekunde gewählt hätte, um sich wieder zu bewegen. Byron wiegte seine Hüften, als er sich hinunterlehnte.

Lächelnd schalt Byron: „Baby, das war schrecklich, aber ich liebe deine Macken." Er zwinkerte. „Fast so sehr, wie ich dich liebe."

„Du liebst mich?" Edwin keuchte die Frage, Unglauben in seinem Tonfall. „Wie ist das möglich? Wir kennen uns erst einen Tag. Sagst du das nur, weil wir Sex haben?"

Byron rieb seine Handflächen über Edwins Brust und zwickte seine Nippel, einen mit jeder Hand. Er grinste. „Nein, Edwin, das liegt nicht nur daran, dass wir Sex haben. Zuneigung zu unserem Gefährten entsteht für Wandler unglaublich schnell." Er drückte einen harten Kuss auf Edwins Mund und richtete sich dann wieder auf.

Edwin wusste nicht, was er gesagt hätte, aber dann griff Byron hinter sich und nach Edwins Schwanz und alle Gedanken hüpften bei der wundervollen Stimulation aus seinem Kopf. Byron gab ihm ein paar schnelle Streicheleinheiten, erhob sich dann auf die Knie, hielt seinen Schwanz zwischen seine Hinterbacken und begann, sich auf ihn zu senken.

Fast sofort öffnete sich Byrons Loch für ihn. Edwin keuchte bei der Hitze und dem Druck und packte Byrons Oberschenkel. „Oh Gott!" Er konnte seinen Blick nicht von der Stelle losreißen, wo der Hintern seines Geliebten seinen Schwanz schluckte … mehr und mehr versank in dem anderen Mann. Schließlich, als Byron vollständig im Sattel saß, war Edwins Länge von einem engen Griff umschlossen, der besser war als je zuvor.

„B-Byron“, stöhnte er. Er spürte jede Kräuselung, jedes Zucken der Muskeln, die ihn umgaben.

Byron knurrte und der Laut schien durch ihn zu vibrieren. „Ja, Gefährte?“

Als Edwin Byron gesagt hatte, dass er die Gelegenheit haben wollte, zu toppen, hatte er nicht erwartet, dass es so schnell geschehen würde … und er hätte nie geglaubt, wie exquisit es sich anfühlte, in einem anderen Mann zu sein, mit nichts zwischen ihnen.

„Das habe ich noch nie ohne Kondom gemacht“, gab er zu.

Byron drehte seine Hüften und rieb seinen Hintern an Edwins Becken, stimulierte die empfindliche Haut und drückte seine Eier. „Ich liebe es, wie dein … Pogo-Stick …“ Er zwinkerte. „… sich in meinem Arsch anfühlt. Ich werde ihn sicher oft reiten“, witzelte er, als er anfing sich zu bewegen.

„Oh Gott! Das ist wirklich schrecklich“, stieß Edwin zwischen zusammengebissenen Zähnen hervor, als sich Byrons braunhäutiger Körper zu bewegen begann. Auf und ab, auf und ab, so langsam. „Das ist wunderbar. Ich fühle so viel.“

Edwin festigte seinen Griff um Byrons Hüften und keuchte schwer, als seine schmerzende, gerötete Erektion in Sicht kam, nur um wieder vom Körper seines Geliebten verschluckt zu werden. Sein Verstand bemühte sich, das Gleitmittel auf seinem Schwanz zu verstehen. „W-wie …?“

Byron schien genau zu wissen, was er fragte, denn er murmelte: „Hab mich fertig gemacht, bevor ich deinen Schwanz gelutscht habe.“ Er zwinkerte. „Du schmeckst lecker, Gefährte.“ Er lehnte sich zurück und rollte bei der nächsten

Abwärtsbewegung mit den Hüften. Byron stöhnte heiser. „Ah ja, so. Ich habe vergessen, wie gut sich das anfühlt.“

Edwin fiel es schwer, zu atmen, geschweige denn sich zu bewegen, und er konnte nichts tun, außer unter dem riesigen Mann zu liegen, der sich auf seinem Schwanz fickte. Mit nach hinten gelegtem Kopf genoss Byron offensichtlich das, was er empfand. Seine dick bemuskelten Oberschenkel wölbten sich bei jeder Bewegung. Seine Bauchmuskeln zogen sich zusammen und spannten sich, so dass sein Schwanz in der Luft wippte und Sperma aus seiner Spitze austrat, was seine Lust bewies.

Edwin musste all seine Selbstbeherrschung aufbringen, um seine rechte Hand vom Oberschenkel seines Geliebten wegzuziehen und um Byrons Schwanz zu legen. Der andere Mann erstarrte und schwebte ein paar Zentimeter über Edwins Leiste, sein Schwanz war etwas außerhalb seines Gefährten. Seine Brust hob sich ein paar Mal, als er auf Edwins Hand starrte.

„Edwin“, keuchte er. „So nah, Gefährte.“

Begeistert davon, dass er diesen großen, sexy Mann so schnell an den Gipfel bringen konnte, wichste Edwin langsam Byrons langen, dicken Ständer. Er warf einen Blick zwischen dem schweren, etwa dreiundzwanzig Zentimeter langen Schaft und dem Gesicht seines Geliebten hin und her und nahm die Spannungslinien an Mund, Augen und Stirn seines Geliebten wahr.

Verdammt, das mache ich mit diesem Mann.

Edwin grinste, als er seinen Blick wieder auf Byrons Schwanz richtete. Er hatte den Schwanz seines Geliebten gelutscht, und er war damit durchgefickt worden … und er konnte nicht erwarten, diese Erlebnisse zu wiederholen. Jetzt beschleunigte er die Bewegung seiner Hand, während er seine Füße aufstützte, die Hüften hob und seinen Schwanz den restlichen Weg in Byrons Arsch stieß.

Byrons Mund stand offen. Seine Augenlider waren auf Halbmast. „Edwin“, rief er. „Fuck, genau dort.“

„Das ist der Gedanke“, knurrte Edwin durch zusammengebissene Zähne, als er seine Hüften zurück zur Matratze senkte und wieder hochstieß. Er stieß seinen Schwanz immer wieder in seinen schaudernden Gefährten. „Dein Arsch gehört mir, Byron“, verkündete er. „Mir, und ich ficke ihn. Nur mir.“

Byron hob die Hände an Edwins Brust und zwickte seine Brustwarzen. Funken schossen durch Edwins Körper. Die Basis seiner Wirbelsäule kribbelte, als er weiter nach oben stieß und in Byrons Hitze drang.

Sein Geliebter legte seine Arme um Edwin und beugte sich hinunter, so dass sie Nase an Nase waren. Er nippte an Edwins Lippen, als er schwer schauderte. „Edwin.“ Er atmete den Namen in seinen Mund, als Wärme zwischen ihnen hervorsickerte.

Byrons Körper packte ihn fest, umklammerte seine Länge. Mit jedem Schuss Samen, der zwischen ihnen ergossen wurde, molk er Edwins Erektion. Edwins Körper zuckte, als seine Eier fester wurden, als er sie jemals gefühlt hatte, und sein umhüllter Schaft explodierte. Edwin öffnete den Mund zu einem stillen Schrei und beschichtete den Kanal seines Geliebten mit seiner Flüssigkeit.

„Gefährte“, flüsterte Edwin und hielt Byrons dunkeläugigen Blick.

Sein Geliebter schauderte noch einmal, und ein Lächeln verzog seine Lippen.

Edwin seufzte, und sein Orgasmus durchflutete ihn mit Wärme, während Glückseligkeit durch sein System floss. Edwin hob die linke Hand von Byrons Schenkel und umfasste den Nacken seines Geliebten. Mit etwas Druck ermutigte er ihn, sich näher zu beugen. Edwin hob den Kopf und presste seine Lippen auf Byrons, zuerst auf die untere und dann die obere. Er kitzelte seine Mundwinkel mit der Zunge. Als Byron den Mund öffnete, fuhr Edwin mit der Zunge in die warme Höhle seines Gefährten.

Für einige Minuten tauschte Edwin langsame Küsse mit Byron. Als sein Liebhaber an seiner Zunge saugte, stöhnte Edwin in den Mund seines Geliebten. Byron beendete den Kuss und hob den Kopf. Er zog seine Arme unter Edwin hervor und umfasste seinen Kopf. „Ich mag es zu hören, wie du mich Gefährte nennst.“

Edwin lächelte. Er wackelte mit seinen Hüften und drückte seinen weich werdenden Penis in den Körper seines Gefährten. „Ich mag es, so aufzuwachen.“

Byron lachte. „Darauf würde ich wetten.“ Er zwinkerte, hob die Hüften und ließ Edwin los. Er ließ sich zur Seite fallen und stöhnte. „Verdammt, was für ein Weg aufzuwachen. Wenn wir nach Stone Ridge ziehen, müssen wir aber leise sein. Meine jüngere Schwester lebt bei mir.“

Die Erwähnung seines bevorstehenden Umzugs brachte Edwin schneller auf die Erde zurück als ein Eimer mit kaltem

Wasser. „Glaubst du, sie wird mich mögen?“

Byron drehte den Kopf, um ihn anzusehen, hob eine Braue und sagte: „Natürlich wird sie dich mögen. Du bist mein Gefährte.“

„Das ist richtig“, sagte Edwin. „Ich bin *dein* Gefährte, nicht *ihr* Gefährte.“ Er zuckte mit den Achseln und gab seine Angst zu …, weil er verdammt noch mal ehrlich mit seinem Mann sein musste, da sie versuchten, ein gemeinsames Leben aufzubauen. Dillan hatte oft davon gesprochen, mit seinem Gefährten ehrlich zu sein. „Das heißt, *du* magst mich, aber das heißt nicht, dass *sie* mich mögen muss.“

Byron verdrehte die Augen. Er streckte die Hand nach dem Nachttisch aus und griff nach seinem Handy. Nachdem er einige Optionen durchgeblättert hatte, drehte sich Byron zu ihm um und drückte einen sanften Kuss auf seine Lippen. „Hör auf, dir Sorgen zu machen“, befahl er und küsste ihn erneut. Edwin konnte nicht anders als seinen Geliebten zu küssen, er liebte es zu sehr zu küssen … und Byron konnte sehr gut küssen.

Ein Blitz und ein Klicken rissen Edwin aus seiner Freude über Byrons Mund.

Grinsend konzentrierte sich Byron auf das Telefon. „Perfekt.“ Er tippte ein paar Mal darauf und hielt das Handy hoch, damit Edwin es sehen konnte. Ein Bild von ihnen, wie sie sich küssten zusammen mit der kurzen Bildunterschrift: *Sei nett, wenn du ihn triffst.*

Edwin keuchte. „Das kannst du ihr nicht schicken.“

Byron lachte, dann drückte er *Senden*. „Ich bin ihr großer Bruder. Ich kann machen, was ich will. Außerdem“, fügte er hinzu und drehte sich wieder zu Edwin um. „Jetzt weiß sie, dass wir zusammen sind, ich bin glücklich und sie wird sich für mich freuen. Sie ist diejenige, die mich im übertragenen Sinn auf den Kopf geschlagen hat, weil ich weggegangen bin, nur weil du ein Wissenschaftler bist, weißt du." Byron rollte sich an die Seite des Bettes und streckte die Hand aus. Er wackelte mit den Fingern.

Sein Mund öffnete sich vor Staunen, als Edwin die angebotene Hand nahm und seinem Geliebten erlaubte, ihn auf die Füße zu ziehen. „Ja wirklich? Das hat sie?"

Byron nickte, hielt ihn fest und ging ins Badezimmer. „Ja. Du brauchst dir also keine Sorgen zu machen." Er schloss die Badezimmertür hinter ihnen und ließ ihn schließlich los, nur um zur Toilette zu gehen und zu pinkeln.

Edwin machte einen überraschten Schritt zurück. Okay, war das normal für ein Paar? Zusammen pinkeln? Er wusste es nicht.

Nachdem er seinen Schwanz abgeschüttelt hatte, ging Byron zum Waschbecken und wusch sich die Hände. Er drehte sich zu ihm um und sah den wohl eindeutig überraschten Ausdruck in seinem Gesicht. Byron lachte. „Tut mir leid. Ich bin Feuerwehrmann. Wir sind nicht schüchtern. Macht es dir etwas aus, wenn ich in deine Dusche hüpfe?"

Edwin nickte, dann schüttelte er den Kopf und runzelte die Stirn. Er musste sich wieder in den Griff kriegen, bevor sein Gefährte dachte, er sei ein Idiot. „Du kannst gerne duschen. Ähm, wie ist es, ein Feuerwehrmann zu sein?"

Byron drehte sich zur Dusche um und stellte das Wasser an, um die Temperatur anzupassen. „Komm mit mir unter die

Dusche und ich sage es dir“, bot er an und blickte ihn über seine Schulter an.

Edwin starrte ihn an und nickte dann. „J-ja, okay.“

Grinsend trat Byron unter den Strahl.

Edwin sah ein paar Minuten lang zu und bewunderte, wie das Wasser Byrons dunkle Haut zum Glänzen brachte. Dann riss er sich zusammen und bewegte sich. Als er merkte, dass er pinkeln musste, warf er einen Blick auf seinen Liebhaber.

Man muss schließlich mit den Wölfen heulen.

Dem Beispiel seines Geliebten folgend, pinkelte Edwin, wusch sich die Hände und trat unter die Dusche.

KAPITEL 12

„Verdammt! Du hast über diese Scones keine Witze gemacht!“, murmelte Byron mit seinem Mund voll Gebäck mit Apfelgeschmack. Er griff nach dem Päckchen Honig und tröpfelte ein wenig mehr auf ein anderes Stück, bevor er einen Bissen nahm und anerkennend summte.

Sein Gefährte strahlte ihn mit ebenfalls vollem Mund an. Mit etwas besseren Manieren schluckte Edwin zuerst, bevor er antwortete: „Ich weiß, nicht wahr?“

Byron sagte nicht mehr, er konzentrierte sich nur darauf, sein leckeres Frühstück zu essen. Normalerweise gönnte er sich kein Frühstück mit süßem Gebäck, und oft machte er seinen Kollegen bei der Arbeit Feuer unterm Hintern wenn sie mit einer Dose Donuts zu Schichtbeginn anrückten, aber keiner der Donuts, die er je probiert hatte, war mit diesen Scones zu vergleichen. Byron nahm sich vor, Brad zu fragen – einen Eisbärenwandler, der eine Bäckerei im Ort besaß und die besten Zimtschnecken diesseits der Rockies machte – ob er wusste, wie man Scones herstellt.

„Ihr habt nicht mal auf mich gewartet?“, rief Toby und zeigte sein Alter, als er in den Wagen stieg und gleichzeitig nach einer Tüte mit Scones griff.

„Entschuldigung“, sagte Byron sofort. „Das ist meine

Schuld." Sie hatten vor Tobys Wohnung angehalten, und der Geruch der Scones hatte ihn verrückt gemacht. Er konnte nicht länger darauf warten, das frittierte Teigstück zu probieren, besonders wenn er bedachte, wie sehr sein Gefährte das Gebäck lobte. „Nachdem Edwin den ganzen Weg zur Bäckerei in den höchsten Tönen davon geschwärmt hat, konnte ich keine Minute länger warten." Er zwinkerte Edwin zu, der die Augen verdrehte und den Kopf schüttelte.

Während Byron einen Schluck Kaffee trank, beobachtete er, wie Tobys Augen sich weiteten, als er in die Tasche sah. „Wow! Habt ihr genug bekommen?"

Als Edwin erst ein halbes Dutzend Scones bestellt hatte, war Byron schnell dazwischengegangen und hatte es verdreifacht. Wandler aßen prinzipiell mehr als Menschen. Außerdem hatte er zuvor mit Sebastian gesprochen, und der Vampir hatte ihm gesagt, dass er und Carson an diesem Morgen zu einem letzten Treffen mit Direktor Jeffries kommen würden. Da Byrons Verpaarung mit Edwin für den Direktor ein ziemlich wunder Punkt war, hatten sie sich darauf geeinigt, dass es besser wäre, wenn er nicht dabei war. Sie hatten jedoch angedeutet, im Labor vorbeizuschauen, um nach dem Meeting beim Aufräumen zu helfen.

„Gestaltwandler essen mehr", sagte Byron, drehte sich in seinem Sitz um und deutete auf die Tasche, mehr als bereit, ein zweites Gebäckstück zu essen. „Und Sebastian und Carson wollen vorbeischauen, was bedeutet, dass wir wahrscheinlich Jared und vielleicht sogar Dirk sehen werden."

„Wer ist Dirk?", fragte Edwin neugierig, als er den Rückwärtsgang einlegte und das Auto wieder in Bewegung setzte.

„Sebastians menschlicher Gefährte“, erklärte Byron.

Die drei waren fleißig mit ihrem Essen beschäftigt und redeten nicht mehr viel auf dem restlichen Weg zur Arbeit.

Zum, wie Byron hoffte, letzten Mal, meldete er sich beim Sicherheitscheck an.

Der Wachmann schaute an Byron vorbei und rief: „Hey, Doc, wir werden dich hier bei uns vermissen.“ Er lächelte und stützte einen Arm auf den Tresen. „Gerüchten zufolge hat man dich gefeuert.“

Edwin schnaubte. „Direktor Jeffries würde das natürlich so sagen.“ Er schüttelte den Kopf. „Nein, ich habe nur anderswo eine bessere Gelegenheit gefunden, und der Direktor ist ein bisschen angesäuert deswegen.“

„Nun, viel Glück, Doc“, sagte der Wachmann. Er deutete mit dem Kinn auf Toby und sagte: „Dir auch, Toby.“

„D-danke“, stotterte Toby.

Byron steckte sein Abzeichen an, winkte der Wache zu und folgte Edwin und Toby den Flur entlang. Als sie sich außerhalb Hörweite befanden, stieß er Toby mit der Schulter an und fragte: „Bist du okay, Kumpel?“

Toby sah zu ihm hinüber, und sein Gesichtsausdruck war immer noch ein bisschen verdattert. „Ich wusste nicht mal, dass er meinen Namen kannte.“

„Du besitzt mehr Ausstrahlung, als dir bewusst ist“, sagte Byron und klopfte ihm auf die Schulter. Das Thema wechselnd, wandte er sich an Edwin und fragte: „Wie viel in dem Labor gehört dir und wie viel gehört der Regierung?“

Edwin blieb vor seiner Tür stehen und zog seine Schlüssel aus der Tasche, während er antwortete: „Die Hälfte der Ratten, einer der Computer und ein paar Geräte. Und obwohl ich Kopien meiner Daten hinterlassen muss, können sie ohne mein schriftliches Einverständnis keine Patente auf irgendetwas außerhalb meiner Nachforschungen anmelden und meine Forschungsergebnisse nicht weiterverfolgen … oh!“ Er richtete sich stirnrunzelnd auf. „Meine Tür ist offen. Ich war mir sicher, dass ich sie letzte Nacht abgesperrt hatte.“

Bevor Byron ihn aufhalten konnte, zog Edwin die Tür auf und trat in sein Labor.

„Verdammt, Edwin, warte“, rief Byron und stürzte ihm nach.

„Oh nein, ich denke ihr solltet alle rein kommen.“

Byron erstarrte, als er nach Edwins Hand griff. Er verengte seine Augen, als er sah, dass Agent Haroldson auf der anderen Seite des Labors stand … das sehr chaotisch aussah, da überall Papierkram verstreut war. Der Agent lehnte sich gegen den Türrahmen des angrenzenden Rattenraums. Er hatte seine Waffe in der Hand und zeigte in ihre Richtung.

„Schließ die Tür, Toby“, befahl Haroldson und winkte mit der Waffe zwischen dem Assistenten und der Tür hinter ihm hin und her.

Byron hörte, wie die Tür geschlossen wurde. Toby hatte gehorcht. Byron nutzte diese Gelegenheit und zog sanft Edwins Finger und drängte seinen Gefährten ein paar Schritte zurück. Wenn etwas passierte, wollte er seinen Gefährten nicht zu weit von ihm entfernt haben, wo er ihn nicht schützen konnte.

„Wo ist sie denn, Doktor Aldridge?", fragte Haroldson und richtete die Waffe auf Edwin.

Byron versteifte sich und schaffte es gerade so, seinen Gefährten nicht hinter sich zu schieben.

Edwin runzelte die Stirn. „Wie? Wo ist was?"

Byron roch Edwins Verwirrung und Angst.

„Spiel nicht mit mir, Aldridge", schnappte Haroldson. „Wo ist die Formel, die Wandler tötet? Ich *will* sie haben."

Edwins Augen weiteten sich und er sah sofort zu Byron und schüttelte den Kopf. Er warf einen Blick auf Haroldson und wandte sich dann wieder Byron zu. „Nein, ich weiß nicht – ich würde nie …" Er sah Haroldson mit wilden, grauen Augen an. „Ich habe niemanden getötet …"

„Oh, aber das hast du", knurrte Haroldson. „Vor zwei Monaten, am einundzwanzigsten, hast du etwas verabreicht, das alle Ratten krank machte. Alle außer einer."

Edwin runzelte die Stirn und nickte langsam. „Okay, okay. Ratte 16 schien nicht betroffen zu sein."

„Oh nein", flüsterte Toby. „Es tut mir leid. Ich wollte nicht, dass du es weißt."

Wieder einmal war Edwin verwirrt. Er drehte sich um und sah Toby an. Zumindest entfernte ihn die Bewegung weiter von dem Mann mit der Waffe. „Du wolltest nicht, dass ich was weiß?"

„Ratte Nummer 12 ist tatsächlich gestorben", murmelte Toby sein Geständnis. „Du warst krank und spät dran, und ich wusste, dass du dich schlecht fühlen würdest." Toby schob seine Finger zusammen und rang die Hände vor Aufregung. „Also habe ich deine Unterschrift gefälscht und vom Direktor eine neue Ratte angefordert. Haroldson war da und bot mir eine Ratte an. Sie sahen nicht wirklich gleich aus, also setzte ich die Ratte 16 in den Käfig Nummer 12 und die neue in den Käfig 16."

Edwin stolperte rückwärts und schüttelte heftig den Kopf. „Nein."

Haroldson lachte grausam. „Ja. Du hast es erraten. Zwölf war ein Wandler. Sie ist durch dein Experiment gestorben." Seine Lippen verzogen sich höhnisch. „Armes Ding."

Der scharfe Geruch von Panik, vermischt mit Angst, stach Byron in die Nase. Er schenkte seinem Gefährten seine volle Aufmerksamkeit und sah die Angst und den Schrecken in den Augen seines Menschen. Nur Edwin sah nicht Haroldson an, er sah Byron an.

„Es tut mir leid. Ich wusste es nicht – wusste es nicht", keuchte Edwin.

Während Edwins Geruch seinen Kummer verriet, erkannte Byron, dass der wahre Grund seines Schreckens von ihm herrührte. Byron musste Edwin die Angst um ihre Beziehung nehmen. Verdammt, sie waren verpaart, aber selbst, wenn nicht, würde Byron nicht weggehen, weil Edwin dazu gezwungen worden war.

Byron trat vor und schlang seine Arme um Edwin. Er hielt ihn fest, senkte den Kopf und flüsterte in sein Ohr: „Du hast es nicht gewusst, Baby", beruhigte er und hasste den Schauder, der durch den Körper seines Gefährten rollte. „Du hast es nicht gewusst", wiederholte er.

„Oh, ist das nicht süß", spottete Haroldson. „Gib mir

die verdammte Formel."

Edwin legte den Kopf zurück und sah Byron für einen Moment an. Er lächelte zu ihm auf, dann drehte Edwin sich um und warf Haroldson einen bösen Blick zu. „Weißt du was, ich behalte keine Formeln, die nicht funktionieren, besonders nicht, wenn sie meinen Ratten schaden. Ich habe diese Formel gelöscht. Sie ist weg."

Haroldsons Augen verengten sich und er drückte sich schließlich von der Tür weg. Er trat einige Schritte vor und stellte sich bedrohlich vor sie. „Aber ich weiß, dass du ein Genie bist, Doc. Ich weiß, du könntest sie nochmal entwickeln."

Edwin löste sich aus Byrons Griff und stellte sich Haroldson entgegen. „Nein."

Haroldson schwang die Waffe auf Byron und drückte ab. Schmerz schoss durch Byrons Bein und er stolperte rückwärts gegen einen Tisch. Die Zähne zusammengebissen, fing er sich auf einem Hocker ab und schaffte es gerade so, nicht zu Boden zu gehen. Toby kreischte, während Edwin erschrocken aufschrie, Byrons Schultern packte und ihm auf den Hocker half.

„Oh, Byron, es tut mir so leid!" Edwin zog seinen Labormantel aus und drückte ihn auf die Wunde.

„Nicht das erste Mal, dass ich angeschossen wurde", gab Byron zu. „Und du hast nicht auf mich geschossen."

Seine Sicht wurde etwas unscharf, aber er zwang sich, durch den Schmerz zu atmen. Er nahm den Mantel aus Edwins Händen. Wieder sickerte Blut aus der Wunde. Er faltete den Mantel zusammen und wickelte ihn um sein Bein, um sowohl die Eintritts- als auch die Austrittswunde abdecken zu können, und band ihn fest. Er hatte Glück, dass die Kugel nicht den Knochen getroffen hatte … oder vielleicht war Haroldson ein sehr guter Schütze.

„O-Oh …“, keuchte Toby und zog Byrons Aufmerksamkeit auf sich. Er beobachtete, wie die Augen des kräftigen Assistenten nach hinten rollten und der Mensch ohnmächtig wurde. Als Tobys Kopf auf den harten Boden traf, war Byron nicht der Einzige, der zuckte. Edwin auch.

„Der nächste Schuss ist in den Kopf“, drohte Haroldson. „Edwin, entwickle die Formel noch einmal.“

Edwins Lippen verzogen sich zu einem Wimmern, sein Blick bohrte sich in Byrons und fragte stumm.

Byron lächelte ihn verständnisvoll an. „Nicht deine Schuld, Baby“, beruhigte er.

Edwin wandte sich von ihm ab und ging auf Toby zu. „Lass mich nur nach ihm sehen“, sagte Edwin und hielt eine Hand hoch. „Dann gebe ich dir, was du willst.“

„Beeil dich“, knurrte Haroldson.

In diesem Moment wurde die Tür zum Labor aufgerissen und eine unscharfe Bewegung huschte an ihm vorbei. Byron roch Vampir und stürzte auf seinen Gefährten zu, wobei er den Schmerz in seinem Bein ignorierte. Er packte Edwin, riss ihn zu Boden und warf sich schützend über seinen Gefährten und Toby. Er bemühte sich, sie mit seinem Körper zu bedecken, als mehrere Schüsse ertönten.

„Hör auf oder du bist tot“, zischte Sebastian.

Byron sah auf und entdeckte Sebastian hinter Haroldson. Die Augen des Vampirs leuchteten unheimlich rot, und seine Krallen waren ausgestreckt und drückten auf die Halsschlagader des Agenten. Haroldsons braune Augen waren verengt und seine Lippen verzogen sich zu einem wütenden Grinsen.

„Lass die Waffe fallen“, befahl Sebastian. „Jetzt.“ Blut rann in einem dünnen Rinnsal Haroldsons Hals hinunter.

Nach einigen weiteren angespannten Sekunden gehorchte der Agent schließlich. Seine Waffe fiel klappernd zu Boden. Byron konzentrierte sich wieder auf Edwin, half seinem Gefährten von Toby herunter und fuhr mit seinen Händen schnell über seinen Körper, um nach Verletzungen zu suchen.

Er fand keine, aber er fragte dennoch: „Geht es dir gut?“

Edwin nickte und sah sich unsicher um. „Beeindruckend. Ich habe noch nie jemanden gesehen, der sich so schnell bewegt.“

„Er ist ein Vampir“, antwortete Byron und setzte sich auf den Boden, als ihn eine neue Welle von Schwindel überkam. Er blinzelte und konzentrierte sich auf seinen Atem. Vage hörte er, dass Direktor Jeffries Agent Haroldson erzählte, dass er verhaftet wurde wegen Verletzung des Vertrages, den ihre Regierung mit den Paranormalen unterzeichnet hatte, … gerade erst an diesem Morgen.

Im nächsten Moment hockte Carson an Byrons Seite. „Wie schlimm ist es?“, fragte der Wolfsvollstrecker.

„Nur ein glatter Durchschuss. Es muss gereinigt, genäht und verbunden werden, dann ausruhen“, murmelte Byron. Er klang hohl, selbst in seinen eigenen Ohren. Verdammt, er musste mehr Blut verloren haben, als er gedacht hatte … oder vielleicht war es die Spende von gestern?

„Das kann ich“, antwortete Edwin sofort. „Kannst du mir helfen, ihn dort hinzubringen?“

Byron nahm an, dass sein Gefährte irgendwohin deutete, denn als nächstes spürte er Hände an seinem Körper, unter seinem Oberkörper, die ihn anhoben. Er fühlte einen Arm um die Taille und einen um seine Schultern, der ihn stützte, während er auf die Füße gestellt wurde. Durch trübe Sicht humpelte Byron – unterstützt von Carson auf der einen Seite und Jared auf der anderen Seite, den Gerüchen nach zu schließen – hinüber zu dem Bereich, wo Edwin ihm am Tag zuvor Blut abgenommen hatte.

Diesmal legten ihn die beiden Männer auf den Tisch.

Grunzend starrte Byron das Paar an. „Scheiße, macht mal langsam, ja?“

„Sei nicht so ein Welpe“, schimpfte Carson. Der Indianer blickte zu Edwin hinüber und konzentrierte sich dann mit einem besorgten Blick auf ihn. „Herzliche Glückwünsche. Bist du dir sicher, dass dein Gefährte dich zusammenflicken soll? Hier gibt es eine Krankenstation. Wir können einen Arzt holen.“

Byron wusste, dass das Angebot nicht als Beleidigung gedacht war. Dennoch war es nur die Tatsache, dass der andere Wandler der Vollstrecker ihres Rudels war, was ihn daran hinderte, ihn anzuknurren. Stattdessen sagte Byron durch zusammengebissene Zähne: „Ich vertraue meinem Gefährten. Wenn Edwin sagt, dass er das kann, dann kann er das.“

Carson hob eine Braue und nickte langsam. „Ich entschuldige mich. Ich mag es einfach nicht, wenn einer meiner Wölfe unter meinem Kommando verletzt wird."

„Danke, dass ihr rechtzeitig hierhergekommen seid", antwortete Byron.

„Wir haben den Schuss gehört, und der Direktor war so freundlich, dass wir uns zu ihm und seinen Männern gesellen konnten", sagte er und nickte in die Richtung, wo Agent Craigson und ein paar andere Agenten Haroldson in Gewahrsam hatten.

„Gut, dass er es getan hat", murmelte Byron. „Verdammt, Vampire sind schnell." Stirnrunzelnd fragte er: „Wieso wusste ich nicht, dass er nicht erwischt worden war?"

Carson drückte seine Schulter. „Weil du nicht ans Handy gegangen bist und offensichtlich auch deine Voicemail nicht angehört hast."

„Verdammt", sagte Byron undeutlich. „Der Akku war leer, nachdem ich meiner Schwester ein Bild geschickt hatte", gab er zu. „Es ist in Edwins Auto und lädt."

Carson drückte erneut und nickte. „Du hattest andere Dinge im Kopf."

„Okay, ich brauche noch ein paar zusätzliche Hände", sagte Edwin und legte einige Utensilien auf den Tisch.

„Ich werde helfen. Der Anblick von Blut macht mir nichts aus", verkündete Jared.

Carson nickte und ging auf die Gruppe zu, die Haroldson wegführte.

Als Jared den provisorischen Verband abnahm, unterdrückte Byron ein schmerzerfülltes Zischen. Er wusste, dass es schlimmer werden würde, bevor es besser wurde. Er tat sein Bestes, um vollkommen still zu bleiben, als Jared sein Jeansbein mit einem Messer aufschlitzte.

Toby erschien an seiner Seite. Der junge Mensch war immer noch blass und starrte über Byrons Kopf hinweg, weit weg von der Wunde. „Es tut mir leid. Ich wusste es nicht. Ich wollte Edwin einfach nicht aufregen."

„Du hast getan, was du für richtig gehalten hast", sagte Byron, bevor er aufmunternd hinzufügte: „Niemand kann dir das vorwerfen. Du hast ein gutes Herz."

Edwin erschien an Tobys Seite und stieß mit der Schulter gegen seine, da seine Hände in Plastikhandschuhe gehüllt waren. „Ich verstehe, warum du es getan hast. Ich habe nur …" Seine Stimme brach und er blinzelte Tränen weg. Byron packte das Handgelenk seines Gefährten über den Handschuhen, musste ihn berühren, beruhigen. „Ich habe jemanden getötet, Byron."

„Nein, das hast *du* nicht getan", sagte Byron rau.

Sein Gefährte runzelte die Stirn, offensichtlich verwirrt.

„Agent Haroldson hat das getan. Er hat den Rattenwandler in den Käfig gesteckt, nicht du", beharrte Byron. „Du hast versucht, Menschen zu helfen, und er hat dich ausgenutzt. Dafür trägt er die Verantwortung, nicht du."

Edwin schluckte schwer, sein Adamsapfel hüpfte und er nickte. Er schenkte Byron ein zittriges Lächeln. „Vielen Dank."

Byron richtete sich in eine sitzende Position auf und drückte Edwin einen harten Kuss auf den Mund. „Du musst dich nicht bedanken, aber gerne."

„Du musst aufhören, dich zu bewegen", warnte Jared und drückte ihn zurück auf den Tisch. „Du hast bereits mehr als genug Blut verloren."

„Blut", murmelte Toby. Er stolperte ein paar Schritte zurück, ließ sich auf einen Hocker in der Nähe fallen und steckte schnell seinen Kopf zwischen die Knie.

„Wie kann er ein Wissenschaftler sein und beim Anblick von Blut in Ohnmacht fallen?", fragte Jared neugierig.

„Mit Tierblut kommt er klar", erklärte Edwin. „Er kann es einfach nicht ertragen zu sehen, wie Menschen bluten … reichlich. Viele Leute können das nicht."

Edwin zuckte die Achseln und nähte dann die frisch gereinigte Wunde.

Byron stieß einen langen, langsamen Atemzug aus und verzog das Gesicht bei dem seltsamen Gefühl und Schmerz, als der Faden durch die Haut gezogen wurde.

„Versuch einfach, still zu halten", drängte Edwin.

Byron nickte und lächelte: „Ich vertraue dir, Gefährte. Ich weiß, dass ich in guten Händen bin."

Edwin lächelte in offensichtlicher Erleichterung, wackelte mit den Augenbrauen und murmelte leise: „Denk nur daran, wie viel Spaß es machen wird, ein paar Tage lang Arzt und Patient zu spielen, während deine Wunde heilt."

Trotz des Schmerzes von Byrons Verletzung erhitzte sich sein Blut immer noch in seinen Adern und sammelte sich in seiner Leiste. „Oh Baby, das wird Spaß machen. Ich kann es kaum erwarten."

Und das war wahr, denn als Edwin mit sorgfältigen Händen seine Wunden säuberte und nähte, wusste Byron, dass dies der Beginn seines restlichen Lebens mit seinem Gefährten war, und er konnte es kaum erwarten, damit anzufangen.

ÜBER CHARLIE RICHARDS

Charlie begann im Alter von acht Jahren mit dem Schreiben von Fantasy-Geschichten und als sie mit neunzehn ihren ersten erotischen Liebesroman in die Finger bekam, erkannte sie ihre wahre Berufung. Jetzt konzentriert sie sich auf das Schreiben von homoerotischen Romanen, zumeist aus der Kategorie Paranormal, mit Helden jeglicher Art.

Dank der Hilfe und Unterstützung ihres Ehemanns hat sich Charlie endlich eines ihrer lebenslangen Ziele erfüllt: mit ihren Pferden auf ein großes Stück Land ziehen. Man trifft sie häufig mit ihrem Laptop und einer Tasse Tee oder einem Glas Wein beim Schmieden ihres nächsten Abenteuers an. Charlie erforscht gerne die Berge in ihrer neuen Heimat Oregon, am liebsten auf dem Pferderücken, in einem Geländewagen oder auf einem Motorrad.

Me and the Muse Publishing

WWW.MEANDTHEMUSE.COM

Printed in Germany
by Amazon Distribution
GmbH, Leipzig

23819480R00180